民國文化與文學 研究文叢

（蘇州大學特輯）

九 編

湯哲聲、李怡 主編

第 7 冊

出入於虛構和現實之間
——現代通俗小說的社會情態

張 蕾 著

國家圖書館出版品預行編目資料

出入於虛構和現實之間——現代通俗小說的社會情態／張蕾 著
— 初版 — 新北市：花木蘭文化事業有限公司，2017〔民 106〕
目 2+208 面；19×26 公分
（民國文化與文學研究文叢 九編；第 7 冊）
ISBN 978-986-485-029-7（精裝）
1. 中國小說　2. 通俗小說　3. 文學評論
820.9　　　　　　　　　　　　　　　　106012779

特邀編委（以姓氏筆畫為序）：

ISBN-978-986-485-029-7
9 789864 850297

丁　帆	王德威	宋如珊
岩佐昌暲	奚　密	張中良
張堂錡	張福貴	須文蔚
馮　鐵	劉秀美	

民國文化與文學研究文叢
九 編　第 七 冊　　　　　　　ISBN：978-986-485-029-7

出入於虛構和現實之間——現代通俗小說的社會情態

作　　者　張　蕾
主　　編　湯哲聲、李怡
企　　劃　四川大學現代中國文化與文學研究中心
　　　　　北京師範大學民國歷史文化與文學研究中心
總 編 輯　杜潔祥
副總編輯　楊嘉樂
編　　輯　許郁翎、王　筑　美術編輯　陳逸婷
出　　版　花木蘭文化事業有限公司
社　　長　高小娟
聯絡地址　235 新北市中和區中安街七二號十三樓
　　　　　電話：02-2923-1455／傳真：02-2923-1452
網　　址　http://www.huamulan.tw 信箱 hml 810518@gmail.com
印　　刷　普羅文化出版廣告事業
初　　版　2017 年 9 月
全書字數　185529 字
定　　價　九編 8 冊（精裝）新台幣 15,000 元

出入於虛構和現實之間
——現代通俗小說的社會情態

張 蕾 著

作者簡介

張蕾（1979～），女，江蘇蘇州人，2009 年畢業於北京大學中文系中國現代文學專業，獲博士學位。現爲蘇州大學文學院副教授，碩士生導師。主要從事中國現代通俗文學、中國現當代小說研究。主持有國家社科青年基金項目、教育部人文社科研究青年基金項目等。出版專著《「故事集綴」型章回體小說研究》（2012 年）、《章回體小說的現代歷程》（2016 年），在《文學評論》、《中國現代文學研究叢刊》、《北京大學學報》、《社會科學》等刊物發表論文多篇。

提　　要

　　現實如何進入小說，小說如何建構現實，是一種雙向運動。這種雙向運動包含了現實進入小說後被虛構的過程，包含了小說虛構敘事中顯露的現實成分，包含了小說創造的「另一種現實」，包含了作爲現實社會構成部分的小說，也包含了生活於現實社會中的小說虛構敘事的作者。要理解中國現代通俗小說，應把它置於小說與現實的關聯層面，而非簡單地與作爲文學創作手法的現實主義相混同。現代通俗小說的生存空間和生長活力是由現代社會賦予的，小說作品亦對現實社會投以觀照。它與現實的關係是交互的。

　　本書論中國現代通俗小說，從作爲「社會細胞」的家庭談起，由家庭進入日常生活的話題，再論及容納市井細民日常生活的城市空間，並在城市社會中分析三種世情：文人境遇、青樓情愛和戲劇人生。通過細讀文本，呈現出現代通俗小說建構的細緻生動的社會歷史景象，而社會歷史在現代通俗小說中也得到了一種獨到隨性的表述方式。如果說，史書由於敘述筆調、歷史觀念等原因會存在虛構問題，那麼通俗小說只是以另一種方式講述了歷史的存在。

《民國文化與文學研究文叢》
蘇州大學特輯序

湯哲聲

　　2015 年，「蘇州大學中國現代通俗文學研究中心」成立，標誌著蘇州大學中國現當代通俗文學研究團隊建設進入了新的階段。為了總結和展示蘇州大學中國現當代通俗文學研究近 40 年來的科研成果，應李怡教授和臺灣花木蘭文化事業有限公司之約，策劃了《民國文化與文學研究文叢·蘇州大學特輯》。

　　蘇州大學中國現當代通俗文學研究團隊是中國現當代通俗文學研究隊伍最整齊、成果最豐富的研究團體，是中國現當代通俗文學研究的排頭兵。蘇州大學中國現當代通俗文學團隊多年來的研究對學科最重要的貢獻和意義在於：改變了中國現當代文學研究的價值觀念，完善了中國現當代文學史的格局，增添了中國現當代文學教學的新內容，被國內外學界認為是近 40 年中國文學研究的重大成果之一。

　　20 世紀八十年代初，中國文學研究進入了新時期。1981 年開始，由中國社會科學院文學所牽頭，文學史料在全國範圍內的大規模整理得到開展。大概是考慮到「鴛鴦蝴蝶派」作家作品主要誕生於上海、蘇州、揚州地區，《鴛鴦蝴蝶派文學資料》就由蘇州大學（當時稱之為「江蘇師範學院」）承擔。經過數年的努力工作，70 多萬字的《鴛鴦蝴蝶派文學資料》於 1984 年出版。署名：芮和師、范伯群、鄭學弢、徐斯年、袁滄洲。這五位學者也成為蘇州大學中國現當代通俗文學研究的第一個學術團隊。

　　1984 年蘇州大學中文系開始招收現當代文學碩士研究生，中國現當代通俗文學專業被列入招生方向，1990 年蘇州大學現當代文學專業被國務院學位

委員會評爲博士學位授權專業，開始招收中國現當代通俗文學方向博士研究生。特別是 1986 年，以范伯群教授爲主持人的「中國近現代通俗文學史」被評爲國家哲學社會科學首批 15 個重點項目之一。明確了研究方向和研究目標之後，蘇州大學中國現當代通俗文學研究團隊進行了重新組合。該團隊由范伯群教授爲學術帶頭人，主要成員有芮和師教授、徐斯年教授、吳培華教授以及湯哲聲、劉祥安、陳龍、陳子平。學術團隊在資料整理的基礎上，開始了作家作品的整理和研究。經過數年努力，1994 年出版了《中國近現代通俗文學作家評傳》一套 12 本，共收 46 位近現代通俗文學作家小傳及其代表作。在整理和研究作家作品的基礎上，經過團隊成員的相互協作和努力工作，《中國近現代通俗文學史（上、下）》於 2000 年由江蘇教育出版社正式出版。這部著作是中國第一部近現代通俗文學史，共分八卷，分別是「社會文學卷」「武俠文學卷」「偵探文學卷」「歷史文學卷」「滑稽文學卷」「通俗戲劇卷」「通俗期刊卷」「通俗文學大事記」。這部著作的出版對現當代文學研究產生了極大影響，引發了國內外學者的密切關注。

在完成《中國近現代通俗文學史（上、下）》的基礎上，2000 年以後，學術團隊成員根據各自的研究方向進行了學術拓展，出版了一批學術專著，發表了一批學術論文，且精彩紛呈。這些成果進一步奠定了蘇州大學中國現代通俗文學研究的學術地位，使蘇州大學成爲中國現當代通俗文學的研究重鎮。

2013 年，以湯哲聲教授爲首席專家的「百年中國通俗文學價值評估、閱讀調查及資料庫建設」被評爲國家社科重大項目。該項目側重於現當代通俗文學的理論研究、市場研究和資料數據庫的收集、整理與建設。

2015 年，「蘇州大學中國現代通俗文學研究中心」成立。該中心以范伯群教授爲名譽主任，以湯哲聲教授爲主任。學術團隊有了新的組合。

2014 年，范伯群教授被蘇州市人才辦公室授予「姑蘇文化名家」稱號。在蘇州大學和蘇州市的支持下，以范伯群教授爲主持人的「中國現代通俗文化研究」課題組成立，開始了中國現代大眾文化與通俗文學的研究。該研究從過去的中國現當代通俗文學研究拓展到中國現當代大眾文化研究。

蘇州大學現當代通俗文學研究的發展軌跡主要有三個特點：（1）以項目爲中心形成團隊。其優勢在於有明確的研究方向和研究成果，容易形成凝聚力。

（2）研究紮實地推進，軌跡是：「資料整理──作家作品研究──文學

史研究——理論的研究——文化研究」。每一個階段都是新的拓展，每一次拓展都有新的成果。認準目標，潛心研究，踏踏實實，用成果說話，是該團隊最爲突出的特點，受到學界認可。

（3）注意學術新人的培養，保證了學術團隊的健康更新。蘇州大學中國現當代通俗文學研究團隊已完成了老中交接，第三代學人也正在培養之中。經過近40年傳承，學術團隊歷久彌新，在全國學術界並不多見，有很好的口碑。

經過近40年的潛心研究，蘇州大學中國現當代通俗文學研究團隊成果豐碩，這些成果對中國現當代文學研究格局產生了深刻的影響，體現在：

（一）中國現當代通俗文學的認識觀念發生了根本性的變化。中國現當代通俗文學過去被認爲是中國現當代文學中的「逆流」，現在成爲中國現當代文學的重要組成部分，得到了學界較爲普遍的認可。2008年，國內總結黨的十一屆三中全會以來文學史研究界取得的成績時，學界均肯定了通俗文學研究取得的良好成績。例如《文學評論》上的兩篇總結三十年來近代文學和現當代文學研究的文章都提到了蘇州大學通俗文學的研究成果及其影響。現當代文學研究專家朱德發教授評價《中國近現代通俗文學史》時說：此書的出版「隨之帶動起一場通俗文學『研究熱』」。他指出了這場「研究熱」的時代與社會背景：「自改革開放以來，隨著思想解放運動的深入和新市民通俗文學的崛起，研究者主體突破了雅俗文學二元對立認知模式的羈絆與局限，而且以現代性的視野對以鴛蝴派爲代表的通俗文學從宏觀與微觀的結合上重新解讀重新評價，既爲現代中國文學梳理一條雅俗並舉互補的貫通線索，又把張恨水、金庸等通俗文學納入現代文學史大家的地位……」（朱德發，現代中國文學研究三十年〔J〕，文學評論，2008（4）：9-10）而近代文學研究專家關愛和、朱秀梅在合撰的文章中也充分肯定了《中國近現代通俗文學史》推出後取得的學術影響，認爲這部專著已「由論及史，既意味著論題的相對成熟，也爲以鴛鴦蝴蝶派爲代表的通俗文學進入文學『正史』做了充分的鋪墊……」（關愛和，朱秀梅，中國近代文學研究三十年〔J〕，文學評論，2008（4）：14）

（二）中國現當代文學史的格局得到了更爲合理的調整。自1950年代以來，中國現當代文學史均爲新文學史，是「一元獨生」的現當代文學史，承認了通俗文學的文學價值之後，文學史的格局自然就有了很大調整。（1）中國現當代文學將產生「多元共生」的格局。文學史中通俗文學顯然佔有很大

比重。（2）中國現當代文學史的起點需要「向前位移」，直接影響了中國文學古今演變與文學史重新分期的思考。（3）中國大眾文化將成為中國現當代文學產生、發展中的重要文化源泉。不僅僅是精英文化或者意識形態文化，市民文化也成為中國現當代文化的組成部分。（4）中國現當代文學有著魯迅、茅盾等精英文學優秀作家及其作品，也有張恨水、金庸等通俗文學優秀作家及其作品。（5）中國現當代文學的批評標準不再是單純的新文學標準，而是包含著多元指標的現代文學標準。中國現當代文學史成為真正意義上的「現當代文學」。

（三）對中國現當代文學的教學和學科建設產生了影響。20 世紀九十年代以後，中國現當代通俗文學已作為文學史教學的重要的部分，進入了大學課堂，無論是史學研究還是作家作品，通俗文學都成為教學中的重要環節。在本科生、碩士研究生、博士研究生的學位論文答辯中，以通俗文學某一問題為學位論文題目的數量也在逐年增加，逐步成為了學科的「顯學」。

范伯群教授主編的《中國近現代通俗文學史》是學科團隊成果的重要標誌，獲得了多項大獎。

序號	成　果	獎　項	頒獎單位	年　度
1	《中國近現代通俗文學史》（上、下）	第三屆全國高等院校人文社會科學優秀成果獎中國文學一等獎	教育部	2003 年
2	《中國近現代通俗文學史》（上、下）	第二屆「王瑤學術獎」優秀著作一等獎	中國現代文學研究會	2006 年
3	《中國現代通俗文學史（插圖本）》	第二屆「三個一百」原創圖書出版工程	國家新聞出版總署	2008 年
4	《中國近現代通俗文學史（新版）》（上、下）	第三屆「三個一百」原創圖書出版工程	國家新聞出版總署	2011 年
5	《中國近現代通俗文學史（新版）》（上、下）	第四屆中華優秀出版物獎	國家新聞出版總署	2013 年
6	《中國近現代通俗文學史（新版）》（上、下）	第三屆中國出版政府獎	國家新聞出版總署	2014 年

2015 年《中國近現代通俗文學史（新版）》（上、下）又被國家社科外譯基金辦公室審定列為中國學術原創代表作五十本之一，譯為英文，向海外推薦。

蘇州大學中國現當代通俗文學學科研究團隊得到了海內外學術界好評。臺灣《國文天地》雜誌在 1997 年第 5 期的《編者報告》中就注意到蘇州大學學術團隊的學術貢獻:「長期被學者否定與批判的鴛鴦蝴蝶派小說,在近年來逐漸受到學界的重視。」當蘇州大學的一批學者開始將現代文學研究的重心轉移到近現代通俗文學中時,當時鄙視通俗小說的學界一片「譁然」,可是經十餘年努力,當他們整理資料並進行理論建設之後,「終於取得豐碩的成果,引起學界的興趣與重視,重新評價通俗小說。」(《編輯部報告》,載臺灣《國文天地》第 12 卷第 12 期(總第 144 期),首頁(無頁碼),1995 年 5 月 1 日出版。)

華東師範大學陳子善教授評價蘇州大學通俗文學學術研究成果時說:「上世紀 80 年代以降,蘇州大學理所當然地成了中國現代文學研究界探索通俗文學的大本營,一部又一部鴛鴦蝴蝶派作品精選和研究專著在這裡問世,迄今為止最為完備的長達百萬字的《中國近現代通俗文學史》(范伯群主編)也在這裡誕生。這部由蘇州大學教授湯哲聲所著的《流行百年——中國流行小說經典》則是最新的令人欣喜的研究成果。」(2004 年香港《明報》開卷版)中國社科院楊義研究員認為蘇州大學學術團隊是新時期的「蘇州學派」:「如果從現代文學研究的學者(術?)格局來看,我覺得它是一個蘇州學派……它從一個獨特的角度切入到我們現代文學整體工程中去,做了我們過去沒有做的東西。」(2000 年 9 月 20 日《中華讀書報》)韓穎琦教授認為蘇州大學學術團隊有著承繼和發展:「在中國通俗文學研究領域,范伯群教授是拓荒者,湯哲聲教授則是繼承者,他把研究的目光拓展和延伸到當代,填補了當代通俗小說沒有史論的空白,進一步完整了中國大陸通俗文學史的構建。」(2009 年《蘇州大學學報》第 4 期)

2007 年《中國近現代通俗文學史》榮獲第二屆王瑤學術優秀著作獎一等獎時,該獎項評委會的評語是:「范伯群教授領導的蘇州大學文學研究群體,十幾年如一日,打破成見,以非凡的熱情來關注、專研中國近現代通俗文學,顯示出開拓文學史空間的學術勇氣和科學精神。此書即其集大成者。皇皇百多萬字,資料工程浩大,涉及的作家、作品、社團、報刊多至百千條,大部皆初次入史。所界定之現代通俗文學的概念清晰,論證新見迭出,尤以對通俗文學類型(小說、戲劇為主)的認識、典型文學現象的公允評價、源流與演變規律的初步勾勒為特色。而通俗文學期刊及通俗文學大事記的史料價值也十分顯著。這部極大填補了學術空白的著作,實際已構成對所謂『殘缺不

全的文學史』的挑戰，無論學界的意見是否一致，都勢必引發人們對中國現代文學史的整體性結構性的重新思考。」

這些評價從一定程度上對蘇州大學中國現當代通俗文學研究學術團隊的學術成績作出了肯定。

蘇州大學中國現當代通俗文學研究正在發展中。這套專輯展示的成果將保持一貫的團隊精神，老中專家引領，青年學者為主。在這裡出版的青年學者的著作都曾是受到過答辯委員會高度評價的博士論文。這些青年學者的科研成果特別關注中國現當代通俗文學和大眾文化的發展趨勢，將中國現當代通俗文學與大眾文化發展中的新狀態、新動態納入了研究視野，其成果選題具有相當強的學術敏感性；成果的論證和辨析注意到中西文化的融合，既保持了團隊的中國化研究的風格，也體現出新一代學者的學理修養；成果的語言風格有著嚴格地科研訓練的嚴謹的作風，也展示了充滿個性的青春氣息。任何一個有貢獻的學者都是一步一步地前行者，但願這套叢書成為這些年輕學者們前行中的一個紮實的腳印。

2015 年 12 月於蘇州市蘇州大學教工宿舍北小區

目

次

導　言

　　在研究中國現代通俗小說的學者那裏，常可以讀到這樣的話：通俗小說「猶如一面歷史的鏡子，讀者通過這些小說，不但可以欣賞到那個時代裏的許多離奇的人物和曲折的故事，還可以學到社會史、文化史、經濟史、民俗史中學不到的關於那個時代裏的經過形象化與生活化了的許多感性知識」〔註 1〕。現代通俗小說的價值可以從中得到體現。在爲中國現代通俗文學研究尋找學科意義和理論支持的上世紀八九十年代，這類言說顯得十分重要，它們奠定了學者研究和學科建設的底氣。

　　在世紀之交推出的重要科研成果《中國近現代通俗文學史》中，主編者范伯群寫道：「中國近現代通俗文學是指以清末民初大都市工商經濟發展爲基礎得以繁榮滋長的，在內容上以傳統心理機制爲核心的，在形式上繼承中國古代小說傳統爲模式的文人創作或經文人加工再創造的作品；在功能上側重趣味性、娛樂性、知識性與可讀性，但也顧及『寓教於樂』的懲惡勸善效應；基於符合民族欣賞習慣的優勢，形成了以廣大市民層爲主的讀者群，是一種被他們視爲精神消費品的，也必然會反映他們的社會價值觀的商品性文學。」〔註 2〕這個定義不僅綜合概括了現代通俗文學的性質、特徵、價值等方面的內容，也從其生成語境、讀者群體、功能效應等層面揭示了它的社會性。換言之，現代通俗文學的生存空間和生長活力是由現代社會賦予的，其作品亦對現代社會投以映照。在界定了通俗文學概念之後，《中國近現代通俗文學史》接著敍道：「它是

〔註 1〕 魏紹昌：《編餘贅言》，嚴獨鶴：《人海夢》，瀋陽：春風文藝出版社 1997 年 8
　　　　月版，第 399 頁。
〔註 2〕 范伯群主編：《中國近現代通俗文學史》，南京：江蘇教育出版社 2000 年 4 月
　　　　版，第 18 頁。

以都市市民的目光與心態，去描摹都市生活。一貫被認爲是一種低層次的眞實，但是它的價值是在於它的存眞性，是一種爲歷史留下見證的照相式的存在，必將愈來愈被後代認識到，這是一種可供研究的社會歷史活化石。」它不僅「爲後代提供了不可或缺的多側面的社會畫卷」，也「反映社會的世相人情」，〔註3〕細緻刻畫出了人們生活與生存的軌跡。這已經不是在爲通俗文學研究尋找理由，而是眞正明確了通俗文學的歷史價值和現實意義。

當然，中國現代通俗文學的價值意義不止於「存眞」，還可有更多維度的取攝空間，但「存眞」確實是其最明顯和突出的表現。本書對現代通俗小說社會情態的研究即由此而來。

一、觀念

范伯群的一系列論文，例如《論「都市鄉土小說」》、《黑幕徵答・黑幕小說・揭黑運動》、《移民大都市與移民題材小說》等，在審視論證現代通俗小說的各個方面時，總是不忘申說它們的社會歷史價值。在《論「都市鄉土小說」》的結尾，范伯群道：「而都市民間民俗生活則配以老百姓的凡人小事，以及他們備嘗的酸甜苦辣，最終來解開大勢更序的民間的深層動因。豈不是微觀與宏觀相輔相成，相得益彰嗎？」〔註4〕現代通俗小說即對微觀社會有獨到把握，從而和史冊典籍形成互補，揭示了歷史大事籠罩之下的民情世態，以及民情世態的變動對歷史更迭的影響。

這種現代通俗小說可以補史的認知觀念，實際上涉及到小說的現實性問題。作爲虛構文本的小說在多大程度上可以反映現實、記錄歷史，一直在小說研究者那裏困擾不休。這個問題和現實主義小說並不處在同一層面上。現實主義是小說採用的敘事手法，是小說內部會處理的問題，而前者則發生在小說外部，著眼於小說與其外部世界的關聯。小說與其外部世界的關聯在理論上應該有兩種極端的表現形態，一種是完全無關，一種是完全重合。這兩種情況均很難發生。完全無關，需要小說自身構成一個獨立自足的世界，然而只要小說由人來寫作，只要小說作者還處在人類的現實社會中，那麼小說必不能完全和現實脫離聯繫。同樣，完全重合的情況也不會發生在小說身上，

〔註3〕　范伯群主編：《中國近現代通俗文學史》，南京：江蘇教育出版社 2000 年 4 月版，第 19、20 頁。
〔註4〕　范伯群：《論「都市鄉土小說」》，《文學評論》2002 年第 3 期。

否則小說就失去了它的虛構屬性，也就不再成爲小說了。理論家在思考這個問題時曾有過這樣的論述：「小說分離成經驗的和虛構的模式是一個歷史綜合的轉折，這個歷史的綜合包括兩個方面，一是歷史、自傳和編年史，二是小說最早發源其中的諷喻、寓言和神話」。處在兩者中間地帶的，即「包含著現實主義和浪漫主義的區域裏」的則是「小說的主要傳統」。〔註5〕歷史、自傳、編年史和諷喻、寓言、神話都不是小說，小說在兩者構成的中間區域伸展，它具備兩者的一些性質，可以接近於兩者的任何一方，卻不能完全重合。對於現代通俗小說而言，它是小說在現實和虛幻的中間更傾向於現實的那部分，它可以成爲現實的某種映像，但依然還是小說。

　　要論述現代通俗小說和現實產生密切關聯的原因可以參照上世紀六十年代美國小說界面臨的困境。當時的美國小說家「經常碰到的困難是給『社會現實』下定義。每天發生的事情不斷地混淆著現實與非現實、奇幻與事實之間的區別。在一個如此流動和難以捉摸的社會裏，社會現實主義的文學創作看起來不斷地讓位於每天發生的事情」。小說所敘述的故事遠沒有現實時事那樣豐富多變、具有吸引力，甚而至於小說的虛構想像也比不上現實的不可思議，小說的存在因此出現危機。「一般說來，一部小說要想成功，作者必須理解社會的『現實』，然後創造出一個與真實世界相似的、合乎情理的虛構世界。但在六十年代期間，每當『現實』與『幻想』之間的區別變得模糊起來，小說家們便經常不能或不願去運用這種方法。作家們甚至拒絕採用通常現實主義小說所有的那種全能的敘述技巧，因爲這意味著作者必須具有廣博的知識。相反，作家們實際上在說：『這是我看到的，這是我做的和這是我感到的。我的書包含的僅僅是我根據自己的經歷寫出來的感想和觀察。』如果現實和『事實』變得令人捉摸不定，非虛構小說的作家就選擇一種坦白式的調子，以薩特的話來說，這種做法就是對事件世界的捲入。」〔註6〕爲了應對紛繁變幻的現實，六十年代的美國作家採用了一種新的敘事體式──「非虛構小說」，以參與到「事件世界」的活動中。可以說，這類小說記錄下了事件世界的各種故事，它們與現實無限接近以至於表現出「非虛構」的假象，但它們依然是小說，依然是作家創作出的作品，因爲「這是我做的和這是我感到的」

〔註5〕　〔美〕約翰・霍格韋爾著，仲大軍等譯：《非虛構小說的寫作》，瀋陽：春風文藝出版社1988年7月版，第28頁。

〔註6〕　同上，第4、20頁。

並不眞正等同於現實，並不純粹是客觀的。

美國非虛構小說緩解了小說在面臨現實時遇到的困境，「至少對現實主義小說家面臨的問題是一個嘗試性的解決方法。它已被證明，在一個劇烈社會激變時代裏，它對美國激烈變化著的現實是一種適宜的敘述形式」〔註7〕。同樣，二十世紀上半葉的中國也處在「劇烈社會激變時代裏」，當一些作家專注於激變背後的因果，用小說來揭示本質來承擔責任時，另一些作家卻只對激變現象充滿了新鮮好奇感，他們把在生活中經歷和聽聞的事情編織成故事，並以此作爲他們的事業。這就是現代通俗小說家的社會角色。

所以，要理解現代通俗小說，應把它置於小說與現實的關聯層面，而非簡單地與作爲文學手法的現實主義相混同。那時的新文學家否定通俗小說的現實主義寫法，是出於他們對這類小說的偏見，不是眞的認識到把通俗小說放在現實層面談會顯得更加合理。事實上，通俗小說家在寫他們的作品的時候，常常自覺地把小說和現實的關係非常明晰地提示出來。孫玉聲《海上繁華夢》第一回道：「因廣平日所見所聞，集爲一書，以寓勸懲，以資談助。」畢倚虹、包天笑的《人間地獄》第一回亦道：「因此，在下發下一個願心，將這些人間地獄中牛鬼蛇神、癡男怨女猙獰狡猾的情形，憔悴悲哀的狀態──詳細的寫它出來，做一副實地寫眞。世人看了果能有些覺悟，將世間一切眼前的貪瞋癡愛因此看淡了幾分，遇著這班地獄魔鬼因此疏遠了幾分，或者亦是減少人生痛苦的一種簡捷方法，在下著書便不爲無功。」寫小說就是把平日見聞「集爲一書」，其「實地寫眞」的用心可以幫助閱者在生活中如遇到與書裏所述相類似的情形時，知道該如何應對，這樣人生的痛苦或許就能夠減少幾分。通俗小說在編輯現實故事的同時，也對現實起到世道人心的規勸作用。它與現實的關係是相互的。

二、方法

對現代通俗小說與現實社會之關係的研究，在通俗文學研究者那裏主要是用小說對現實的反映抑或對正史的補充來強調通俗小說的存在價值；在社會史家或歷史學家那裏，通俗小說中的一些描述可以使社會歷史變得豐富生動，進而證明社會歷史的存現狀態。

〔註7〕　〔美〕約翰・霍格韋爾著，仲大軍等譯：《非虛構小說的寫作》，瀋陽：春風文藝出版社 1988 年 7 月版，第 21 頁。

　　例如葉中強在其專著《上海社會與文人生活（1843～1945）》中就用了不少通俗小說包括通俗小說家的事例來描述晚清民國年間上海社會的各式景象。書中道：「晚清小說在敘事場景上的實錄特點，遂使其中一些文本，有了『地圖指南』的價值。韓邦慶所作《海上花列傳》，即屬此類參本，我們從中可窺上海城市空間的演變和文人活動場域的轉移」。「歷來將《海上花列傳》歸爲一本『狹邪』小說，作者亦確係滬上青樓常客。但設若僅止於道德評判，則將無法釐清小說帶來的文學新變及其傳遞的城市社會訊息。」〔註8〕社會史家在引證通俗小說的時候，不是在文學的尺度內對小說作評述，而是把小說也當成一種文獻資料來攝取其中的有效信息。在把《海上花列傳》放置在一個非文學的更爲開闊的場域之後，葉中強清點出了小說的另一幅圖譜：「在《海上花列傳》中，四馬路的壺中天番菜館，大馬路的拋球場、福利洋行和亨達利洋行，靜安寺路的明園（公園），徐家匯官道西首的『外國酒館』，洋涇浜三茅閣橋側的麗水臺（租界早期著名大茶樓），五馬路上的仁濟醫館，石路的祥發呂宋票店（彩票），後馬路的德大匯劃莊，黃浦灘邊的『洋行碼頭』和『火輪船』，以及沿街設置的『自來火』或『電氣燈』，分別從休閒、消費、博彩、健身、醫療、金融、貿易、航運等各個側面，勾勒出一座中西合參的近代國際都會的空間樣貌。這些功能空間或設施，與縱橫交錯的馬路互相定位，構成了19世紀90年代上海城市的地圖指南」。〔註9〕類似於《海上花列傳》，通俗小說中的地點、道路、飯店、商店、公園等等的名字很多搬用自現實，它們和現實之物相互對應，爲小說敘述的人物故事提供現實場景。

　　如果說現代通俗小說的現實部分是人物故事存在的時代場景，那麼虛構的部分就是人物故事。人物故事不是眞人自傳，小說家用他們的生花妙筆創造出鮮明的人物和生動的故事，使他們成爲時代社會的受用者和消費者。然而，這些人物故事亦非完全杜撰。他們不是眞人眞事的照搬實錄卻來自社會潮流中的無名之眾。小說家在人影憧憧、世事紛繁中把他們勾畫出來，上以色彩、增以情感、添以曲折，讓他們成爲那個時代社會中普通人凡俗事的代表。所以，儘管人物故事是虛構的，不能像場景一樣和現實對應，但依然能從中看出世態人情的面目來。更有一些小說家，如畢倚虹、包天笑，將自身

〔註8〕　葉中強：《上海社會與文人生活（1843～1945）》，上海：上海辭書出版社2010
　　　　 年8月版，第30、31頁。
〔註9〕　同上，第34～35頁。

經歷感受融入小說的人物故事裏，更可以流露出真切意味。

社會史家或歷史學家引證通俗小說，除了看重其對時代場景的生動描摹外，也注意到人物故事揭示現實的作用。蘇生文、趙爽著作的《西風東漸——衣食住行的近代變遷》中，就用到了通俗小說人物故事的例子。在談西方飲食對中國的影響時，書中敘道：「晚清『譴責小說』《官場現形記》描寫行伍出身的洪大人吃西餐時，『一個不當心，手指頭上的皮削掉了一大塊，弄的各處都是血。慌的他連忙拿手到水碗裏去洗，霎時間那半碗的水都變成鮮紅的了』（第 7 回）。雖是小說家言，但實際上隱含著當時國人對具有『殺伐氣象』的西餐刀具的疑慮和恐懼。」〔註 10〕洪大人吃西餐很大程度上是作家李伯元的興來之筆，如若剝離掉這則人物故事的虛構外衣（「小說家言」），剩下的就是「隱含」在人物故事裏的一種現實心態（對「西餐刀具的疑慮和恐懼」）。史學家能夠在小說中找到他們想要得到的東西，用來充實豐富對社會歷史的認知。

夏曉虹在為《西風東漸——衣食住行的近代變遷》寫的序言中提到了梁啟超在《中國歷史研究法》中提出的觀點，並對蘇生文和趙爽「在小說中發掘史料的努力」「十分贊賞」。〔註 11〕梁啟超《中國歷史研究法》講解了「在小說中發掘史料」的方法，可為史學家如何看取小說提供可行思路。梁啟超說：「中古及近代之小說，在作者本明告人以所紀之非事實；然善為史者，偏能於非事實中覓出事實。例如《水滸傳》中『魯智深醉打山門』固非事實也，然元明間犯罪之人得一度牒即可以借佛門作遁逃藪，此卻為一事實；《儒林外史》中『胡屠戶奉承新舉人女婿』固非事實也，然明清間鄉曲之人一登科第便成為社會上特別階級，此卻為一事實。此類事實，往往在他書中不能得，而於小說中得之。須知作小說者無論騁其冥想至何程度，而一涉筆敘事，總不能脫離其所處之環境，不知不覺，遂將當時社會背景寫出一部分以供後世史家之取材。小說且然，他更何論，善治史者能以此種眼光搜捕史料，則古今之書，無所逃匿也。」〔註 12〕從小說虛構之表象下尋出「事實」，抑或從特殊個案中分析出普遍行狀，這是小說可作史料看的思路。得此門徑，社會歷

〔註 10〕蘇生文、趙爽：《西風東漸——衣食住行的近代變遷》，北京：中華書局 2010 年 8 月版，第 102 頁。

〔註 11〕夏曉虹：《序》，同上，第 3～4 頁。

〔註 12〕梁啟超：《中國歷史研究法》，上海：商務印書館 1924 年 7 月版，第 90～91 頁。

史研究便增添了生動活潑的氣象。

然而，無論是通過論證小說可以補史來強調通俗小說的價值，還是從通俗小說中攝取史料來觀察歷史情景，都只偏於一端，或旨歸於小說，或旨歸於歷史。本書卻想把兩者結合起來，考察歷史如何進入小說，小說又如何映現或者敘述歷史。這是一個雙向的考察視點，在借鑒前輩學者對現代通俗小說的研究成果以及在梁啟超時代就已提出的歷史研究方法的基礎上，激發小說與歷史、虛構與現實的互動互生關聯，使歷來對通俗小說和社會現實關係的敘述不致僅呈現出一鱗半爪的局面來。

三、結構

本書所討論的中國現代通俗小說主要涉及其中的一個門類，即社會小說。給小說分類，是晚清民初的文學家很喜歡做的事。據張贛生統計，當時給小說分類的名目「不下一百五十種左右」。例如，寫情小說、哀情小說、諷世小說、倫理小說、武俠小說、歷史小說、黑幕小說等等，也有「社會小說」的類別。〔註 13〕當時的分類不僅名目眾多，而且十分混亂，類別命名隨意，各類別之間相互重複重疊的情況很多。後來的文學史家在研究通俗小說時，也常會採用分類的方法，研究每一類小說在現代的發展歷史。不過，文學史家的分類要比當時人的分類科學很多，他們既參考了當時人對小說的分類命名，也通過研究作了系統梳理，重新整理出現代通俗小說的類別特徵。

范伯群主編的《中國近現代通俗文學史》即採用類型學方法，為現代通俗小說作史。此書把通俗小說分為：社會言情、武俠黨會、偵探推理、歷史演義、滑稽幽默五類，除「滑稽幽默」是根據作品風格手法歸納出的外，其他四類主要是按照題材進行劃分的。該書在談社會言情小說時說道：「近現代通俗小說嬗變為社會、言情、武俠和偵探等四大門類。凡人小事題材已有足夠的力量與英雄講史題材相抗衡，英雄講史主歸歷史演義類，可是它就比社會小說類數量要少得多」。〔註 14〕由於言情敘述的男女之事不能逃脫其存在的社會空間，而社會也很難架空男女交往和情感交流的部分，兩者無法截然分

〔註 13〕張贛生：《民國通俗小說論稿》，重慶：重慶出版社 1991 年 5 月版，第 28～30
頁。
〔註 14〕范伯群主編：《中國近現代通俗文學史》，南京：江蘇教育出版社 2000 年 4 月
版，第 3 頁。

開，因此《中國近現代通俗文學史》合稱「社會言情」，使之成爲現代通俗小說中的最大門類。本書所談的社會小說當然不會剝離言情成分，只是更看重於小說中的社會敘事，言情亦爲社會的一種情態而已。

本書主體部分共六章。第一章從「社會的細胞」家庭談起，借助於張恨水創作的一部著名小說《金粉世家》來看民國時代的家庭狀況。家庭生活的面貌、家庭成員之間的關係、作爲家庭基本結構的婚姻形態、家庭變化的趨勢等等在這部民國時代敘述大家庭故事的小說中是如何得到具體展示的，小說的家庭故事又如何同現實社會的家庭狀況互生關聯。

第二章由家庭生活進入到日常生活的話題。日常生活填滿了家庭生活的空間，又延伸到社會生活的開闊領域。作爲日常生活基本內容的衣食住行在晚清民國年間都呈現出新貌。《啼笑因緣》中沈鳳喜的女學生裝束、《海上繁華夢》裏謝幼安等人在一品香吃的西餐、《亭子間嫂嫂》中亭子間嫂嫂住的亭子間、《舊巷斜陽》裏呂性揚和梁意琴騎的自行車，這些或者顯示新潮意味或者含有地方色彩的事物進入到小說人物的日常生活中，參與了他們的人生變化和生命遇合。

第三章論述容納市井小民日常生活的城市空間。在現代通俗小說中，被述及最多的城市是上海和北京。上海洋場的享樂氛圍，北京舊都的顯赫聲勢，在《上海春秋》、《春明外史》等小說中都有明顯流露。這兩部作品在敘述各具特色的城市社會生活時，也講述了城市社會給生活於其中的人們所帶來的悲歡離合。

第四、五、六三章分別討論城市社會中的三種世情。第四章談文人的生活情態。文人參與了現代文化的各方面建設。在辦報、辦學乃至革命等一系列社會重要事件中文人的活動成爲其中的構成部分。《人海潮》、《人海夢》等小說即講述到這方面的故事。更有意味的是，通俗小說的作者亦是他們所敘述的文人群體中的成員，他們經驗的時事變遷和他們寫作的小說在他們社會生活中的地位同樣重要。

第五章談晚清民國社會中的一個既豔俗又悲情的存在——青樓生活。在《海上花列傳》、《春風回夢記》等小說裏詳細記述了那個時代青樓生活的種種規矩和禁忌。它們既可以被貶低爲「指南書」，也可以從積極的方面被閱讀出「警世」的意義。特別是周瘦鵑、包天笑、何海鳴等小說家以他們的親身體驗在小說中呼喚出女子自救的聲音。

　　第六章談社會生活中的一個不可或缺的方面，即娛樂。在晚清民國社會裏，人們的一項重要的娛樂活動是看戲。無論是達官顯貴還是販夫走卒，都可以坐在同一個戲院裏一起看戲。現代通俗小說記錄下了看戲的生動場景，並講述了戲臺上伶人的辛酸故事。在《歌場冶史》中，楊柳青姊弟的命運可以代表當時女伶和男伶的普遍遭遇。而《秋海棠》中秋海棠的人格形象則是伶人反抗社會歧視的表徵。《秋海棠》昭示了社會底層人物抗拒時勢脅迫的勇氣和力量，引起了小說讀者社會的熱情感應。

　　現代通俗小說中的故事場景能夠對應晚清民國社會上的種種新事新物，然而這些社會小說更富有魅力的所在是講述了市井人物對新事新物、對社會變化的接受歷程。他們和他們的故事雖然是小說虛構的，卻能表現出當時普通人生活的現實情態。可以說，現代通俗小說講述建構出了細緻生動的社會歷史景象，而社會歷史在現代通俗小說中也得到了一種獨到隨性的表述方式。本書附錄部分參考范伯群關於晚清小說的相關論述，評析幾部晚清譴責小說。魯迅當年在給《官場現形記》等幾部小說歸類的時候，指出了它們「揭發伏藏，顯其弊惡，而於時政，嚴加糾彈，或更擴充，並及風俗」〔註 15〕的特徵，亦表明了它們和社會現實的密切聯繫。把對這幾部小說的閱讀心得列入附錄，以作正文之補充。

〔註15〕魯迅：《中國小說史略》，《魯迅全集》（第九卷），北京：人民文學出版社 2005
　　　　年 11 月版，第 291 頁。

第一章 「朱門憶舊熱淚向人彈」：家庭結構的變遷

　　人情世態駐足於家庭生活。家庭是一種組織，這種「組織居於任何一個社會的中心，甚至達到迄今為止沒有一個社會能夠做到捨此而存在的地步」〔註1〕。它是人類社會的普泛現象，可以概觀社會，也可以構畫出一個社會的大致形態。家庭結構、關係、生活的歷史變化能映現出社會的變遷，而社會變遷也在家庭的歷史變化中得到展示。中國現代通俗小說所敘寫的社會必然無法隔絕家庭故事，其中的人物活動往往以家庭為他們的棲居和歸屬之地。這些活在現代社會和小說中的人們出出進進於各自的家庭，經驗著瑣碎的家庭生活，演繹著煩惱的人生故事。

　　通俗小說關於家庭的敘事俯拾即是，且各異情態。有名門望族的顯赫也有貧寒陋舍的清冷，有幾代同堂的煩鬧也有小家獨戶的熨貼，有普通住家的庸常也有雜院私宅的隱晦……這些各色人家無一不可視作現代人安身的基礎。例如在張恨水《春明外史》的開篇，就交代了主人公楊杏園的住處「皖中會館」：

> 這皖中會館房子很多，住的人也是常常擁擠不堪，只有他正屋東邊，剩下一個小院子，三間小屋，從來沒有人過問。原因這屋子裏，從前住過一個考三次落第的文官，發瘋病死了，以後誰住這屋子，誰就倒楣，一班盼望陞官發財的寓公，因此連這院子都不進來，

<hr>

〔註1〕 〔法〕安德烈·比爾基埃等主編，袁樹仁等譯：《家庭史》（一卷），北京：生活·讀書·新知三聯書店1998年5月版，第14頁。

-11-

誰還搬來住。楊杏園到京的這年，恰好會館裏有人滿之患，他看見
這小院子裏三間屋，空堆著木器傢夥，就叫長班騰出來，打掃裱糊，
搬了進去。……其實這個小院子，倒實在幽雅。外邊進來，是個月
亮門，月亮門裏頭的院子，倒有三四丈來見方，隔牆老槐樹的樹枝，
伸過牆來，把院子遮了大半邊。其餘半邊院子，栽一株梨樹，掩住
半邊屋角，樹底下一排三間屋子，兩明一暗。楊杏園把它收拾起來，
一間作臥室，一間作書房，一間作為好友來煮茗清談之所，很是舒
服。一住五年，他不願和人同住，也沒有人搬進來。（第一回）

這是一個客居京城的文人自立的家。環境優雅，處地獨闢，因為存在過可怖
的故事，沒人願意住進來。楊杏園卻只喜屋子的清雅，不在乎它過去的歷史。
這很有些像《聊齋誌異》中書生的居所，在這樣的地方居住常能夠消受到豔
情而哀婉的故事。楊杏園的愛情經歷印證了這一敘事理路，不同的是過去書
生的豔遇故事僅是他人生的一段浪漫插曲，而楊杏園安居在皖中會館以後的
遭遇卻影響到他一生的悲喜。所以社會小說《春明外史》以描畫主人公的家
開頭不是閒來之筆。

　　同樣以寫住所開頭並且寫得十分精彩的小說應數劉雲若的《舊巷斜陽》。
起領《舊巷斜陽》開篇的家不是文人獨居的清雅之所，而是窮人雜處的陋巷
院落。

　　　　這院中共有七個單間小屋，在院子中央積土積成的小山周圍，
卻只放著六具作做用的行竈，可以表明只住有六家人家。但並非有
一間空間，而立在院中稱為首戶的廚師黃三，因為在一家中學堂裏
包飯，進項很多，就獨佔了北面向陽的兩間房子。在黃三旁邊的一
間，是賣鮮花的趙大頭夫婦住。東面兩間，一間住著個拉洋車的鼻
子王，一間住著馬寡婦。這鼻子王因為鼻子太大，所以綽號叫大鼻
子，但不知怎的被人把「大」字省去，簡稱鼻子。他原在一家公館
當差，因和一個女僕勾搭上了，被主人看破，雙雙被辭。二人就賃
房同居，鼻子王改行拉車，養活他的姘頭。至於那馬寡婦，卻是一
家小康人家的媳婦，丈夫死了不久，她空房難守，鬧得風聲很壞。
公婆勸她改嫁，她又不肯，又加上娘家沒有親人，公婆也不是明理
的，只圖眼前清淨，就把她趕將出來，在外另住，每月給一點生活
費。她又託人在恤務會補個名兒，每月領一塊多錢，對付著生活。

房中常有男人盤踞，據她對人說是娘家兄弟，但這兄弟卻常停眠整宿，因此每惹黃三的老婆譏罵，馬寡婦也不在乎。西面的一間，住著在飯館作跑堂的劉四，失業已然很久，可是他一妻二女，全是飽食暖衣，不露窮相，並且還聘請了一位在落子館的教師，教給女兒唱戲。外面都說劉四在外面作了白錢，幹著肫篋營生，但沒人能夠證實。劉四本人又成天嘻嘻哈哈，對街坊十分和氣，人緣既好，人們也就不考察他了。另一間卻住著姓韓的母女二人，母親已是五十多歲，女兒名叫巧兒，年方十八，生得很有姿色。母女都給一家軍衣莊作外活，頗能溫飽。巧兒還有些微積蓄，每月貼給劉四一塊半錢，和他的女兒一同學戲，因為天性特別聰明，已經學會好幾齣了。

這是院中大致輪廓，先行表過。（第一回）

巧兒是小說的主要人物之一，因為出身貧寒，貪慕富貴，遂去作了能出頭露臉的女招待，一個當時名聲不好的職業，從而引發出後來一波三折的故事。小說開頭描寫的雜院住戶，為城市平民社會作了形象勾勒，出身於這一社會階層的人特別是女性，她們的不幸故事牽動著作家和眾多讀者的同情之心。

現代通俗小說中，以家庭生活為中心而不僅僅把家作為人物出身和棲息之所的作品，最著名的有兩部，一部是李涵秋的《廣陵潮》，一部是張恨水的《金粉世家》。《廣陵潮》開始創作於 1908 年，1919 年寫成，共一百回。後李涵秋和程瞻廬又合寫出《新廣陵潮》五十回（李涵秋寫第一回，後四十九回為程瞻廬續），初刊於《紅玫瑰》雜誌，1929 年世界書局出版單行本。《廣陵潮》的故事內容一般被概括為：小說「以揚州社會為背景，以雲麟與伍淑儀、柳氏、紅珠的戀愛婚姻及感情糾葛為主線，詳盡描述了晚清民初時期揚州雲、伍、田、柳四個家族的盛衰榮辱、悲歡離合的故事，反映了揚州、南京、武漢、上海等地幾十年間社會人生的極大變化和晚清民初社會習俗及政治狀況，對於辛亥革命、洪憲醜劇、張勳復辟以及白話文運動、五四前的文化啟蒙等這些大事都有所反映」[註2]。李涵秋把個人的身世經歷附著在主人公雲麟身上，雲家也就帶上了李涵秋自己的家庭印跡。李涵秋直言道：「吾書雖曰社會小說，實則為吾家庭寫照，蓋吾作此書，隱寓無窮身世之感」。[註3] 雲家是小說的敘事主體，伍、田、柳家與雲家有姻親關係。小說通過家族間的

〔註 2〕 劉明坤：《李涵秋小說論稿》，北京：人民出版社 2010 年 6 月版，第 46 頁。
〔註 3〕 貢少芹：《李涵秋》，上海：震亞圖書館 1928 年 5 月版，第 2（132）頁。

聯繫網絡，描畫出了家庭生活的各色情態，也正因為存在著人物之間的聯繫網絡，小說能有足夠的空間把家庭敘事擴展到更寬廣的層面。

《廣陵潮》所反映的社會時代變遷是從家庭敘事中擴展出來的，這既是《廣陵潮》的特色，也在某種程度上造成了小說敘事的不緊湊。社會故事往往游離了主人公們的家庭敘事，《廣陵潮》由此成為一部「故事集綴」型小說。

張恨水的《金粉世家》不存在「社會」和「家庭」游離的問題。「朱門憶舊熱淚向人彈」是小說「楔子」的回目。小說呈現出的是：家庭變化本身就是社會變遷的一部分，經受家庭變化甘苦的人們實在也是沉浮於社會炎涼之中。金家是小說集中筆力的所在，它雖不像《廣陵潮》那樣存在家族間聯繫的錯綜網絡，但同樣顯示出宏大規模。民國官宦鼎食之家的顯赫為《金粉世家》贏得了聲勢，小說因此被世人喻為二十世紀的《紅樓夢》。本章即以《金粉世家》為中心，討論現代通俗小說如何在時代社會的變遷中講述家的故事。

一、冠蓋之家

《金粉世家》於 1927 年 2 月至 1932 年 5 月連載於張恨水參與編輯的《世界日報》上，1933 年 2 月世界書局出版了單行本，共一百十二回，另加有「楔子」和「尾聲」。這是繼《春明外史》之後張恨水的又一部引起世人極大關注的作品。在張恨水的創作中，《金粉世家》的銷行「始終是列於一級的」，「它始終在那生活穩定的人家，為男女老少所傳看」。〔註 4〕而由小說改編成的電視劇一播再播，收視率也是很好。《金粉世家》受人熱衷，最重要的原因就是小說寫了國務總理的家庭故事，這類小說不為世人多見，普通讀者對此充滿好奇。張恨水說：「以後大概不會再寫這樣一部書。而這樣的題材，自今以後的社會，也不會再有」。〔註 5〕

金家的豪華氣派可以借女主人公冷清秋初進金府時略得大概：

> 清秋留心一看，在這大門口，一片四方的敞地，四柱落地，一
> 字架樓，朱漆大門。門樓下對峙著兩個號房。到了這裡，又是一個
> 敞大院落，迎面首立一排西式高樓，樓底又有一個門房。門房裏外
> 的聽差，都含笑站立起來。進了這重門，兩面抄手遊廊，繞著一幢

〔註 4〕 張恨水：《寫作生涯回憶》，張占國、魏守忠編：《張恨水研究資料》，天津：
天津人民出版社 1986 年 10 月版，第 42 頁。
〔註 5〕 同上。

樓房。燕西且不進這樓，順著遊廊，繞了過去。那後面一個大廳，
門窗一律是朱漆的，鮮紅奪目。大廳上一座平臺，平臺之後，一座
四角飛簷的紅樓。這所屋子周圍，栽著一半柏樹，一半楊柳，紅綠
相映，十分燦爛。到了這裡，才看見女性的僕役，看見人來都是早
早地閃讓在一邊。就在這裡，楊柳蔭中，東西閃出兩扇月亮門。進
了東邊的月亮門，堆山也似的一架葡萄，掩著上面一個白牆綠漆的
船廳，船廳外面小走廊，圍著大小盆景，環肥燕瘦，深紅淺紫，把
一所船廳，簇擁作萬花叢。……燕西又引著她轉過兩重門，繞了幾
曲迴廊，花明柳暗，清秋都要分不出東西南北了。（第十二回）

這是一所中西合璧的大住宅。「西式高樓」顯示出金家並非是一個保守的家
庭，而是具有現代氣息，家中的父母姊妹都是出過洋的。「四角飛簷的紅樓」
以及「遊廊」、「船廳」、「盆景」等都意味著金家很看重中國傳統的文化底蘊。
冷清秋的氣質很符合傳統文化底蘊，因此她能夠順利走進金府，獲得家長金
銓的肯定。不過，也因為清秋偏於傳統氣質，缺乏西化色彩，她終究不能融
入金家，以致產生後來的婚姻悲劇。

　　生活在這樣一個中西合璧的大家庭，不是容易的事情。首先維持兩方面
的花費開銷就需要有效張羅。小說寫到兩次家庭結賬，很能說明問題。一次
是在第五十四回，快過年了，照例是盤查賬目的時候。「原來金家的賬目，向
來是由金太太在裏面核算清楚，交由鳳舉和商家接洽。結完了總賬之後，就
由鳳舉開發支票。」此時，綢緞莊王掌櫃來到金家，拿出一份賬單來，上面
列有：「太太項下，共一千二百四十元。二太太項下，共二百七十三元。三太
太項下，共四百二十元。大爺項下，共二千六百八十元。二爺項下，三百六
十八元。三爺項下，五百零五元。四小姐項下，二千七百零二元。五小姐項
下，二百十二元。六小姐項下，一百九十元。七爺項下，一千三百五十元。
八小姐項下，五十八元。」這份賬單很能顯示出金家成員在家庭中的地位。
金太太是總理金銓的正妻，主持管理家庭事務，她的賬可以視為公賬，花費
多些是沒有人可以干涉的。二太太是金銓的偏旁，雖然來金家的時間很長，
並且生了孩子，有了資歷，但為人老實，從沒有非份之想，所以花銷有限。
三太太翠姨年輕漂亮，很得金銓寵愛，她沒有二太太的資歷但花費比二太太
多些，且及不上大太太和幾位少爺小姐，也是說得過去的。一來翠姨是三姨
太，地位較低不敢造次；二來金銓常私下裏給翠姨置物添款，公開賬目上面

也就不宜表現出來。大少爺鳳舉是家中長子，是有身份的人，花費也大。這一賬目上的款額已爲王掌櫃處理過，否則還要多。鳳舉對此有些吃驚並感到不安，他沒有料到自己竟然支出如此之大，擔心該如何結清這筆賬，害怕長輩妻子查問。二爺鶴蓀和三爺鵬振的花銷很能擺在賬面上，鵬振的花銷稍多，可能是因爲他捧戲子的緣故，鶴蓀花銷不多很大程度上是因爲有妻子慧廠的管束。四小姐道之花銷最多，是因爲她全力爲七爺燕西籌備婚事，只是記在了自己賬下。道之是家中長女，已出嫁生子。這時雖住在金府，但自已經濟獨立，並且出過洋，説話很有些分量，金太太很能聽進道之的意見。所以道之的賬目數額雖然最大但是花銷有理，無可厚非。五小姐敏之和六小姐潤之都待字閨中，同樣是出過洋的。她們花銷不多，一則本來就無所大花費，二則她們不像哥哥們那樣有工作收入，還需要父母撫養和爲她們預備嫁妝，所以不好過於奢侈。七少爺燕西花費多，是因爲交際多，要談戀愛，同時他是父母最小的兒子，最受家裏寵愛，多花錢也能被家裏容忍。八小姐梅麗年齡小，還是一個學生，花銷也最少，因爲是二太太生的孩子，要表現不錯以得家裏人的喜愛，當然相對於大太太生的哥哥姐姐們在經濟方面需要收斂和節制。媳婦們的花費不在賬單上列出，可能出於兩種原因，一是她們把賬目都記在了丈夫的名下，二是這份賬單只記錄了金家太太和兒女們的出賬。

　　賬單不僅顯示出金家成員的家庭地位，更直接地表明了金家的經濟實力。需知這只是一份綢緞莊上提供的賬單，其他的花費也就可想而知。小説第八十七回又一次説到賬目的事。這時金銓已經去世，家中的經濟支柱坍塌，幾個兒子又都不成器，家道便很快衰敗了。家裏要裁退僕人，賬房先生不再重要便在裁退之列。裁退之前需要把家中的賬目結清，鳳舉夫婦在盤賬的過程中發現了很大漏洞，於是請來警察總監詢問賬房先生。

　　　　總監用手將鬍子一抹，望著柴貫二人道：「你們二人代金總理管了這些年的帳，北京城裏買了幾所房子而外，大概還在家裏買了不少的地。照説，你們也可以知足了，爲什麼總理去世，你們還要大大地來報一筆謊帳？」柴貫二人臉上變了色，望望總監，又望望鳳舉。鳳舉雖知道楊總監要奚落這二人兩句，但是不料他連柴貫二人在北京置有產業的事都説出來了。這件事，始終就沒有聽到提過，不知他如何知道了？再者，柴貫二人的臉色，竟是犯什麼大罪一般，不見有一點血色。楊總監道：「你們作的事，照道德上説，簡直是忘恩負義，沒

有什麼可說的。若是照法律上說，你也是刑事犯。」說到這裡，對旁邊站的警察一望，喝了一聲道：「將他帶了。」（第八十七回）

這段訓話至少可以說明三點：第一，金家此時氣勢已弱，查辦家僕力量不夠，還得依靠警方出面。同時事關銀錢，不是私自就可以輕易解決的，借助法律更有效力。金家懂得借法律處理家事，足見其家風開化。第二，柴賈兩位賬房先生在金家執事期間吞沒了不少錢，又買房子又買地。缺了如此多的錢金家當時一點兒也沒有察覺，這不僅因為賬房先生的假賬做得高明，更因為相對於金家的總收支來說，這點錢只是九牛一毛而已。第三，金家既然把賬房交給柴賈二人，說明對他們是信任的，柴賈二人欺騙之成行，是充分利用了主家對僕從一向持有的寬鬆態度。

金家權勢龐大，資財厚足，除了家裏少爺小姐、媳婦姨太太人數很多外，僕人更是呼之即來，手腳眾多。據社會學觀點，「家庭規模與『戶』的規模是兩個既有聯繫，又有區別的概念。」家庭規模指的是家庭成員的數量，戶的規模既包括家庭成員也包括住在一起的僕傭數量。「政府統計常以『戶』為單位，根據 1936 年全國選舉區戶口統計」，當年初全國「戶均人口大約為 6.06人」。〔註 6〕金家的「家庭規模」本已高出這個數額，加上所用僕婦的「戶的規模」更是可觀。所以，無論從資財還是人口上看，金家都是豪門大戶。

金家對其眾多僕人們的態度很寬鬆，這可以從丫頭小憐身上集中表現出來。小憐不但在僕人中間被描述得很突出，而且也是小說裏一個重要角色。一些學者認為，小憐對於整部小說起到結構性的作用。她在金家風光之日離開金府，到金府蕭條敗落的時候回來，可以說，小憐見證了金家由盛而衰的景況，把小說前後部分很自然的貫穿呼應起來。不僅如此，小憐的存在還能很好地詮釋那個時代新的主僕關係，或者說人際關係。小憐是大兒媳吳佩芳的丫頭，在佩芳手下，小憐出落成了一個既會繡花女紅亦能讀書寫字的伶俐姑娘。把丫頭教養成一個讀書識禮的人，這是不多見的事情。鳳舉有一個比喻，說：「你和你大少奶奶，比那一對愛情姊妹花，我比著你手底下繡的愛葉，你看怎麼樣呢？我倒是很願意做一片愛葉，襯托著你們哩」（第十八回）。小憐正繡著花，鳳舉就謅出這樣一個比喻，調戲小憐。不過這個比喻不能說完全是胡謅，在歷來的文學文本裏，丫頭不是受主人的欺壓，便是聰明伶俐的好幫手，女主人和自己

〔註 6〕　陸漢文：《現代性與生活世界的變遷——20 世紀二三十年代中國城市居民日常生活的社會學研究》，北京：社會科學文獻出版社 2005 年 6 月版，第 155、156 頁。

得意的丫頭經常以姊妹相稱。鳳舉把佩芳和小憐當姊妹看並不令人奇怪,只是其中含有了婚姻的暗示。女主人的丫頭常常有很大可能被男主人收房,成為妾,特別是那些陪房丫頭。鳳舉存有這種想法,可佩芳絕不同意。一來小憐是她一手帶出來的,能有如今的成績很不容易,真想當作妹妹一般給她找一個合適可靠的人正正經經出嫁;二來佩芳是不能容忍丈夫另有所歡的,這是新的婚姻觀念,下面再談。而知書識文的小憐也不願意為人作妾,鳳舉奈何不了她。這時候的僕人已經有了自我權利意識,不再是主家的奴隸了。

除了鳳舉對小憐有所企望外,金家其他人對小憐都很友好,特別是小說主人公金燕西。小憐命運的轉折則在第十五回八小姐梅麗帶小憐出席同學婚禮。這已是不把小憐當僕人看待了,而小憐出席婚禮是以金家遠房姐妹的身份,依然是用姐妹代替了主僕關係。小憐在公共場合的出現招來了富家子弟柳春江的熱烈追求。讓人欣慰的是,柳春江並不因發現了小憐的真實身份就放棄自己的愛情追求。小憐在鳳舉的糾纏和佩芳的問難下終於離開金府,投向柳春江,出走時留下一封辭別信,就此輕而易舉的擺脫了僕人的身份。這在從前是不太可能做到的。第九十七回,小憐成了柳夫人,衣錦回金府。金府上下非但沒有責備小憐的出走,反而以親戚相待,小憐終於堂而皇之地成為金家的姐妹。這不能只用小憐高升金家敗落來解釋。從冒充姐妹,到被比喻成姐妹,再到真的成為姐妹,一種新的主僕或人際關係被呈現出來。雖然不能說那時主僕即擁有平等的權利,但這種新的關係已經拋棄了從前仆從的隸屬地位,逐漸向平等觀念演進。中西合璧的金家正很好地詮釋了這一點。

家庭成員之間特別是父子之間也呈現出了類似的鬆動關係。《金粉世家》中,金銓首先是以父親的角色處在眾多家庭成員之上,也就是說,承續著中國歷來的倫理道德規範,作為父親的金銓享有著在金家的最高權力。金家的妻妾、八個子女以及兒媳們都對金銓十分恭順,不敢在他面前有違拗的表示,甚至不敢多說話。父親的威嚴是充分彰顯了出來,但在這威嚴背後起作用的不僅僅是「父為子綱」的傳統規訓,更是金銓國務總理的身份。「從功能觀點來看,父母和子女的關係廣泛地和家庭控制子女以後的命運(或社會地位)的能力(或無能力)聯繫在一起」。〔註 7〕家庭為子女的前途能夠提供如何保障,既是家庭承擔的一項重要責任,也構成子女對家庭的依仗。家庭越是有

〔註 7〕 〔法〕讓‧凱勒阿爾等著,顧西蘭譯:《家庭微觀社會學》,北京:商務印書館 1998 年 12 月版,第 91 頁。

能力提供有效保障，子女對家庭的依賴性也就會越強。金家子女對金銓的恭順很大程度上在於金銓的社會地位能爲他們謀得優厚的職業和生活。鳳舉、鶴蓀、鵬振三人即是藉著金銓的能量在政府部門獲得了清閒的高位。一旦得罪了父親，他們的職位就有可能不保。鳳舉娶晚香鬧得家庭不寧，金銓大爲生氣，寫信給他的部僚要免去鳳舉的官職。信中說道：

> 昨讀西文小說，思及一事，覺中國大家庭制度，實足障礙青年向上機會。小兒輩襲祖父之餘蔭，少年得志，輒少奮鬥，紈絝氣習，日見其重。若不就此糾正，則彼等與家庭，兩無是處。依次實行，自當從鳳舉作起。請即轉告子安總長，將其部中職務免去，使其自闢途徑，另覓職業，勿徒爲閒員，尸位素餐也。銓此意已決，望勿以朋友私誼，爲之維護。（第五十九回）

鳳舉的職位是金銓給的，金銓當然也能收回他的恩賜。雖然這事由人從中說情，兜轉了回來，但金銓的威力足以見出顏色。值得注意的是，金銓懲治兒子給出的理由是：大家庭制度阻礙了青年的成長。青年人依靠家庭庇護不思進取，坐享其成，這是極不應當的。金銓清醒意識到了金粉之家的流弊，可是他疏忽了他能管住子女的正是大家庭的權勢。

金銓猝亡時，他的兒子們正在外尋歡作樂。金銓喪事剛辦完，熱孝中的兒子們已不太能安守在家裏了。父子之間維繫著的感情很淡漠，父親的社會地位才是兒子們真正在意的東西。金銓的社會身份讓他經常忙於公事，很少安閒在家。所以小說寫到金銓的筆墨並不多。兒子們只是在心目中對父親存有威嚴的想像，父子真正交流的機會很少，感情因此不會深厚。這是由「家庭生活和工作生活頻繁脫節」帶來的，「長輩對小輩的控制和監督變得不可能或沒有效果了。前者不再控制後者的資源消費」。〔註8〕懼父只成了一種表面現象，因爲即便懾於父親的權威，兒子們還是各行其是，揮霍著自己能夠支配的資財。金燕西就是一個典型例子。

二、婚姻的幾種形態

金燕西藉著父親讓他在家讀書的名目，整日在外閒遊。小說第一回，燕西帶著他的僕人在陽春時節策馬馳行，回首間遇到了小說的女主人公冷

〔註8〕　〔法〕讓‧凱勒阿爾等著，顧西蘭譯：《家庭微觀社會學》，北京：商務印書館 1998 年 12 月版，第 83 頁。

清秋。於是燕西租房子結詩社以認識清秋，進而追求成婚。一般研究者都會這樣來概括小說的主要故事情節：「《金粉世家》的真正主角，是金家的不孝子金燕西，一位『時裝賈寶玉』，一位現代頹廢都市青年，一位顯赫家族的紈綺子弟，以及他對出身寒微、才貌雙全的女學生冷清秋始亂終棄的故事」。〔註9〕

燕西和清秋的婚姻涉及到三個在當時的社會來說十分重要的問題，即：自由戀愛結婚、門第觀念和離婚。清秋是在燕西窮追不捨的愛情攻勢之下屈服了。小說第十三回，香山上的一番對話很能說明兩人對這場婚姻的態度：

> 燕西道：「你這是多慮了。婚姻問題，是我們的事，與他們什麼相干？只要你愛我，我愛你，這婚約就算成立了。況且我們家裏，無論男女，各人的婚姻，都是極端自由的，他們也決不會干涉我的事。」清秋道：「我問你一句話，府上有人和貧寒人家結親的嗎？」燕西道：「有雖然沒有，可是也沒有誰禁止誰和貧寒人家結親呀！婚姻既然可以自由，那我愛和誰結婚，就和誰結婚，家裏人是不能問的。況且你家不過家產薄弱一點，一樣是體面人家，我為什麼不能向你求婚？」清秋道：「你說的話，都很有理，我不能駁你。但是我不敢說府上一致贊成。」燕西道：「我不是說了嗎？婚姻自由，他們是不能過問的。只要你不嫌棄我。這事就成立了。漫說他們不能不贊成，就是實行反對，他還能打破我們這婚約嗎？你若是拒絕我的要求，就請你明說。不然，為了兩家門第的關係，將我們純潔的愛情發生障礙，那未免因小失大。而且愛情的結合，只要純正，就是有壓力來干涉，也要冒萬死去反抗，何況現在並沒有什麼阻礙發生呢？」清秋坐在那裏，依然是望著水出神，默然不做一聲。（第十三回）

燕西對自己和清秋的婚事很有把握，理由很簡單，兩人相愛就能成婚，不干家庭的事，「就是有壓力來干涉，也要冒萬死去反抗」。這是愛情至上的自由婚姻觀念，在當時的時髦青年中間十分流行。五四以後，傳統的父母之命、媒妁之言的婚姻方式越來越為青年人所不齒。據 1927 年的一項問卷調查，

〔註9〕　宋偉傑：《老靈魂/新青年，與張恨水的北京羅曼史》，《中國現代文學研究叢刊》2010 年第 3 期。

「100%的人反對婚姻『宜完全由父母或其他尊長作主』，80.6%的人贊成由『本人作主，但須徵求父母的同意』」。〔註10〕燕西信誓旦旦的話屬於對自己的自由婚姻有十足把握，不容家庭干涉，但具體操作起來，依然是要徵得父母同意的，因爲清秋畢竟是要嫁入金家（在這過程中，燕西的姐姐們，特別是四姐道之對促成金冷的婚事起到很大作用）。燕西一味強調「自由」，是爲了讓清秋解除顧慮，表明他對清秋的愛情絕對眞誠與純潔。

燕西對清秋的執著追求源於第一眼的相見：「只見那女子挽著如意雙鬟，鬟髮裏面，盤著一根鵝黃絨繩，越發顯得發光可鑒。身上穿著一套青色的衣裙，用細條白辮周身來滾了。項脖子披著一條西湖水色的蒙頭紗，被風吹得翩翩飛舞。燕西生長金粉叢中，雖然把倚紅偎翠的事情看慣了，但是這樣素淨的妝飾，卻是百無一有。他不看猶可，這看了之後，不覺得又看了過去。只見那雪白的面孔上，微微放出紅色，疏疏的一道黑劉海披到眉尖，配著一雙靈活的眼睛，一望而知，是個玉雪聰明的女郎。」（第一回）燕西鍾情於清秋，很大程度上在於清秋身上煥發出的風神是他生平少見的。在當時的「擇偶標準問題上，男子對於妻子的期望，首先是性情相投，其次是身體健康，再次是具有一定的教育造詣。女子對於丈夫的期望，也首先是性情相投以及身體健康，然後是具備辦事的能力。而傳統的門第與家產都不再是十分重要的了。青年男女對理想配偶的標準已逐漸接近，相貌、性情、才學是青年一代選擇配偶的要素」〔註11〕。清秋近於「理想配偶的標準」，是燕西不能錯過的，而燕西並非清秋最理想的結婚人選。

在認識燕西之前，清秋還是個情竇未開的少女，似乎還沒有想到過婚姻的事。小說曾多次提到清秋「年輕」，婚姻對於還在上中學的清秋來說確實來得有些早了。據統計，1940 年代，「中國城市居民的平均初婚年齡爲 19.2 歲」，而在「1937 年以前結婚（主要是 1920 年代後期至 1937 年）的女性中，77.0%的人在 20 歲以前結婚」，清秋就屬於二三十年代在 20 歲之前結婚的年輕女性。雖然這是當時多數女性的婚姻狀況，但就當時的調查表明，「晚婚至少已成爲城市年輕精英中占主導性的觀念」，因爲人們開始意識到「城市生活變化很快，年輕時正是學習、適應與提高的關鍵階段，早婚會使人失去

〔註10〕彭明主編，朱漢國等著：《20 世紀的中國——走向現代化的歷程》（社會生活卷 1900～1949），北京：人民出版社 2010 年 8 月版，第 338 頁。

〔註11〕同上，第 338～339 頁。

很多發展機會，影響生活質量的提高」。〔註12〕清秋還沒有覺察到自己的早婚就匆匆嫁入金府，事後出現的婚姻危機不能不說是他們夫婦太年輕導致的結果。

在婚前乃至婚後，令清秋困擾於心的並非自己和燕西都太年輕，沒有成家立業和獨立生活的能力，而是金冷兩家門第懸殊。所謂「齊大非偶」，金家的奢華富貴不免讓寒素出身的清秋產生顧忌。其實冷家不是貧窮人家，至少沒有衣食問題。冷太太母女倆和清秋的舅舅宋潤卿一起生活，還雇了兩個傭人韓媽和她的丈夫韓觀久在家裏幫忙，生活不寬裕但也十分平靜和睦。燕西說冷家也是「體面人家」，除了因為冷家是和睦的小家庭，還因為它是書香門第。清秋的父親是個讀書人，雖然已經去世，但家學還在，宋潤卿常時不時誇耀自己和妹夫的才學。然而清秋還是因門第問題對這場婚姻隱懷擔心。清秋的擔心主要出於兩點：一是怕金家反對，二是自己在婚姻中很有可能得不到平等地位。

第一重擔心可以由婚禮上金銓的一席話平息過去。小說第四十九回金銓道：

> 「今天四小兒結婚，蒙許多親友光臨，很是榮幸。剛才諸位對他們和舍下一番獎飾之詞，卻是不敢當。……燕西和冷女士都在青春時代，雖然成了室家，依然還是求學的時代。他們一定不應辜負今天許多親友的祝賀，要好好的去作人。還有一層，世界的婚姻恐怕都打不破階級觀念。固然，做官是替國家作事，也不見得就比一切職業高尚。可是向來中國做官的人，講求門第，不但官要和官結親戚，而且大官還不肯和小官結親戚。世界多少惡姻緣由此造成，多少好姻緣由此打破，說起來令人惋惜之至！」……「我對於兒女的婚姻，向來不加干涉，不過多少給他們考量考量。冷女士原是書香人家，而且自己也很肯讀書，照實際說起來，燕西是高攀了。不過在表面上看起來，我現時在做官，好像階級上有些分別。也在差不多講體面的人家，或者一方面認為齊大非偶，一方面要講門第，是不容易結為秦晉之好的。然而這種情形，我是認為不對的。所以

〔註12〕陸漢文：《現代性與生活世界的變遷──20世紀二三十年代中國城市居民日常生活的社會學研究》，北京：社會科學文獻出版社2005年6月版，第150～152頁。

　　我對於燕西夫婦能看破階級這一點，是相當讚同的，我不敢說是抱

　　平等主義，不過藉此減少一點富貴人家名聲。我希望眞正的富貴人

　　家，把我這個主張採納著用一用。」（第四十九回）

能夠代表金家話語的金銓在燕西和清秋的婚禮慶典上當眾闡說了他對於門第
觀念的看法。在一般人眼中，金冷兩家存在門第差別，金銓用當時的時髦術
語「階級」來形容這樣的差別。不過他強調這種門第觀念和階級意識是不可
取的，就本人來講，燕西不如清秋，他們倆的婚姻打破了常人的門第之見，
應該得到支持和提倡。金銓的話十分冠冕堂皇，並且不能不承認他的思想很
開明，金家確實是文明之家。

　　眾人面前的這一番演說，就像給清秋寫了一份保證書，可以讓她心安了。
可清秋不是一個時髦女子，她的「不新不舊」（第九回）的思緒讓根深蒂固的
觀念不能完全消除乾淨，縱然表面的門第觀念可以打破，但是內在的權力分
配卻引導著自尊心格外敏感。清秋是一個知識女性，有著知識者慣有的清高
姿態。當「攀高枝婚姻」得到實現，「夫婦間的權力分配」也就能顯出清晰成
效。〔註 13〕在這種婚姻中，攀高枝的一方總是處於劣勢地位。這不是打破傳
統門第觀念就可以解決的問題。就像存在於社會鬥爭中一樣，權力也存在於
夫婦經營的家庭生活中，並不能隨著時代思想的更新就消失掉。清秋自嫁入
豪門的那一刻即決定了她在婚姻中的地位。她無法干涉燕西婚後的一切行
爲，甚至不容她有商量的餘地。燕西在小說後半部被寫成了一個毫無人情可
言的富家蕩子，成了一個符號化的可惡之徒，金家幾乎所有的人都對燕西懷
著失望和不滿。清秋被迫作出了最後的決定：「憑我這點能耐，我很可以自立，
爲什麼受人家這種藐視？人家不高興，看你是個討厭蟲，高興呢，也不過是
一個玩物罷了。無論感情好不好，一個女子做了紈絝子弟的妻妾，便是人格
喪盡。她一層想著逼進一層，不覺熱血沸騰起來。心裏好像在大聲疾呼地告
訴她，離婚，離婚！」（第九十回）

　　離婚是清秋和燕西婚姻的最終結局。「民國時期，受傳統觀念及道德風俗
的影響，離婚率極低」。「但值得注意的是，城市離婚事例中，女性主動提出
離婚者較多。」〔註 14〕這反映出一種新的時代婚姻觀，特別是女性，她們有

〔註 13〕〔法〕讓‧凱勒阿爾等著，顧西蘭譯：《家庭微觀社會學》，北京：商務印書
　　　　館 1998 年 12 月版，第 21 頁。
〔註 14〕陸漢文：《現代性與生活世界的變遷——20 世紀二三十年代中國城市居民日常
　　　　生活的社會學研究》，北京：社會科學文獻出版社 2005 年 6 月版，第 153 頁。

權利以婚姻或者解除婚姻的方式來實現自己更好的生活品質。婚姻自主權和離婚的權力已經被寫入民國法律。清秋的離婚雖是最後的無奈之舉，但她的主動求去的確表達出了民國女性的絕大勇氣和獨立人格。

有意思的是，清秋離婚的途徑很富有詩意。她先是「獨上高樓」，把自己封閉在小樓上照顧嬰兒，伴著青燈讀佛經。接著金家被火，清秋的小樓燒成灰燼，清秋和她的嬰兒失蹤不見。多日以後，正當金家人為清秋的生死憂心忡忡的時候，清秋來了一封信，表明離開的志向，並說此信可當「絕交之書，離婚之約」（第一百七回）。自此，小說主人公清秋和燕西不再有瓜葛。一封普通信件可以成為離婚證書，在各種手續完備辦理的今日是不可想像的，但在當時卻能行得通。因為「1934 年發佈的民法只有理論上的價值。確實，它在一個家庭的不同成員之間確立起西方式的關係，但是很難實行，因為沒有婚姻登記和法律程序，很難解決諸如繼承糾紛之類的問題」〔註 15〕。只要得到公認，婚姻中的各類事務包括婚姻的締結和解除便能奏效。清秋和燕西的婚姻經歷生動地演示了民國時期的婚姻在法律和觀念上的進程。

《金粉世家》的大氣魄決定了它的包容性。就婚姻問題而言，小說除了寫燕西和清秋的愛情婚姻故事外，還有金家幾個兄弟姊妹的婚姻也構成了家庭生活的基礎。敏之、潤之和梅麗還處在戀愛階段，其他人則都已成婚。鶴蓀與慧廠、鵬振與玉芬的婚姻正如很多平凡夫妻一樣有恩愛也有吵鬧。小說對鵬振和玉芬著筆稍多，因為由玉芬還牽連到表妹白秀珠，燕西的親密女友。在某種程度上，秀珠成了燕西和清秋婚姻破裂的重要因由。婚姻之外另有過從親密的女友，這在當時的青年人看來是一種交際上的時髦，但事態的發展往往不由他們掌控。相似的問題發生在鳳舉夫婦和道之夫婦身上。他們對於婚外情感的處理方式要比燕西傳統很多。燕西和秀珠的交往是男女平等的社交場合中的公開行為，有時髦的風氣作支持，不會影響一夫一妻的婚姻形態，卻也不能被善意的規勸所制止。而鳳舉和道之的情況則有了不同，他們原有的婚姻形態都發生了改變。

鳳舉因為追求小憐不成，十分氣悶，去花街柳巷尋求安慰，認識了妓女晚香，遂娶晚香為外室。這一行為非但令妻子佩芳十分傷心和生氣，也令金家其他人感到惱火和不贊成。但事情既已發生，也不得不承認下來。同樣，道之和

〔註15〕〔法〕安德烈‧比爾基埃等主編，袁樹仁等譯：《家庭史》（三卷），北京：生活‧讀書‧新知三聯書店 1998 年 5 月版，第 321 頁。

丈夫劉守華留日期間，守華娶了一位日本下女，事情既成，金家也無話可說。
這兩樁事件均導致了婚姻形態的變化，原有的一夫一妻成了一夫多妻。民國婚
制雖然「在法律上只承認一夫一妻制，但納妾制度在城市中依然存在」，據三十
年代左右的一項調查，「廣州河南區 3200 戶家庭，含人口 19200 人，其中妾為
1070 人，平均每 3 戶有妾 1 人」。〔註16〕妾的存在即承認了一夫多妻的婚姻形
態。民國法律禁止納妾，卻對納妾行為沒有給出懲罰，很大原因就是納妾不是
個別現象，法不責眾。由於傳統婚習的影響，人們一時還不能改變歷來的婚姻
觀念。受文明新風影響的青年人固然對納妾不齒，但當他們遭遇到情感問題或
者生育問題時，傳統婚習又成為退而可持的行為依據。鳳舉和守華的納妾行為
不關涉生育，而是對婚姻情感的一種補足。不過兩人所得的結果有很大不同，
晚香最終捲逃而去，日本妾櫻子依然留在守華夫婦身邊。兩種結果導源於多重
因素，其中之一是妻子的態度，佩芳是不容丈夫另結新歡的，道之卻能和櫻子
相處融洽。另外晚香出身青樓，她嫁給鳳舉不能說沒有感情的成份，但金錢在
其中卻起著很大作用，當鳳舉不能在金錢以至情感上滿足她的需要時，捲逃成
了嫁為人婦的青樓女子下堂而去的慣常行徑。同時晚香的青樓出身，終究為金
家人所輕蔑。櫻子不像晚香一樣聰明任性，她十分溫順，對道之夫婦言聽計從，
並能安守她的本分位置。由於櫻子是日本人，鑒於當時的中日關係，旁人也不
能對這個外國媳婦多所非議。具體情況不同，導致結果不同。然而這兩樁納妾
案畢竟表現出了一夫多妻的鬆散趨勢。鳳舉後來還是回到佩芳身邊，而道之丈
夫的妾是個從不表達個人意見的外國人。

　　能夠充分體現中國傳統的一夫多妻婚姻形態的是金銓和他的三位夫人。
金銓是受過西學影響的人物，他娶了三位太太，這映像出了金家的中西合璧
性質。金太太是金銓的正妻，在家中享有很高的地位，孩子們有什麼事，除
了要徵得父親金銓的允許外，還得請示母親金太太，或者只要母親同意，父
親那裏便能通過。二姨太太是個老實人物，小說在她身上著筆不多，但小說
最後，二姨太太回顧金家及自身的一席話頗能道出多妻婚姻的情形來：

　　　　你祖父除了收房的丫頭不算，一共有五房姨太，你瞧是多不多？
　　真也是怪事，可就只添了你伯父和你父親兩個。你伯父三十幾歲，就
　　過去了。只剩你父親一個，而且他真也有些才學，上人是怎樣地疼愛，

〔註16〕彭明主編，朱漢國等著：《20 世紀的中國——走向現代化的歷程》（社會生活
　　　　卷 1900～1949），北京：人民出版社 2010 年 8 月版，第 343 頁。

那就不用説。可是你父親倒不像你那些模糊蟲哥哥，玩笑雖是免不了
的，正經事也是照樣子辦。討我的時候，老實説，你那位母親是不高
興的。無奈上面一層人，就是多妻的，她也沒法兒反對。祖老太爺自
然也看出了這番情形，聽説在你那位母親面前，還説了一番大道理。
索性讓我進門的時候，還行了一大套禮節。末了，就是照這張相。祖
老太爺的意思，就是説他作主替你父親討二房的，不讓你母親壓迫
我。我年輕的時候，就不知道什麼叫脾氣，你那母親，看我也是很容
易説話的，也就不怎樣和我爲難。那個時候，你大哥二哥，都在英國
留學，其餘的都在家裏，燕西還只兩三歲呢。一家的小孩子，你父親
和你母親是很和氣的，我又不多一丁點兒事，所以家裏頭大家只是找
法子享福，不知道什麼叫鬧氣。後來小孩子大了，人口多了，不是這
個瞧著那個，就是那個瞧著這個，只要瞞了上面兩個人，就什麼事也
幹得出來。這樣地鬧，至少至少有五年了。我老早就猜著，好不起來，
現在看起來，也是癰毒破了頭了。」（第一百七回）

二姨太這番話是對著女兒梅麗講的。小說也是第一次追述了金家歷來的多妻
婚制。金太太鑒於這種一貫做法，只能接受金銓的娶妾。金家能夠實行多妻
婚姻，主要在於金家具有雄厚的權力和財力資本。就經濟學家的眼光來看，
婚姻不僅是男女兩性的結合，更因爲男女雙方能夠在婚姻中獲得比單身更多
的收益。「如果男人有較豐富的資源和更充足、有效的生產功能，那麼，婦女
們可能還樂意與這些一夫多妻的男人們結婚。也就是說，婦女們寧願選擇一
部分『成功者』，而不願選擇一個『失敗者』。」〔註17〕二姨太嫁給金銓就是選
擇「成功者」的例子。

三姨太太翠姨同樣如此。她要比金太太和二姨太年輕很多，幾乎和金銓
的兒女們差不多大。小說沒有寫她是如何嫁給金銓的，據金銓去世後翠姨的
表現來看，她嫁入金家很大程度上是因爲金銓的總理身份，金家能夠爲她提
供舒適的生活。一旦金銓不在了，金家開始敗落，年輕漂亮的姨太太便要想
法另謀出路。民國法律雖然沒有懲罰納妾，卻也沒有給妾以合法地位，妾是
得不到法律保護的。當金銓去世，恩寵不在時，沒有保護感的翠姨與其寄人
籬下，不如選擇離開金家。一夫多妻的婚姻形態最終不能長久維持。

〔註17〕 〔美〕加里·斯坦利·貝克爾著，王獻生、王宇譯：《家庭論》，北京：商務
印書館1998年3月版，第109頁。

三、從「大家」到「小家」

金銓去世是小說的大關鍵。在七十七回之前，金家雖已有種種問題出現，卻因一家之主金銓的存在把一切都壓制下去了。七十七回之後，金家因金銓的去世處在混亂無序的狀態。兒子們的仕途開始發生動搖，特別是燕西，依然在外尋歡作樂，金家支出不濟開始辭退大批僕人，家院著火，清秋和她的孩子不知所蹤，翠姨離家，金太太長住西山禮佛……一戶豪門世家轉眼蕭條冷落下來。小說借昔日丫鬟小憐嫁給柳春江後重回金府的眼睛，來描繪金家的衰敗情形：

> 小憐到大門口的時候，還不覺察到情形有什麼不同，及至走到大樓下那個二門邊，只見兩旁屋子裏不像從前，已經沒有一個人。大樓下的那個大廳，已經將門關閉起來了，窗戶也倒鎖著。由外向裏一看，裏面是陰沉沉的，什麼東西也分不出來。樓外幾棵大柳樹，倒是綠油油的，由上向下垂著，只是鋪地的石板上，已經長著很深的青苔。樹外的兩架葡萄，有一大半拖著很長的藤，拖到地下來，架子下，倒有許多白點子的鳥糞。架外兩個小跨院，野草長得很深。……於是向金太太這邊屋子來，一看那院子裏，兩棵西府海棠，倒長得綠茵茵地，只是四周的葉子，有不少凋黃的。由這裡到金銓辦公室去的那一道走廊，堆了許多花盆子。遠望去兩叢小竹子，是金銓當年最愛賞玩的，而今卻有許多亂草生在下面。那院子靜悄悄的，不見一個人影。金太太住的這上邊屋子裏，幾處門簾子低放著，更是冷靜得多。（第九十八回）

這和當初清秋第一次到金府所見的景象有絕大不同。繁華已逝，榮光不再，金家的一草一木看上去都毫無精神。闊別多月回到金府的小憐自有一番深切的感懷。

小說通過兩個可愛女子的眼光來寫金家的繁華和衰敗，有其用意在裏面。清秋和小憐都在金家生活過，這段生活經歷對她們的一生都萬分重要，然而她們都離開了金家。她們既是金家裏的人又外在於金家，由她們的眼睛看到的金家必然十分清晰真切同時又充滿情感。小說是以充滿情感的筆調來敘述金家由盛而衰的故事的。「家」是小說真正的敘事中心。張恨水道：「而我寫《金粉世家》，卻是把重點放在這個家上，主角只是作個全文貫穿的人物

而已。」〔註 18〕金家裏人物的來來往往，分分合合，全是因爲有這個「家」在。小說最後，當金太太站在西山上眺望北京城，發出「人生眞是一場夢」（第一百十一回）的感歎時，原本聚合在一起的金家人已快各奔東西，大家庭的故事就此收場。

導致金家人分走，冠蓋之家不復存在的因由，除了金銓猝亡，金家衰落外，分家是更直接的原因。小說七十七回之後，便圍繞著令金家人最關心的問題——分家——展開筆墨。這個問題是由金太太提出來的，金銓去世，她就成了家裏的主事之人。金太太提出分家，首先是因爲家裏存有的財產不能滿足金家眾多男女的日常開銷，她不能眼看著兒女們坐享其成、坐吃山空；其次兒女們已有自立的能力，不用再依賴這個大家庭了；再次分家也是鳳舉他們十分希望的，只是不敢說出口，金太太心知肚明，自替兒女們作了打算。金太太在談分家問題時打了一個比喻：「我好比一隻燕子，把這一窠乳燕都哺得長著羽毛豐滿了。那麼，這一個燕子窠，也收藏不下，大家可以分開來，自己去築巢，自己去打食。老燕子力有限，不必再來爲難它了。哺長大了一窠燕子，老燕子已經去了一春的心血，也該讓它休息一下。自己會飛自己會吃，還要老燕子一個一個來哺食，良心也不忍吧？」（第一百四回）父母的責任已盡，即使不談回報，兒女也不應再仰仗父母了。換言之，一個大家庭能成立，父母是主心，父母一旦卸去責任，家庭便容易渙散分離。中國傳統大家庭就是長輩持有話語權力的組織，金太太是通達明理之人，不願專攬權力，也不願爲權力壓折心力，自去西山，讓兒女們獨立出大家庭。

金家兒女對於分家都贊成，他們想早些得到金家的一份財產，供自己自由支配，不必再受父母管束。二兒媳慧廠的一番話頗爲爽快也很到位：「老實不客氣一句話，哪個要獨立撐持這個家，當然是不容易。要說合作，爲的是顧全面子嗎？分居並不見得有損面子。何況合作的家，一國三公，大家攤錢，大家出主意，也許倒惹些糾紛。分開來，大家獨立組織小家庭，自尋發展，母親願意到哪家去看看，就到哪家去看看，大家不敢說是能比以前好，對於母親，當然是盡力而爲。母親不管理這大的家，也可以少操許多心了。這又並不是爭田奪地來分開的。這是由大組織化爲小組織，由一種保護勢力之下，各尋出路去奮鬥，這不是有傷和氣。我們當然不敢說是羽毛豐滿，然而也沒

〔註18〕 張恨水：《寫作生涯回憶》，張占國、魏守忠編：《張恨水研究資料》，天津：
　　　　 天津人民出版社 1986 年 10 月版，第 40 頁。

有一輩子倚賴上人之理。」（第一百四回）與其住在一起顧全體面，不如各自成家獨立發展。金家的分家不像很多家庭那樣兄弟姊妹間求多爭少，而是和和氣氣，「由大組織化為小組織」，呈現出當時人理想的分家形態。其實，在金家兒女同住一起的時候，他們已有些各自為政了。不但每對夫婦各住一個小院，自己有自己的賬戶，就連吃飯也是分開吃的。小說第七回對此解釋道：「原來他們家裏，上學的上學，上衙門的上衙門，頭齊腳不齊，吃飯的時間，就不能一律。金太太就索性解放了，叫兒女媳婦們自己去酌定，願意幾個人一組的，就幾個人組一個團體，也不用上飯廳了，願意在哪裏吃就在哪裏吃。這樣一來，要吃什麼，可以私下叫廚子添菜，也不至於這個人要吃辣的，有人反對，那個要吃酸的，也有人反對，總是背地大罵廚子。所以他們家裏，除了生日和年節而外，大家並不在一處吃飯的。結果，三個太太三組，金銓是三個太太的附屬品，一處一餐，三對兒媳三組，三個小姐一組，七少爺一人一組。他們有時高興起來，哥哥和妹妹，嫂嫂和小叔子，也互相請客。」燕西婚後則與清秋一起跟著金太太吃飯。大家各吃各的飯，雖然住在同一屋簷下，共處的機會並不很多。直到要分家，也不覺怎樣不適應。可以說，金家人共處的生活狀態已為後來的分開自立作了鋪墊。小說最後，金家人都搬離了金家大宅，自立門戶、自謀生路去了。

　　《金粉世家》是一部敘寫大家庭由聚而散的小說。在這個意義上，把它和《紅樓夢》相比，不算抬高了這部小說的價值。然而《金粉世家》和《紅樓夢》對於大家庭興衰敘事的著眼點不太一樣。《紅樓夢》在回顧往昔的繁華歲月時帶有濃重的釋道意味，過往的富貴世家生活只是一「夢」而已。《金粉世家》不乏含有這層意味，這與張恨水對佛學的偏愛有很大關係，但張恨水寫《金粉世家》更著眼於現實社會。張恨水說：「受著故事的限制，我沒法寫那種超現實的事」。「小說有兩個境界，一種是敘述人生，一種是幻想人生，大概我的寫作，總是取徑於敘述人生的。」「寫社會小說，偏重幻想，就會讓人不相信，尤其是寫眼前的社會。《金粉世家》，我是由蜃樓海市上寫得它像真的，我就努力向這點發展」。〔註19〕張恨水看重現實，作為社會小說的《金粉世家》也就力圖描摹出現實情態，即使其中帶有空幻的念想，卻以反映現實為敘事的基礎。所以《金粉世家》寫出的大家庭由聚而散的故事，不能用

〔註19〕張恨水：《寫作生涯回憶》，張占國、魏守忠編：《張恨水研究資料》，天津：
　　　天津人民出版社 1986 年 10 月版，第 40 頁。

「人生如夢」感歎了過去,這個故事正是民國社會家庭變遷的特別寫照。

民國社會的家庭結構發生了很大變化,核心家庭的比例日益上升。所謂「核心家庭」是指:「由父母及未婚子女組成的家庭」。〔註20〕這是一種新型的家庭結構,在二十世紀世界範圍內呈現出顯著發展的趨勢,而不僅僅是中國。核心家庭之外,還有主幹家庭、聯合家庭的區分。主幹家庭是指:「由兩代或兩代以上夫妻組成,每代最多不超過一對夫妻,且中間無斷代的家庭,如父母和已婚子女組成的家庭」。聯合家庭是指:「父母和兩對或兩對以上已婚子女組成的家庭,或是兄弟姐妹婚後不分家的家庭」。〔註21〕金家在分家之前是典型的聯合家庭,這也是中國傳統的大家庭結構,父母和孩子們住在一起。可這樣的居住形態在民國年間發生了變化,青年人開始感覺到大家庭的束縛,想要離開家庭,各種各樣的離家故事遂出現在文學革命之後的小說中。然而大家庭被拆散的情況並非如此簡單。據潘光旦 1926 年進行的調查,在「317 名城市居民中,有 266 人不贊成大家族制度,占總數的 71%,但反過來又只有 126 人贊成採取歐美的小家庭制,占 40.5%,59.5%的人反對。64.7%的人認為歐美小家庭制可以采用,但祖父母與父母宜由子孫輪流同居共養」〔註22〕。不贊成大家庭生活方式不等於就贊成小家庭(核心家庭)結構。贍養父母作為中國社會的傳統道德觀念不會因家庭生活方式的改變而消失。由於核心家庭不能體現出贍養父母的義務,所以金家兒女雖然都希望能夠分家獨立,卻不敢把自己的想法直說出來,擔心說了出來會讓金太太產生子女要棄她而去的誤解。所幸金太太自己提出要分家,於是慧廠才說分了家,大家依然要盡照顧母親的責任,照顧的方法就是母親願意在哪家住就到哪家住。金太太住在她一位子女的已婚家庭中,即構成了主幹家庭,這是當時多數人認可的家庭結構,主要就是考慮到了贍養問題。但金太太沒有照兒媳慧廠的委婉提議做,她搬到西山依靠自己的積蓄解決養老問題。於是金家兒女紛紛獨立出那個大家庭,其中鳳舉夫婦和鶴蓀夫婦的家庭是典型的核心家庭,因為這兩對夫婦都擁有了自己的孩子。道之雖也生有孩子,但丈夫守華還有一位姨太太,所以他們的家庭並不是現代意義上的核心家庭。小說沒

〔註20〕 鄧偉志、徐新:《家庭社會學導論》,上海:上海大學出版社 2006 年 12 月版,第 43 頁。

〔註21〕 同上。

〔註22〕 彭明主編,朱漢國等著:《20 世紀的中國——走向現代化的歷程》(社會生活卷 1900～1949),北京:人民出版社 2010 年 8 月版,第 344 頁。

有具體敘述小家庭生活的情景，只留下了令人想像的空間，這個空間需要更多的社會生活與家庭生活實踐去填充。

張恨水說：「這樣的題材，自今以後的社會，也不會再有。國家雖災亂連年，而社會倒是進步的」。〔註23〕這話的意思即是大家庭在中國會越來越少，寫大家庭故事的小說也不再多見。在張恨水的意識中，大家庭的減少或者小家庭的增多能說明社會在進步。這種推論是否恰當可存而不論，但變化總是在發生。《金粉世家》的故事就是在敘述一種變化，而敘述故事的方式也體現出變化的含義。

小說的「楔子」和「尾聲」與一百十二回的正文既相聯繫又能獨立開來。正文部分敘述大家庭的聚散故事已很完整，加上的「楔子」和「尾聲」主要做了兩件事：一是交代正文故事的來歷，二是提示主人公後來的生活情況。「楔子」和「尾聲」比正文多出一個重要人物「我」。「我」偶然遇見了一位知書識文的中年婦人，「我」的一位朋友告訴了「我」她的故事。「我」把故事寫了出來成為一部小說，也就是《金粉世家》的正文。這一敘事套路是很多中國小說都喜歡採用的，即在具體故事開頭交代故事來源。其最主要的功能是讓讀者相信所講述故事的真實性，其次就是說明故事發生在過去的時間裏，和講述故事的時間有了距離。然而，小說寫完，《金粉世家》的細心讀者難免會對小說真實性的問題產生疑問，因為「楔子」和「尾聲」的敘述呈現出明顯的破綻。「楔子」說：「自春至夏，自秋至冬，經一個年頭。我這小說居然作完了。」交代小說創作耗時一年。但「尾聲」部分講述的情況卻不一樣。「尾聲」第一段道：

> 光陰似流水一般的過去，每日寫五百字的小說，不知不覺寫了八十萬字。用字來分配這日子，加上假期又有誤卯的時間，這部《金粉世家》，寫了六年了。在楔子裏面，我預先點了一筆，說一年作完，不料成了六倍的時間。然而就是六倍的時間，昨天也就完了，光陰真快啊。當我寫到《金粉世家》最後一頁的時候，家裏遭了一件不幸的事件，我最小偏憐歲半女孩子康兒，她害猩紅熱死了。我雖二十分的負責任，在這樣大結束的時候，實在不能按住悲慟，和書中人去收場。沒有法子，只好讓發表的報紙，停登一天。過了二十四

〔註23〕 張恨水：《寫作生涯回憶》，張占國、魏守忠編：《張恨水研究資料》，天津：天津人民出版社 1986 年 10 月版，第 42 頁。

小時以後，究竟為責任的關係，把最後一頁作完了。把筆一丟，自己長歎了一口氣說：「算完了一件事。把這件事告訴我的朋友。」他在前兩個月，忽然大徹大悟，把家庭解散了，隨身帶了小小包裹，作步行西南的旅行去了。這個時候，大概是入了劍閣，走上棧道，快到成都了。我就再想寫些金家的事情，也是不可能。金家走的走了，散的散了，不必寫得太淒慘，太累贅了，適可而止罷。我如此想著，如釋重負。（尾聲）

《金粉世家》寫了將近六年，寫「尾聲」的時候，張恨水的小女兒去世，這都是事實，被寫入「尾聲」。雖然「尾聲」提到了「楔子」裏所說創作時間的問題，企圖作出糾正，但是糾正得很牽強，因為當初「楔子」的敘述十分鑿實，沒有更改餘地，於是同「尾聲」產生牴牾。首先「尾聲」和「楔子」的敘述行為不在同一時間層面，這和一般採用嵌套敘事結構的小說不太一樣。一般的嵌套敘事外圍敘事層的敘述時間是前後一致的。這個特別之處所引起的敘述破綻和真實性問題有很大關係。「楔子」和「尾聲」作為小說的有效構成部分，和小說正文一樣遵循虛構敘事的原則，所以當小說的敘述行為剛開始時，作為小說中一個角色的「我」所談到的創作時間只能當成虛構看待。六年快過去了，作家張恨水沉浸在小說的故事裏，講述著社會家庭的變遷歷程，便有些模糊了現實和小說的界限，在寫「尾聲」的時候，情不自禁地把現實之「我」和小說之「我」等同起來，現實的創作行為遂進入了虛構的敘事文本。在這個出入於現實和虛構的「我」之引導下，讀者又略微識得小說主人公後來的生活境況。

冷清秋離開金家以後的生活雖然貧寒，卻自食其力。「楔子」中，她賣字為生，向「我」介紹她自己時，仍以「姓金」自謂。幾年以後的「尾聲」中，清秋的兒子已經長大，「我」在電影院裏和他們邂逅。電影沒有終場，清秋他們便離開了。走時，清秋還流著淚。原來電影裏的主角正是金燕西扮演的。燕西去德國留學，學習電影，回國成了演員，所演的電影故事和燕西過往的生活經歷十分相似。「我」於是有了一番感慨。因為演電影在當時看來並不是一個體面的職業，富家公子出身的金燕西成了電影演員終究是要讓人歎息的。「再說，大家庭制度，固然是不好，可以養成人的依賴性。然而小家庭制度，也很可以淡薄感情，減少互助，弟兄們都分開了，誰又肯全力救誰的窮呢？我的思想是如此的，究竟錯誤了沒有，我也不能夠知道。」（尾聲）燕西

當演員，是否由於他的哥哥姐姐們都沒有幫助到他，他只能自謀生路。進而聯繫到家庭結構的變遷，「我」不認同大家庭的生活方式，也對小家庭生活不很讚賞，因為各自獨立容易淡薄手足親情。清秋依然承認自己姓金，是金家的人，對燕西和過去的婚姻生活心懷感傷，這不由得說明大家庭生活仍有其令人溫暖的一面。然而時代變遷，社會生活發生變化，留下的只能是感傷而已。

第二章　「款嘉賓一品香開筵」：
日常敘事的鋪展

　　家庭生活是人們日常生活的主要構成部分。《金粉世家》不僅寫了大家庭的成員關係、婚姻形態，也不僅寫了大家庭衰落分解的過程，還寫了家庭日常生活的情景。這些情景生動又瑣碎，正是它們充實了小說，並使小說文本富有了生氣。

　　小說第十五回，小憐被允許陪著八小姐赴婚宴，對於小憐的裝束問題，大家有一番討論。首先是衣服，佩芳拿出自己的新衣服讓小憐穿。小憐於是穿上了「鴨蛋綠的短衣，套著飛雲閃光紗的長坎肩」，顯得很好看。然後是頭髮，金太太說梳辮子不合適，要梳頭，要把頭髮盤梳成髮式，小憐不會，於是引起剪髮問題。小憐決定剪髮。「小憐道：『現在都時興剪髮，小姐少奶奶們能剪，我們當丫頭的，就不能剪嗎？』慧廠道：『你們聽聽，剪髮倒是為了時髦呢。那麼，我看你們不剪的好。將來短頭髮一不時髦，要長長可不容易啦。』佩芳道：『你聽她瞎說。你來了，很好，請你作顧問，要怎樣的剪法？』慧廠笑道：『老實說一句，小憐說的話，倒是真的。你們剪髮一大部分為的時髦。既然要美觀，現在最普通的是三種，一種是半月式，一種是倒卷荷葉式，一種是帽纓式。要戴帽子，是半月式的最好，免得後面有半截頭髮露出來。不戴帽子呢，荷葉式的最好。』玉芬道：『好名字，倒卷荷葉，我們就剪那個樣子罷。半月式的，罷了，不戴帽子，後面露出半個腦勺子來，怪寒磣人的。』她們大家剪了髮，彼此看看，說是小憐剪得最好看。小憐心裏這一陣歡喜，自不必談。」太太、妯娌、丫頭之間其樂融融、熱鬧歡喜，同時女性的美麗

裝束也在這場熱鬧情景中展示出來。女子剪髮是當時的一種時髦,這是在清末民初男子剪辮風潮後的又一次「頭髮革命」,當然不如剪辮那樣具有政治色彩和強制力量。女子剪髮是對美觀時尚的追求,相對於留了很多世紀的長髮,短髮給人一種新鮮、解放和現代的意味。剪了短髮的小憐被富家少爺柳春江看中,因為小憐身上煥發出新時代女性的美麗,她後來的離家出走,也顯示出現代女性的勇敢和獨立。

第二十四回「上和下睦三婢鬧書齋」中,燕西和三個丫頭在書房裏打牌,要廚房辦些菜和點心來。「一會兒廚子提著兩個提盒子來。玉兒、秋香趕緊將牌收了,揭開提盒,向桌上端菜。第一碗送到桌上,便是荷葉肉。」「等到一個提盒子裏的東西,全擺在桌上,是一碟炸鱖魚片,一碟雲腿,一碟炒鱔魚絲,另外一個大海碗,盛了一大碗滷汁,裏面有魚皮海參雞肉之類。」大家覺得太油膩,廚子又開出一隻食盒,「是一大碗麵條,一盤雞心饅頭,一盤燒麥,一盤鬆蒸蛋糕,一盤油煎的香蕉餅,一大碗橙子羹,一碗雞汁蓴菜湯」。「燕西先吃一塊香蕉餅,幾勺子甜羹,見秋香她們挑著麵在小碗裏,加上八鮮的滷汁,吃得很是有趣。便也拿了一隻小碗,陪著吃起來。回頭又吃了一個雞心饅頭,一塊炸鱖魚。」玉兒不太喜歡雞汁蓴菜湯。「阿囡道:『你是鄉巴佬,不懂得,我們蘇州人,就講究吃這個。聽說西湖裏的挺是有名。去年總理為了這樣菜和幾斤鱸魚,還巴巴地大請一回客,燕窩魚翅,倒加了不少的錢。』燕西笑道:『很好的一椿風雅事情,給你這樣一說,又說壞了。』」可以說,享用美食,既是一椿風雅的事情,也是一椿世俗的事情。燕西他們請廚房單獨燒些菜和點心出來,以侑娛樂,也是既風雅又世俗的。他們吃的這些菜有中式的(荷葉肉),有西式的(油煎的香蕉餅),還有地方風味(雞汁蓴菜湯),足以說明飲食在二三十年代餐桌上的新氣象,讀起來很是有滋有味。在《金粉世家》中,這類對飲食的具體描述,散佈在各種情境內容裏,是小說人物日常生活必要的構成部分,也是現實人生的必要部分。

小說對人物居所的描述也是很盡心力。金家的富貴氣派,盛衰之變,都可以從居住環境的描述中鮮明地映照出來。第一百十一回,金家成員處在各自分散中,金太太住到了西山,鳳舉和燕西去西山看望母親。「走到上層屋子去,只將鐵紗門一推,倒不由各吃一驚。原來這屋子正中,懸了一幅極大的佛像,佛像前一張桌子,陳設了小玻璃佛龕,供著裝金和石雕的佛像,佛像面前,正列著一個宣爐,香煙繚繞的,正焚著沉檀。原來剛才在山路上聞到

的沉檀香氣，就是這裡傳出去的了。佛案兩邊，高高的四個書格子，全列著是木板佛經。在書格子之外，就是四個花盤架子，架著四個白瓷盆子，都是花葉向榮的盆景。在佛案之下，並不列桌椅，一列三個圓蒲團。乍來一看，這裡不是人家別墅，竟是一個小小的佛堂了」。金家的西山別墅在小說裏出現過不只一次，小說結尾處的這一次房屋陳設的細緻描述，可以說是對富貴之家的一個總結。別墅變佛堂，富貴人生就如過眼煙雲。金太太徹悟到這點，甘心獨居禮佛。同一回，燕西和鳳舉從西山探母回來，在路上燕西看見「一條人行道上，有兩匹驢子跑了過去。一匹驢子上，坐著一個短衣老頭子，手上拿著草帽子，正是韓觀久。一匹驢子上，坐著一個女子，穿了藍竹布長衣，撐了一柄黑布傘，斜擱在肩上，看那身材，好像是清秋。他情不自禁地哎呀了一聲，就跑了幾步，追上前去。正在這時，鳳舉把汽車夫已找著了，在後面大叫燕西。當他大叫的時候，那驢子停了一停，驢背上的女子卻回頭看了看。然而那時間極短，燕西還不曾看清楚她的面目，她已掉過臉去，催著驢子走了」。燕西和鳳舉坐上汽車去追趕這兩匹驢子，但最終沒有追上。這個情節從美學上看，很富有詩意。小說沒有正面交代驢背上的女子到底是否就是清秋，小說結尾部分的敘事視點主要圍繞金家展開，沒有從清秋的角度來敘述故事進程。所以作為小說主人公的清秋，她的結局讓人捉摸不定，費人思量，令人掛心。於是，驢背上女子的出現與消失，便呈現出驚鴻一瞥之美，使小說的結尾意味猶存。如果從故事層面來看這一情節，那麼有兩樣事物在這個情節中令人注目，並且承擔了重要意義，那就是驢子和汽車。

驢子當然是比汽車出現得早很多的交通工具，1901 年汽車進入上海，才逐漸成為人們熟悉的交通工具，當然只有富人能擁有私人汽車。如果坐在驢背上的女子就是清秋，她穿著「藍竹布長衣」，說明清秋離開金家以後生活清貧，可是「驢背上女子」的畫面卻產生出返璞歸真的美感。這和清秋的氣質與她對生活的追求倒是很符合的。燕西用現代化的交通工具去追尋驢背上的清秋，沒有追上，既給小說造成懸念之美，也說明汽車所代表的富貴生活還是敵不上返璞歸真的生存之道。清秋對生存之道的選擇和金太太的獨居禮佛所表達出的意義是一致的，這是小說文本在它的結尾處體現出的思想意蘊，也是作家張恨水的一種人生追求。

現代通俗小說對人們日常生活的描述，是在瑣碎的看似不經意的表象中顯示出的新變，以及人們在這些新的生活變化中表現出的人生姿態和生存探

索。晚清民國時期的現代中國社會,其變化令人目不暇接,日常生活就在一貫安穩的常態中開始躁動不寧。「在現代性中,日常變成了一個動態的過程的背景:使不熟悉的事物變得熟悉了;逐漸對習俗的潰決習以爲常;努力抗爭以把新事物整合進來;調整以適應不同的生活的方式。日常就是這個過程或成功或挫敗的足跡。它目睹了最具有革命精神的創新如何墮入鄙俗不堪的境地。生活中所有領域中的激進變革都變成了『第二自然』。新事物變成了傳統,而過去的殘剩物在變得陳舊、過時之後又足資新興的時尚之用。」〔註1〕於是,日常生活呈現出兩種形態,一種是習以爲常的熟悉,一種是「具有革命精神的創新」,海默爾把它們概括爲「百無聊賴」和「陌生感」〔註2〕。「百無聊賴」是對日常熟悉生活的倦怠反應,而「陌生感」不僅是指對變化或創新的新鮮感受,也指發現日常表象下的新蘊涵,即用不同的眼光和心態去體驗日常。現代通俗小說的日常敘事包含了這兩層意思,在熟悉和陌生之間,現代中國的日常生活在小說裏得到了生動展示。

一、衣

　　現代通俗小說對衣飾的描述可以用來表現人物,也可以用來敘述時尚趨勢,亦可以用來提示一門行業的興衰。作爲日常生活的必須裝備,衣飾從現實生活進入小說敘事,顯得自然而然,又引人注目。

　　張恨水《滿江紅》第一回,畫家于水村在旅途中遇見一位女子。「這女子穿了米色的斗篷,頭上簇擁半勾式的燙髮,瓜子臉兒,溜圓漆黑的眼珠,敷粉之外,還點有胭脂,很有些風致。斗篷裏面,是一件葡萄點的花旗衫,在衣襟上,插了一支自來水筆。看那樣子,不像是大家閨秀,也不像風塵人物,究竟不知道是幹什麼的。」這是一段限制視角的描述,在水村眼中,這位女子的身份讓人捉摸不定,於是產生好奇,並且留下難忘的印象。水村的朋友秋山從女子遺落的一塊手絹上猜得一個大概:「這女子是上海人寄居南京的,裝束極時髦,衣服很華麗,大概是個浪漫女子,臉上擦有胭脂,有煙捲癮。她大概認識幾個字,也許還認得幾個英文字,但是程度很淺。她是圓式的瓜子臉,眼睛黑白分明,穿平底鞋」。水村不信秋山能從一塊手絹上作出如此周

〔註1〕 〔英〕本·海默爾著,王志宏譯:《日常生活與文化理論導論》,北京:商務
　　　　印書館2008年1月版,第5頁。
〔註2〕 同上,第10～31頁。

細的推斷，秋山解釋道：「因爲這種雪青色的手絹，上海婦女最近時興的，南京城裏還不多見人用，上海的習俗，當然是上海人先傳染。她縱不是上海人，也是個極端模仿上海婦女的。能用這種手絹的人，決不會穿著古板的舊式衣服，這已是可斷言的。其次，這一條手絹，要兩塊錢，試問有衣服不華麗，用這種昂貴手絹的嗎?……」秋山的推斷可以說非常合理，以至于水村稱秋山爲「紙面上的福爾摩斯」。

海默爾在論述日常生活時，談到福爾摩斯對於日常生活的一種發現才能。「他通過單純地觀察日常的對象和一個人的外在形象而預言一個人的生活的方方面面，細枝末節，讓人歎爲觀止」。「福爾摩斯對日常中最爲平淡無奇的對象情有獨鍾，他似乎有某種超凡脫俗的才能天才，（像變戲法般）挖掘出與那些平淡無奇的對象有聯繫的種種故事。但是在這裡，看起來異乎尋常的東西又一次被帶回到普通的和日常的王國。」〔註3〕日常生活對於普通人來說已經熟視無睹，福爾摩斯能夠把人們熟視無睹的事物陌生化，推斷出其中隱藏的故事，而他的推斷是合乎理性的，即合乎人們日常生活的邏輯。福爾摩斯的探案過程很有些像小說敘事，小說能夠引起人關注它所敘述的故事，而這些故事其實就發生在人們的日常生活中。秋山能從一塊手絹推斷出女主人公的衣飾樣貌，也就在一定程度上行使了小說的功能，突出了小說所描述或敘述的人物故事。

當女主人公桃枝和水村再次相遇時，她那身穿葡萄點的旗衫成了兩人認出對方的重要標識。在現代通俗小說中，女性的旗袍往往是女性美的一種象徵。劉雲若《舊巷斜陽》裏，歷經劫難的女主人公璞玉在她柳暗花明的洞房中，看到衣櫥裏面「掛著十多件旗袍，顏色花樣，各不相同」，於是「便選了一身」，「換了件紫色小花綢襖，外罩淺碧旗袍」。在丈夫警予的眼中，她顯得萬分美麗，璞玉還不自知，照了鏡子才知眞的很美。「同時又看衣服，不但顏色嬌豔，式樣時新，並且使自己初次認識自己身材，竟有這樣豐滿的曲線。璞玉本來只向鏡中略作流盼，但這一盼竟盼住了，凝眸注視，不禁顧影自憐起來。」（第二十四回）璞玉在經歷劫難後煥發美麗，這美麗不僅由於愛情的滋潤，也有好看衣服旗袍的功效。

現代中國的旗袍雖從清代旗人裝束而來，但「實質上吸收近現代歐美女

〔註3〕〔英〕本·海默爾著，王志宏譯：《日常生活與文化理論導論》，北京：商務印書館2008年1月版，第8、9頁。

裝特點」〔註4〕，看來是中式服裝，實質是西化的。被西化的地方「主要有兩處。第一，結構：腰身由直到曲（有時甚至還有『省道』）；衣袖從有到無（即使有也『完全仿照西式』）。第二，裝飾：由繁到簡，印花布用於旗袍的同時就使刺繡失去了存在的必要，領、襟、擺的鑲緄也由寬變窄」〔註5〕。這是一個大致趨勢，旗袍的改良在不同時期有不同表現。「從20世紀20年代開始，旗袍的領、袖、邊、長、寬、衩開始持續花樣翻新。最初的旗袍稱為旗袍馬甲，套穿時要襯穿一件短襖。」「1933年後，大衩旗袍開始抬頭，後來甚至由衩高過膝一舉滑向衩高及臀。同時，為更好地襯托女人的曲線，旗袍的腰身亦變得極窄，旗袍的長度發展到了極點，以至著裝時袍底落地，完全遮住了雙腳，這種奇特的款式，時人名之曰『掃地旗袍』。」「到抗戰前後，由於衣料價格的攀升，旗袍的長度又有所縮短」。「我們今天所熟悉的長短、開衩、領、袖都比較適中的旗袍，是在抗戰時期才相對定型的，是當時中國女子的標準服裝。」〔註6〕《舊巷斜陽》寫於抗戰年間，小說故事可能發生在軍閥混戰時期，璞玉在淺碧旗袍裏面穿了件紫色小花綢襖，這應該是二十年代旗袍的穿著樣式。《滿江紅》出版於三十年代初，桃枝身穿葡萄點旗袍，顯得十分美麗，這是印花布在旗袍上發揮的作用。

　　從服飾上大致可以看出一個人的身份地位，雖然「以貌取人」不是待人接物應有的態度，但是中國自古以來在「禮」的規約下，服飾作為人們社會等級的一種表徵，是不可隨意的。這種影響及於現代，「以貌取人」便在人們的意識裏存留下來。畫家水村初見桃枝的時候，也想把她和「大家閨秀」或者「風塵人物」對上號，可經驗不夠，終究猜不透桃枝的身份。倒是秋山以他福爾摩斯式的推理猜出幾分來：「這種女子，南京城裏時髦些的娛樂場，一定不會短少她的蹤跡。」（第二回）從桃枝的時髦衣著與她主動和水村搭訕來看，這是個常出入娛樂場所的懂得交際的女子。秋山的推斷不可謂不合理。「20世紀二三十年代引領上海時裝風氣之先的，主要是兩類女性，一類是四馬路上的青樓女子，另一類則是電影女明星。一般在大中學校念書的女

〔註4〕　彭明主編，朱漢國等著：《20世紀的中國——走向現代化的歷程》（社會生活卷1900～1949），北京：人民出版社2010年8月版，第164頁。

〔註5〕　張競瓊：《從一元到二元：近代中國服裝的傳承經脈》，北京：中國紡織出版社2009年12月版，第124頁。

〔註6〕　蘇生文、趙爽：《西風東漸——衣食住行的近代變遷》，北京：中華書局2010年8月版，第71、72頁。

子和名門閨秀則緊隨其後。」〔註7〕上海如此，南京也類似。作爲時髦女子的桃枝果然身份特殊，她是歌女，這是介於「青樓女子」和「女明星」之間的一個身份。正因爲這個身份，引發了小說後來的動人故事。而這個身份則在小說開頭被衣著所預示。

桃枝在小說開頭給水村留下了深刻印象，不僅因爲她衣著時髦，十分美麗，還因爲她的裝束確實很特別。「在衣襟上，插了一支自來水筆。」這不是普通的交際女子會有的裝扮，而是帶有了「女學生」的味道。「民國建立以後，隨著女子教育的發展和普及，女學生的群體在不斷地擴大，她們的裝束甚至在一個時期內影響了人們的審美取向。據說，當時就有不少名妓爲了招引客人，特意打扮成女學生的樣子，可見學生裝之時髦。民初學生裝的規制，和普通女裝一樣，是上襖下裙，上衣的衣袖寬大，開領有方、圓、三角形，下身是長僅及膝的黑裙，腳下是白色帆布鞋或高跟鞋。家境好的女學生，衣料多選用西洋花綢，中等家境的，夏天用白洋紗、夏布、麻紗，秋冬季用灰嗶嘰、直貢呢、羽絨呢。即使是趕時髦的女生，也很少燙髮。20世紀20年代以後，女子剪髮更是在學校中流行，因此，她們身上常用的飾物，不再是華貴的戒指、髮針，而是具有實用價值的小陽傘、眼鏡和手錶，另外，上衣襟前還會插上一兩支鋼筆或活動鉛筆。這樣一種裝束，在民初經過不斷的改良，就成爲1919年走在『五四運動』隊伍中的女性們的典型服飾，健康大方而又充滿自信。」〔註8〕桃枝衣服上插了自來水筆，不無受到女學生裝扮的影響。但她的這種裝扮不僅僅爲了時尚，還在於她並不滿意自己的現實身份。她的清高是脫離歌女的世俗情態的，她能愛上窮畫家于水村，也在於這一點。

通俗小說中較經典的寫女學生樣貌的是張恨水《啼笑因緣》中女主人公沈鳳喜從鼓書姑娘變爲女學生的一段敘述。

> 過了幾天，鳳喜又做了幾件學生式的衣裙，由家樹親自送到女子職業學校補習班去，另給她起了一個學名，叫做「鳳兮」。這學校是半日讀書，半日作女紅的，原是爲失學和謀職業的婦女而設，所以鳳喜在這學校裏，倒不算年長；自己本也認識幾個字，卻也勉強

〔註7〕 仲富蘭：《上海民俗——民俗文化視野下的上海日常生活》，上海：文匯出版社2009年8月版，第42頁。
〔註8〕 蘇生文、趙爽：《西風東漸——衣食住行的近代變遷》，北京：中華書局2010年8月版，第68～70頁。

可以聽課。不過上了幾天課之後，吵著要家樹辦幾樣東西：第一是手錶；第二是兩截式的高跟皮鞋；第三是白紡綢圍巾。她說同學都有，她不能沒有。家樹也以為她初上學，不讓她丟面子，掃了興頭，都買了。過了兩天，鳳喜又問他要兩樣東西：一樣是自來水筆；一樣是玳瑁邊眼鏡。家樹笑道：「英文字母，你還沒有認全，要自來水筆作什麼？這還罷了，你又不近視，也不遠視，好好兒的，戴什麼眼鏡？」鳳喜道：「自來水筆，寫中國字也是一樣使啊。眼鏡可以買平光的，不近視也可以戴。」家樹笑道：「不用提，又是同學都有，你不能不買了。只要你好好兒的讀書，我倒不在乎這個，我就給你買了吧。你同學有的，還有什麼你是沒有的，索性說出來，我好一塊兒辦。」鳳喜笑道：「有是有一樣，可是我怕你不大贊成。」家樹道：「贊成不贊成是另一問題，你且先說出來是什麼？」鳳喜道：「我瞧同學裏面，十個倒有七八個戴了金戒指的，我想也戴一個。」（第五回）

學生式的衣裙、手錶、高跟皮鞋、白紡綢圍巾、自來水筆、玳瑁邊眼鏡、金戒指……這是鳳喜成為女學生的裝備，因為「同學都有」，家樹也都滿足了她。家樹資助鳳喜上學，一是出於喜歡她，更重要的是要改變鳳喜的身份。家樹說：「我所以讓你讀書，固然是讓你增長知識，可也就是抬高你的身份」（第五回）。女學生的身份要比唱鼓書或者歌女高貴，家樹資助鳳喜上學，也是希望有朝一日能夠冠冕堂皇的娶鳳喜，娶一個女學生。而桃枝和水村結交，最初也是用「女學生」的頭銜，直到歌女身份被發現，才無法隱瞞。可見，服飾是可以改變或者遮掩一個人的身份的。而故事往往就包含於其中。包天笑回憶他在女學校的教書故事時說道：「有一次，他們那裏招收了一個漂亮的女學生，年約十七八歲。雖然漂亮，但衣服穿得很樸素，不施脂粉，完全是個女學生型。」有一天大家聚會「叫局」，其中一位女子「遍體綺羅，裝束入時」，相貌很像那位女學生，果然是同一人。事情被戳穿，那女子就不再來上學了。〔註9〕原來那位女子是當時上海青樓富有盛名的金小寶，改換衣裝就成了樸素大方的女學生。女學生裝束無疑是一種要好的求新心理達成的時尚風姿，也是民國時期的一道美麗風景。

〔註9〕 包天笑：《釧影樓回憶錄》，香港：大華出版社 1971 年 6 月版，第 342～343 頁。

　　談到衣著時尚，就會聯繫到得風氣之先的上海。汪仲賢《歌場冶史》第一回開頭就講到了這個問題。

> 　　別的不說，單就衣服裝束一端而言，時髦式樣的衣著，總是先由上海地方的人想出了新花樣，再漸漸的流行到各內地去。等到內地鄉下人學會了上海的時髦裝束，穿到上海來想出風頭，豈知上海人的服式早又翻了新花樣。內地人跑來一比，又覺得自顧形穢，所以內地人的服裝，永遠是時代落伍者，插了翅膀也追不上上海人的時髦。上海服裝變化之速，尤其要讓還女界。你看，衣服上身的袖口，下身的褲管，有時候行得比褲腰還要大，有時候小得像汗衫一樣地箍著，其他的千變萬化，也就可想而知。反正拿日新月異四個字來形容上海女子的裝束，決不會有人嫌他過份的。（第一回）

晚清民國時期的男子服裝大致有三類：長袍馬褂、西裝和中山裝。男裝式樣的變化沒有女裝那樣「日新月異」。在上海，女人們「冬裘夏葛，四季講究，甚至一季數衣、一日數衣。比如，春季郊遊，披一件夾大衣、夾斗篷；三月裏就早早地穿上夾旗袍；夏季裏則有紡綢、夏布、米統紗等等。1946 年夏季最流行美國新到的玻璃綢，薄如蟬翼，內著白竹布馬甲，纖毫畢露。更有大膽時髦的女子仿傚西方電影穿起了袒胸露背的『太陽服』」﹝註10﹞。上海女人們的時髦全國聞名，也引領著全國服裝的流行趨勢。在講述上海故事的小說中，總能見到上海女人時髦的裝扮。晚清小說《海上花列傳》第一回，趙樸齋初到上海，看到倌人陸秀林，簡直出了神：「見他家常只戴得一枝銀絲蝴蝶，穿一件東方亮竹布衫，罩一件元色縐心緞鑲馬甲，下束膏荷縐心月白緞鑲三道繡織花邊的褲子」（第一回），十分動人。出版於 1920 年代的《人海潮》同樣是寫幾位村鎮少年到上海的遊歷經過，其中不乏遇見美麗的女子。第十一回：「第一個堂唱走進，是亞白的，也沒有跟局。一張瓜子臉，梳條滑辮，穿一件櫻白物華葛的單衫，罩一件荷葉邊淡綠小馬甲」，顯出幾分文靜來。上海女人風姿綽約，各具情態，常常令男子們，特別是從外地來到上海的男子心神飄蕩，通俗小說敘述的情愛故事也便由此產生。

　　上海服裝潮流萬變，帶來了服裝業的興盛。「最初，外國商人在東百老匯路和南京路外灘一帶開設西服店，隨即上海的裁縫師傅學會了西服縫紉方

[註10] 仲富蘭：《上海民俗——民俗文化視野下的上海日常生活》，上海：文匯出版社 2009 年 8 月版，第 43 頁。

法，開始製做西服，並因而產生一支以精於製做西服而聞名的『紅幫』裁縫
隊伍。」「據不完全統計，20 世紀三四十年代，上海的成衣鋪大約有 2000 多
家，裁縫有 4 萬多人，約有 20 多萬人靠服裝業為生，差不多佔了當時上海人
口的十分之一。」〔註11〕這種興盛狀況在當時的小說中有突出反映。《歌場冶
史》第一回在談了上海服裝的「日新月異」之後，馬上就講「裁縫司務的營
業」：

> 不過女子的愛裝束漂亮，卻總是不移的事實。因為上海人考究
> 衣服，所以上海裁縫司務的營業，也就連帶的發達起來。尤其是做
> 窰子幫生意的裁縫，格外來得時髦。他們做生意的方法，與平常裁
> 縫不同，他們做的衣服，第一要樣子好，料作花費些倒不要緊。第
> 二要趕得快，針腳做得粗些也不要緊。時髦衣服只穿一個新鮮，誰
> 還把它穿破了呢。最好是當天叫做，當天就可以上身，因為是新的
> 衣料，市面上從未見人穿過，誰趕上第一個穿出去，便算有面子的，
> 若是落在人後，便不算希奇了。有時候姑娘點中，模仿某人身上穿
> 的某種料子，某種式樣，照樣趕一套出來，裁縫就得墊了本錢代她
> 去剪料，冬衣還須代買皮貨。妓院裏的帳，都是要等三節才算清，
> 平常日子是不看見現錢的。所以雖然做一個裁縫，生意做得大些的，
> 這一筆墊的資本，倒也著實可觀呢。（第一回）

因為要趕時髦，所以裁縫營業格外發達。可做裁縫必須具備兩個基本條件：
一是要有相當的手藝，否則不能滿足時髦人士的要求，就會失去主顧；另外
還得有一筆本錢，否則不能代買衣料，提供不了便利同樣會失去主顧。兩樣
條件只要一樣不具備，裁縫營業就會捉襟見肘。小說緊接著就講了一個表面
光鮮而實則捉襟見肘的裁縫的故事：

> 現在單說內中有一個人，人都叫他小裁縫的，也是堂子幫裁縫
> 中間的一個。他從前本在一家大裁縫鋪子裏當夥計的，後來拉到了
> 幾個戶頭，便獨自跳出來，開了一爿小店，招牌叫做徐永聖。不過
> 人家都不知道他的店名，還是叫他小裁縫。有時也叫他小常熟，因
> 為他說話帶些常熟口音。他做得一手好手藝，只苦了短少幾個本錢，
> 所以大主顧不敢接，只做些小生意，要他墊幾十塊錢衣料的買賣，

〔註11〕仲富蘭：《上海民俗——民俗文化視野下的上海日常生活》，上海：文匯出版
　　　　社 2009 年 8 月版，第 39、41 頁。

便無法去做。後來他想，眼見得好賺錢的主顧，都讓給別人接去，生意一輩子不會發達的了，便去借了重利的資本來推廣營業。這樣一來，主顧果然多了，生意也做得大了，只是每節結算下來，所賺的錢，只夠付印子錢的利息。要想縮小範圍，又恐主顧被人家接去，還與面子有關。有時候弄得無法可想了，便把主顧送來的值錢皮貨衣料等出後門去典質，等別人家東西拿來，再拿進去把前一票換出來。這樣的移東補西，倒也從未被人捉穿，只是他的利息卻越背越重了，所賺的幾個錢，全被當鋪老闆和放債人剝奪了去。他的裁縫鋪子，外面人看起來倒很像樣，作臺上總坐著十幾個司務，日夜不息地忙著，老闆也笑容滿面的招接著主顧，誰知道他的心裏，卻天天在那裏過大年夜呵。（第一回）

「大年夜」是要把一年的帳結算清楚的，這是令所有借債欠款的人都頭痛的日子，小裁縫「天天在那裏過大年夜」，也就是天天為借債還錢的事所煩惱著。雖然生意繁忙，但是入不敷出。最後沒有沒法，只得閉門歇業，悄悄到東北謀生。包天笑《上海春秋》開頭也是寫一個小裁縫營業虧空的事。只是他鬧虧空並非缺少手藝或者沒有資本，而是自己揮霍無度所致。之所以能夠揮霍，是因為父親老裁縫很會經營，積下了產業。之所以能夠積下產業是因為服裝業的需求。服裝成為現代人日常生活的重要部分，當進入小說時，它的顯眼位置就像在日常生活中一樣，讓人不得不多加注目。

二、食

如果說服裝在晚清民國時期存在明顯的西化現象，那麼飲食的西化也開始在追逐時尚的人們中間流行。孫玉聲《海上繁華夢》第三回「款嘉賓一品香開筵」，寫主人公們初到上海，進菜館吃西餐的情形：

四個人遂一同下樓，出了長發棧。因到棋盤街只有一轉彎路，甚是近便，不喚車子，信步而行。來至同芳居，上樓一看，竟無空座。退至對門怡珍居內，揀個座兒坐了，值堂人泡上兩碗烏龍茶來，這茶果然色、香、味三者俱佳。四人閒談一回。戟三喚堂倌做了兩客廣東蛋糕，兩客水晶饅頭，點了點饑。時已四點鐘了，正月裏天時尚短，不知不覺將次上燈。戟三會過茶資，同幼安等下樓，往一品香而去。

說那一品香番菜館，乃四馬路上最有名的，上上下下，共有三十餘號客房。四人坐了樓上第三十二號房間，侍者送上菜單點菜。幼安點的是鮑魚雞絲湯、炸板魚、冬菇鴨、法豬排，少牧點的是蝦仁湯、禾花雀、火腿蛋、芥辣雞飯，子靖點的是元蛤湯、醃鱖魚、鐵排雞、香蕉夾餅，戟三自己點的是洋蔥汁牛肉湯、腓利牛排、紅煨山雞、蝦仁粉餃，另外更點了一道點心，是西米布丁。侍者又問用什麼酒，子靖道：「喝酒的人不多，別的酒太覺利害，開一瓶香檳、一瓶皮酒夠了。」侍者答應，自去料理，依著各人所點菜單，挨次做上菜來。

少牧問子靖道：「這四馬路番菜館共有幾家？」子靖道：「現在共是海天春、吉祥春、四海春、江南村、萬年春、錦谷春、金谷春、一家春，連這一品香九家。尚有杏花樓並寶善街指南春、胡家宅中和園、薈香村，也有大餐，那是廣東酒館帶做的。其餘外國人吃的真番菜館，英界是大馬路寶德、西人名廿七號，泥城橋西塊金隆、五馬路益田，法界是密采里。雖也有中國人去，卻不甚多。」少牧道：「那寶德等的價目，可與一品香等一般麼？」子靖道：「這卻大不相同。中國番菜館是每菜價洋一角，也有一角五分的、二三角的。外國番菜館是每客洋一元，共有九肴，吃與不吃，各隨各便。」幼安道：「聞得虹口尚有一家禮查，不知也是大菜館不是？」戟三道：「那是一所西國客館，如華人客棧一般，平時兼賣洋酒，並不是番菜館兒。」幼安道：「原來如此。」（第三回）

這三段文字提到的餐館大都實有其名，所講述的內容幾乎涉及到當時西餐行業的主要情形，就像是一個概述一樣，只不過是借助於人物的言行道出。可以一段段具體來看。

第一段，幼安、少牧、子靖、戟三四人先到怡珍居吃茶。吃茶原本是具有中國特色的飲食文化。閒來無事，三五好友相聚吃茶聊天是一件十分愜意的事。吃茶講究茶葉、茶水和茶具的精良，講究飲茶之道。周作人說：「喝茶當於瓦屋紙窗下，清泉綠茶，用素雅的陶瓷茶具，同二三人共飲，得半日之閒，可抵十年的塵夢。」〔註12〕這樣的雅事平常人不易得，但遍佈在中國街

〔註12〕周作人：《喝茶》，《語絲》第 7 期，1924 年 12 月 29 日。

巷的茶館、茶樓卻能爲普通百姓提供飲茶享樂的空間。老舍《茶館》、程瞻廬《茶寮小史》都以茶館爲作品背景。《海上繁華夢》裏提到的同芳居、怡珍居也都是茶館，然都是清末在上海興起的廣東茶館。所以幼安他們在怡珍居喝烏龍茶（主要產於廣東、福建、臺灣）可謂因地合宜。吃茶伴有茶點，廣東蛋糕、水晶饅頭是廣東的特色點心，和其他地方不太一樣。周作人《喝茶》裏說：「中國喝茶時多吃瓜子」。「江南茶館中有一種『乾絲』，用豆腐乾切成細絲，加薑絲醬油，重湯燉熱，上澆麻油，出以供客，其利益爲『堂倌』所獨有。」高郵人汪曾祺在《尋常茶話》中也談到了茶食問題，他說：「上茶館其實是吃點心，包子、蒸餃、燒麥、千層糕……茶自然是要喝的。在點心未端來之前，先上一碗乾絲。我們那裏原先沒有煮乾絲，只有燙乾絲。乾絲在一個敞口的碗裏堆成塔狀，臨吃，堂倌把裝在一個茶杯裏的作料——醬油、醋、麻油澆入。喝熱茶、吃乾絲，一絕！」周作人、汪曾祺吃的乾絲之類是傳統的中國茶點，而謝幼安、杜少牧他們吃的廣東蛋糕、水晶饅頭就不僅是廣東點心，或者說不是地道的中國點心。在鴉片戰爭之前，廣州是唯一的通商口岸，西方文化包括飲食很快就影響到了當地人的生活。「西菜傳入廣州後，很快被中國廚師們研究透，這些腦瓜靈活，思想不甚保守的廚師吸取西菜的長處，創造出許多亦中亦西，中西兼具的菜式品種，許多原料及製作方法，都參照或採用西法。」〔註13〕例如「這些中國廚師在西方廚師的指導下，已經能夠熟練地使用西式的烹飪工具製作西餐西點，如用攪拌機和麵，用打蛋機打蛋，用烤爐烘製麵包，用奶油製作蛋糕等等」〔註14〕。所以廣東蛋糕、水晶饅頭等不無西點的風格，幼安他們吃的廣東茶點帶有了西點味道。更有意味的是，這四人都吃過了午飯，是下午到茶館來的。他們喝茶吃茶點，除了消閒「點饑」外，也有些西方人喝下午茶的意思。包括下午茶，西方人一天有吃四五頓飯的，這是有閒人能夠做的事情。幼安等人來到上海也屬於有閒人之列。他們好奇趨新也體驗了西方人喝下午茶的經驗。

第二段，他們來到一品香吃晚飯。一品香是當時十分有名的西餐店。「1880年一品香番菜館在四馬路（今福州路）開張，其在廣告中稱『英法大

〔註13〕彭明主編，朱漢國等著：《20世紀的中國——走向現代化的歷程》（社會生活卷1900～1949），北京：人民出版社2010年8月版，第122頁。

〔註14〕蘇生文、趙爽：《西風東漸——衣食住行的近代變遷》，北京：中華書局2010年8月版，第108頁。

荣,重申布聞。擇於正月初五開張,廚房大司業已更掉廣幫,向在外國司廚十有餘年,烹庖老練也。士商紳富中外咸宜,倘有不喜牛羊,隨意酌改,價目仍照舊章』。」〔註15〕當時人稱西餐店爲「番菜館」,吃西餐就是「吃大菜」。西餐館在中國的開設是隨著殖民化的逐步深入而來的。帶著殖民目的各國人來到中國,爲了滿足他們在中國的生活需求,西餐館也分爲英式、法式、德式、俄式、意式、美式等等,雖同爲西餐,但各國風味還有不同。「英國菜烹製手法比較簡單,調味品如鹽、醋、色拉油、芥末、胡椒粉隨個人喜好使用,廚師很少用這些佐料來烹調菜肴。」「晚飯爲大餐,包括冷盤、湯、牛肉雞肉、魚和海鮮、點心水果、葡萄酒等」。「法國菜的特點是講究烹調、用料,花色品種也繁多。它的用料有很多獨特之處,如人們平素不以爲食的蝸牛、馬蘭、洋百合,法國人也用來烹製菜肴。」「法國菜的另一個特點是講究營養、講究生吃。由於選料嚴格,質量能得到保證,一些菜如牛排、羊排往往燒至幾成熟就端出來吃」。「法國菜的第三個特點是講究用酒,要求也很嚴格,講究酒的種類與菜的品種的搭配。如肉類用紅葡萄酒,海鮮用白葡萄酒,色拉用甜酒等。」〔註16〕一品香打出「英法大菜」的招牌,雖然並不一定就只做英法菜,還有美、德等國的風味,但大體上具備了英法菜式的基本特徵。幼安他們所點的各色菜肴,包括點心酒水,都是依照英法或西洋飲食及習慣配置的。之所以說「依照」,是因爲一品香並非由外國人開辦,廚師也不是英國或法國人。「廚房大司業已更掉廣幫,向在外國司廚十有餘年,烹庖老練也」,也就是說,燒這些外國大菜的是中國廚師,抑或是廣東人,他們學習了西方廚藝,能夠爲中國人烹製外國菜。這裡涉及到西餐的中國化問題。

第三段,是對西餐中國化問題的進一步解釋。少牧和子靖他們的對話主要涉及到兩方面內容:一是中國人經營的西餐館和純粹外國餐館之間有不同;二是西洋「飯店」與「番菜館」不是一回事。一品香是中國人開設的西餐館。「西餐館最初只是洋人和服務於洋人的洋行買辦們光顧的場所,分佈在洋人居住區。但是異域的飲食也觸動了國人的好奇心,人們也開始品嘗異味。最初人們並不習慣這種異域飲食,前往就餐者更多屬獵奇性質,可是後

〔註15〕 唐豔香、褚曉琦:《近代上海飯店與菜場》,上海:上海辭書出版社 2008 年 12 月版,第 139～140 頁。

〔註16〕 彭明主編,朱漢國等著:《20 世紀的中國——走向現代化的歷程》(社會生活卷 1900～1949),北京:人民出版社 2010 年 8 月版,第 122、124 頁。

來西餐逐漸成為上海的飲食時尚，頗受追捧。」〔註17〕能夠受到追捧是因為西餐逐漸迎合了中國人的口味，這其中起到重要作用的是中國人把西餐進行中國化的改造，製造出了中西合璧的餐點。「『中（粵）菜西吃』或者『西菜中（粵）做』，甚至僅是給中國菜取個洋名。有些中餐館既沒有洋廚師，也沒有西餐烹飪的任何知識，只是看到西餐的生意好做，於是也在自己的店前掛上『新添英法大菜』的字樣，菜單上也列著抄襲來的西菜名單，其實都是按中國傳統的烹飪手法去做的」〔註18〕。不管中西合璧的程度如何，中式西餐館更加適合中國人口味，價格也不貴。小說裏子靖說「外國番菜館是每客洋一元，共有九肴」，其實也不一定，有更貴也有更便宜的，中餐、晚餐的價格也有區別，還可以不以「客」賣，單點菜的。但大體而言，中式西餐館更加實惠，因此越開越多。「19世紀90年代到20世紀初年滬上番菜館林立，華商開設者日多一日，而四馬路上尤多。1899年四馬路上有杏花春、金谷春（1899年6月11日毀於大火）、蓬萊春、一家春、一品香等多家。番菜館旋開旋閉，踵開者亦復不少，四馬路始終是其集中地，如錦谷春、吉祥春、江南春、薔香村、杏花春、玉林春、榮樓、玉樓春、品香春、又一村、普天春、萬家春、四海村等番菜館都曾在四馬路上存在過。『春』字似乎成了番菜館的專用名詞。這麼多帶『春』字的番菜館開設在四馬路上，可謂是『無邊春色』。」〔註19〕這是西餐融入中國人飲食生活的標誌。

　　幼安提到的禮查飯店，不是西餐店而是今天所說的賓館。曹聚仁說：這類飯店「都是洋人食宿之所。當年華買辦和洋行小鬼，也到那兒去吃午飯或晚餐，可不能走正門，也不能進洋人的餐廳。（這情形，我們在香港有些酒店還可以看到。）好在那些買辦仁兄受洋人的氣受慣了。直到民初五卅運動以後，東風慢慢抬頭了，才算打破這一禁忌」〔註20〕。也就是說，這些西方人開設的飯店，除了提供食宿外，還兼營西餐，中外人士皆可入內品嘗。

　　《海上繁華夢》是一部晚清小說，書中關於吃西餐的詳細記述充分道出

〔註17〕唐艷香、褚曉琦：《近代上海飯店與菜場》，上海：上海辭書出版社2008年12月版，第108頁。

〔註18〕蘇生文、趙爽：《西風東漸——衣食住行的近代變遷》，北京：中華書局2010年8月版，第109頁。

〔註19〕唐艷香、褚曉琦：《近代上海飯店與菜場》，上海：上海辭書出版社2008年12月版，第140～141頁。

〔註20〕曹聚仁：《上海春秋》，北京：生活‧讀書‧新知三聯書店2007年1月版，第317頁。

了晚清時期西餐已爲追求時尚的中國人所接受的事實。謝幼安他們在一品香
番菜館津津樂道西菜的情形，多少可以見出西餐在當時受歡迎的程度。但並
不是所有中國人都喜歡吃西餐的，包天笑就是其中之一。他曾談及和同事畢
倚虹兩次吃西餐的經歷。「最可笑的，有一次，我們談到福州路一帶的番菜館，
不是廣東式的，便是寧波式的。但他們的招牌上，都是寫著『英法大菜』。眞
正外國大菜，究竟好到怎麼樣，我們要去嘗試一回。我說：『外國人吃飯，有
許多臭規矩，不像中國人的隨便。』倚虹說：『不去管他，鬧笑話就鬧笑話。』
於是我們闖進去了，在近黃浦灘一家西餐館，是有一個外國名字的，不記得
了。這個大菜館，十塊錢一客，在當時上海要算最貴的了。中國人請外國人
吃飯，有時也便在此，西崽都是中國人，至於餐味，我們莫名其妙。有一碟
是兩小塊紅燒肉，配以兩個很小巧的馬鈴薯，這在我們家庭中，不值五分錢
耳。」「又有一次，四馬路胡家宅方面，開了一家日本西菜館，每客大菜只需
要五角錢，什麼咖啡、水果，應有盡有，我們也要去試試。的確是日本人開
的，是大概夫妻兩人吧。男的還穿了西裝，女的卻是和服。房子是借著人家
樓下一間，這個大菜，實在難於下咽。咖啡、水果，的確應有盡有，咖啡在
一個大壺中，倒一杯就是；水果有幾粒櫻桃，一隻香蕉。畢倚虹大發詩興道：
『爛了香蕉，黃了櫻桃。』」〔註21〕這兩次吃西餐的經歷都不太愉快。第一次
是太貴，第二次是不好吃。包天笑1906年至1919年在上海《時報》社任職，
兩次吃西餐經歷就發生在這一時期。這時正是西餐業進駐中國並日益時興的
時候，行業成熟和秩序規範尚在建設或成形中，魚龍混雜的情形總是免不了，
所以包天笑的經歷並不是個別的。

　　另一位上海著名的《新聞報》副刊編輯嚴獨鶴，他小說的主人公也有不
愉快的西餐經歷。《人海夢》第六回，幾個人在「一家春」吃飯，席間朱德山
鬧出笑話來：

　　　　懷仁此時早把朱德山所點的菜單拿來一看，便不禁狂笑起來，
　　說道：「這是你自己點的好菜，怎能怪那侍者？我方才看見那侍者接
　　著你的菜單，就笑將起來，心裏就有些疑惑。但是轉念一想，你是
　　照著菜單點的，諒來不會鬧出什麼話柄來，誰知你這個菜竟是如此
　　點法。倘然照樣拿來填下去，還怕你的肚裏不成了個外國點心店

〔註21〕包天笑：《釧影樓回憶錄》，香港：大華出版社1971年6月版，第418頁。

麼？」眾人聽見他這樣說，便都挨過來將那菜單一看，不由的齊聲
大笑起來。原來那張菜單上，竟挨次寫了十樣布丁，再沒有第二種
東西。性初便道：「德山兄也太奇怪了，為什麼別樣菜不吃，單開了
個布丁大會？」德山紅了臉笑道：「我在上海別的事都是老內行了，
惟有這大菜，因為和我平時的胃口不甚相合，所以就不肯領教。不
瞞諸位說，今天還是破天荒第一次哩。」侍者拿上菜單來，我也不
知道點什麼好。看見上面一排寫著許多布丁，我更不明白布丁兩字，
是什麼解釋，以為布丁就是翻外國話的大菜兩字。所以就一口氣寫
了十樣，那裏料到便是這種雞蛋糕似的東西，就叫作布丁呢？」……
德山骨都著嘴，只不做聲。這時侍者又來上菜，大家吃著。德山用
刀叉，只是不順手，時刻敲得那磁盆乒乒價響，惹得那侍者不住跑
進房來，只道有人呼喚。（第六回）

朱德山的不愉快經歷不像包天笑那樣是因為西餐貴或者不可口，而是因為他
缺乏吃西餐的經驗，不懂西餐，也不懂得西餐的就餐方式，結果受到了朋友
們的嘲笑。其實嘲笑之人也不是真的喜歡吃西餐。對於多數中國人來說，吃
西餐是為了趕時髦或者嘗新奇，並且還含有抬高身份的意思。那時凡是和西
洋沾上邊的總能顯出幾分高貴來，吃西餐或者請人吃西餐都成為顯示身價的
一種方式。

　　西餐除了靠時髦、高貴來招攬顧客外，還有一樣吸引人的招牌就是「女
招待」。包天笑說他去的那家西餐館裏的「西崽都是中國人」，所謂「西崽」
就是西餐館裏的服務員，一般是男性，相當於中國飯店裏的「茶房」。但有些
餐館開始革新營業，就像中餐西吃一樣，用上了女招待。「廣州西餐業最早使
用女招待為顧客服務」，其他城市也就很快傚仿。「女招待最初僅屬臨時雇傭，
每月工資僅三五元，飯食由店裏供給，大部分收入要靠客人給小費。因為費
用不高，因此各酒店、菜館競相仿傚，六國、金輪等店還在這方面大下工夫，
大肆宣傳。有些食客，如一些商人、官紳為了擺闊、掙面子，不僅飲食闊綽，
且任意揮霍，毫不吝惜小費，有的數額竟幾倍於菜錢，這樣也可以博得女招
待的歡心。」〔註22〕甚至一些顧客專為女招待去吃飯，使得這門行業變了味。
就像那時的官商食客吃飯常需要女子侑酒一樣，女招待在他們的眼中也就替

〔註22〕彭明主編，朱漢國等著：《20世紀的中國──走向現代化的歷程》（社會生活
　　　　卷1900～1949），北京：人民出版社2010年8月版，第121頁。

代了青樓女子的位置。這樣西餐館不僅能在飲食上中國化，在服務上也能滿足中國食客的傳統習慣。劉雲若《舊巷斜陽》第三回，貧寒人家出身的雪蓉當上了女招待，和以前大不一樣：

> 巧兒進的月宮餐館，是新生意，自有很多趨新好美的人，前去照顧。巧兒生得本好，再一修飾，在女招待中，便成了個出色人物。未去數日，這韓雪蓉的大名，便在三街六市中洋溢起來。凡到月宮去的，多半是爲她，倒把眞正的吃飯客人，擠得進不去門，尋不著座。月宮主人見她有此魔力，自然加倍優待。雪蓉初次應酬男子，尚覺羞澀，以後漸漸慣了，也就歸於自然，而且每天受著許多的男子巴結，在同事中顯得惟我獨尊，正合了她好強的心。每日下班以後，袋中總是帶著滿滿的錢，回家交給母親，母女俱都歡喜。雪蓉手頭寬裕，又在外閱歷世面，以前愛而得不到的東西，現都買到了，衣服首飾，日見華麗，這一來竟惹起別人的嫉妒。（第三回）

小說裏的月宮是一家中式西餐店，雪蓉到這家店裏當女招待很受歡迎，賺的錢不少，日子過得似乎比以前好了。然而這份工作卻不是一份體面職業，當一位相識的青年在店中撞破雪蓉的身份時，雪蓉覺得「這一來難免被他看低了品格」（第四回）。她之後嫁給比她大得多的富紳柳塘作妾，也歸因於在店中和柳塘的結識。而小說女主人公璞玉遭受到的一系列不幸，也開始於她作女招待時認識了王小二先生。女招待作爲一份新興職業，其最初的弊病必然會引起種種故事，於是進入小說，在小說中得到了鋪展。

　　西餐改變了現代中國的飲食風尚，一些日常飲食在西餐的影響下也不知不覺地潛移默化著人們的生活。可是中國的傳統飲食依然魅力不減，在老百姓的日子中有滋有味的佔據著它堅固的位置。在通俗小說裏，中餐不如西餐那樣被捧得新鮮時尚，但被談起時卻總掩飾不住一份誇耀的神情。便是一碗麵，也可寫得讓人垂涎貪戀：

> 原來蘇州麵館裏，凡是佐麵的雞鴨魚肉，一律喚做澆頭，一碗麵堆著兩樣澆頭，便喚做鴛鴦，堆著雞鴨澆頭，就是雞鴨鴛鴦，堆著蝦蟹澆頭，就是蝦蟹鴛鴦，又喚蝦蟹糊塗。此外，又有小鴛鴦，大鴛鴦。把豬肉切成小方塊，紅湯煮熟了，喚做臊子肉，又喚做鹵子肉。另把黃鱔絲鑲配做澆頭，喚做小鴛鴦，又喚做鱔鴛鴦。前人吳門雜詠詩道：「紅日半窗剛睡起，阿儂澆得鱔鴛鴦。」可以算得有

詩爲證。大魚大肉鑲配做澆頭，喚做大鴛鴦，又喚做紅兩鮮。……
還有輕麵重澆，是說麵要減少，澆頭要加多。寬湯免青，是說湯汁
要寬些，蔥蒜要免除。加紅油，便是另加魚油。做底澆，便是把澆
頭藏在麵底。肉要硬膘大精頭，是說揀選精肥各半的肉，不要瘦五
花，是說不要一層精一層肥的五花肉。魚要肚檔，是說揀選魚肚上
的肉，不要梢水，是說不要魚尾巴。這一篇累累贅贅的話，比著魯
智深在狀元橋買肉，揀精揀壯，揀寸筋軟骨，還要加倍挑剔，加倍
疙瘩。（第十九回）

這是小說《眾醉獨醒》中的一段文字，是一段插敘說明。小說裏有人要麵吃，
要「一碗輕麵重澆寬湯免青的大鴛鴦，魚要肚檔，肉要硬膘大精頭，還要底
澆硬麵加紅油」（第十八回），一般讀者恐怕弄不清楚這是在說什麼，不由得
敘述者不插敘上一長段說明。普通一碗麵，竟有如此多種稱謂吃法，足見出
中國飲食的講究處。敘述者說：「這一篇累累贅贅的話，比著魯智深在狀元橋
買肉，揀精揀壯，揀寸筋軟骨，還要加倍挑剔，加倍疙瘩。」這裡的「疙瘩」
就是「講究」的意思。由一碗麵能講出如此多的話，連敘述者也覺得累贅了。
如果說這樣講究的麵還是麵館裏的出產，那麼家常燒的小菜也同樣味美可
口。還是這部小說裏，阿巧娘親自做的菜被描述得色香動人，如在目前：

　　桌上幾碟下酒東西，卻是五光十色，異常鮮明，白的是嫩雞，
黃的是肥鵝，紅的是方塊南腿，黑的是松花彩蛋，紅白對鑲的是白
肉蘸著蝦子醬油，青紅對鑲的是河蝦浸著玫瑰乳腐，黑白錯綜的是
石花菜拌的冬菇，青白錯綜的是川冬菜炒的雞片……（第五十六回）

小說對家常菜如此生動的描述，或許只是興之所至的閒來之筆，既不爲突出
阿巧娘的手藝，也無助於故事進展。然而有了這樣的描述，小說卻能變得有
滋有味，充滿了現實的新鮮感受。

　　中國美食存在於中國人的日常生活中，講究用料精到，講究色香味俱全。
和西餐相比，它還有另一樣獨具的特色，那就是神秘。這是由東方文化帶來
的，也是中國美食極富有魅力的地方。現代通俗小說在描述中餐時，除了無
法掩飾誇耀的神情外，還傳達出了神秘的氣息。誇耀與神秘是通俗小說對於
中餐的兩種基本取向。

　　僕婦捧上一隻銀碟，碟上放一把刀和兩隻小酒盅，樾二太太先
用溫手巾，把手指擦乾淨，然後用兩隻指頭，把那個小饅頭夾了出

來，用銀刀把饅頭底下刮了一些饅頭粉，放在酒杯裏，用開水沖了半杯，送到三小姐面前道：「照你的本領，最多只能吃這一點。」三小姐聞了一聞，覺得芬芳撲鼻，略帶一些酒味，笑道：「你玩什麼把戲？」樾二太太道：「你別小覷這個，敢喝不敢喝？」三小姐很興奮道：「這一點饅頭粉，就是毒藥，也吃不死，我為什麼不敢喝。」說著，舉起酒杯，一吸而盡……說時僕婦已上前，把桌上的酒肴一切撤退，另鋪上白布，每人面前，放一隻小碟，接著端上八隻大炒盤，三小姐一看，是燒鴨絲，山雞絲，牛肉絲，魷魚絲，火腿絲，炒冬筍，炒芙蓉蛋，炒菠菜，此外還有生豆芽菜，韭菜末青豆，以及甜醬，蝦蔥蒜，辣椒油等等排滿一桌。僕婦把菜上好，每人面前，各送上幾張薄薄荷葉餅，那餅大小和小瓷碟一樣，放在碟內，不差分毫，最奇是每張餅好似由一個模型刻出來，一般大小，薄得和京紙一般，卻又非常柔軟，把菜捲在裏面，不會破裂。三小姐和四少奶奶初見這八大炒盤，油膩膩的菜都似吃不下，及至把餅捲好後試一試，入口酥軟，別有風味，不用如何咀嚼，便化了，不由連吃好幾捲……（第七回）

這是陳慎言《故都秘錄》中對吃食的描述。樾二太太請一班小姐太太以及伶人們吃飯飲酒。酒足飯飽，又端上兩味吃食，一味是「小饅頭」，一味是捲餅。兩樣食品都很奇特。捲餅看似油膩，吃起來卻酥軟可口，對於書中那些酒足飯飽的人來說依然異常開胃。「小饅頭」更是稀奇，樾二太太只給了點兒饅頭粉，兌了水給他們嘗，顯出十分珍貴的樣子。後來樾二太太才對其中一人道出就裏：「你不知道，這饅頭粉做法，是用新蒸的饅頭，投在燒酒缸內，把燒酒精吸入，取出在太陽曬乾，再投入缸內，再吸，再曬。經過五次，一塊碗的饅頭，就縮到拳頭般大，所有酒精，全都吸入裏面，刮下來，只吃了幾釐，勝過喝兩三四斤燒酒。不過沖了喝下，只覺清香撲鼻，並不見難喝。吃到肚裏過了一時三刻，便慢慢麻醉了，並不似平常酒醉，天旋地覆猛烈難過。她們這一醉，至少要睡到明天，才能清醒過來。」（第七回）這種秘製方法雖然不排除小說的虛構色彩，但也只有在中國飲食的氛圍中才能浸染出來。小說寫這類飲食要比寫家常菜更富有吸引力，小說人物由此被吸引在了食色生活中，享受美妙還是漸入危途，那要看人物故事自身的走向了。

三、住

　　晚清民國時期人們的居住條件是有著明顯的等級差別的。「陶盡門前土，屋上無片瓦。十指不沾泥，鱗鱗居大廈」的現象並不因為帝制被推翻就消失掉了。像《金粉世家》中金家的高門大戶有之，棚戶貧民也有之，他們可以居住在同一個城市裏，過著截然不同的生活。

　　范伯群曾談到通俗作家包天笑在他的兩篇小說《在夾層裏》、《甲子絮譚》中所留下的關於住房的淒慘記錄。《在夾層裏》「寫一個醫生為貧民義診，在貧民窟裏只能站在半樓梯上為『夾層裏』的病人診脈」〔註23〕。「醫生很驚愕的瞧著，只見在黑暗中，左首扶梯欄杆那邊，開了約有三尺多高一扇小門。這小門裏面，隱約點了一盞煤油燈。蠕蠕然好像有個人睡在裏面。」「原來這屋子本來是一樓一底，大概這二房東租的人家太多了，就想出一個法子來，在樓下搭了一個閣樓，租與人家。醫生想，怪道呢，我進來的時候，就覺得他那客堂間淺而且低，卻是被他們隔去了一層，因此這兩層的屋子多了一個夾層，卻變成了三層樓了。可是這高不過三尺多的夾層樓，只好蛇行而入，怎麼可以住得人呢？」正是這樣住不得人的地方卻擁擠著那些淒慘的人們。這幾乎是通俗小說中描述到的最惡劣的居住環境了，人宛如鼠蟻般已經失去了基本尊嚴。夾層裏的生活是通過一位醫生的眼睛看到的，他的「驚愕」眼光把夾層裏的生活隔成了另外一個世界。

　　這樣的淒慘狀況描述的是同一屋檐下眾多房客的生活。他們的居住環境擁擠不堪，只要有一處容身之所，就可以安頓下來。范伯群道：「在 20 世紀 20 年代，中國內地戰亂頻頻，加上經濟的蕭條乃到破產，幾度使大量難民湧入上海，這多次人潮的衝擊，使上海形成嚴重的房荒，於是上海出現了一種特殊身份的階層，名曰『二房東』。他們向『大房東』租了一幢『石庫門』房子後，在房荒年代就分租給人以牟取暴利。一時竟成為一種社會時尚……包天笑在 1924 年所寫的《甲子絮譚》中就為這種房荒留下了『寫真』。」〔註24〕「二房東」實際上也是租房者，只不過他們租房子不僅僅是自己住，更是給別人住，他們能從別人那裏獲取比自己所付租金更高的房租，從而賺取差額利益。這是一種無本經營，在擅於謀生的上海居民中，幾乎成為了當時的一

〔註23〕范伯群：《中國現代通俗文學史（插圖本）》，北京：北京大學出版社 2007 年 1 月版，第 379 頁。

〔註24〕同上，第 378 頁。

項新興產業。小說《甲子絮譚》裏，二房東為了在他有限的租房中容納更多房客，委實花費了不少心思：

> 「我們家裏一上一下的房子住了五家人家。我們隔壁有一家人家也是和我們一樣的，一幢頭房子聽說一共住了十一家人家。這個二房東除了自己白住了房子不算，還賺了三倍的房錢。」周小泉道：「這一上一下房子可以住十一家人家，是怎麼樣支配，我真是有些弄不明白。」阿鳳道：「十一家人家確是不大好支配了，這自然是有亭子間的嗎！……把前門關斷專走後門，客堂裏夾一夾可以住兩家。竈間也取消，燒飯吃只好風爐的風爐，洋爐子的洋爐子。竈間騰出來可以住一家。樓中間像我們這裡一夾兩間，可以住兩家。至多扶梯頭上搭一隻鋪，也可以住一家。有亭子間的至多也住了兩家。算來算去也只好住八家人家，怎樣能住十一家，連我也算不出。」
> 老六道：「……他們在扶梯旁邊走上去的地方搭了一層閣樓，這閣樓就在半扶梯中間爬進去的，這裡可以住一家。樓上扶梯頭上也可以搭一個閣樓，也好住一家。並了你所說的八家不是已滿十家了嗎？還有一個方法，在曬臺上把板壁門窗一搭，也可以住一家，這不是十一家了嗎？我們隔壁的一家，門口所住的十一家不知道是不是這樣支配。不過搭了閣樓租給人家，這是上海灘上常有的事。」
> （第七回）

這一上一下的房子本來是為一戶住家設計的，無奈竟住上了十多戶，幾乎佔用了可以佔用的所有空間。如果說《甲子絮譚》寫的是軍閥混戰時期，人們紛紛逃難到上海租界，住房吃緊的情形，那麼在平日，上海的弄堂房子也並不讓人住得寬敞。范伯群說這樣的房子就是「石庫門」。

石庫門是上海特有的弄堂房子。「石庫門之『門』，它有著深深的歷史烙印。為迎合居民追求安全的需要，租界內的中外開發商在住房的『門』上大做文章，以一對烏漆大門，兩個銅質大弔環顯示不可侵犯之勢，門框採用厚實花崗岩，既堅固又顯身份，其風格為中西合璧，時人稱之為『石庫門』，從而成為上海近代史上一個獨特的時代產物。」〔註25〕石庫門的房屋建築出現於十九世紀七十年代前後，帶有著殖民文化色彩，只不過住的時間長了，住

〔註25〕仲富蘭：《上海民俗——民俗文化視野下的上海日常生活》，上海：文匯出版社2009年8月版，第60頁。

的中國人家多了，也就漸漸的把它身上原本的殖民化色彩塗抹掉了，成為上海市民居住生活的日常之所。《甲子絮譚》中，周小泉在上海到處找房子時所見到的房屋樣式，較能顯示出石庫門住宅的特徵。小說第三回寫道：

> 那時他便走進弄堂，在第三橫弄的第四家門口，果然還有一張招租，筆跡和裏口一張差不多。一瞧是個一樓一底的房子，黑漆的牆門正半開在那裏。……小泉心中一喜，因為看了幾處地方，都說已經租去。難得這裡沒有租去，倒是一個機會咧。走進去淺淺一個天井，便是客堂，客堂裏只安放一張八仙桌，已經沿著窗口了。小泉想這房子怎麼如此造法，把周回一瞧，原來他們已改動過，把客堂的窗移出數尺到天井裏來，再把客堂後壁拍出，後面又夾成一間。
>
> （第三回）

黑漆的牆門、天井、客堂，這些都是石庫門住宅的構成部分。如果把改建的那部分拆除，就可以還原出石庫門住宅的典型面貌。「這類住宅有『一進』、『二進』（即一客堂一廂房）、『三進』（即一客堂二廂房）幾種形式。『三進』的石庫門最為典型，其基本佈局是：進大門即一天井，天井後為客堂，供家族公用和會客之用；天井和客堂的兩側為東、西廂房，在一般的大家庭中作為房主的小妾或兄弟住房；客堂後面為後天井和竈間，後天井主要用於打井或安裝自來水；其兩側分別為東、西後廂房，一般為幫傭者的住所；在客堂和後天井之間為樓梯；客堂的上面為樓客堂，一般為戶主的臥室；其兩側為東、西樓廂房；竈間的樓上分別為『亭子間』和曬臺。」〔註26〕這樣的住房最初是為一大家住戶設計的。「它的主人既不像花園洋房主人那樣奴僕成群，可也不必像棚戶區的住戶事必躬親，自己拎著水桶去提水，或者清晨自己去倒馬桶。他們中的大多數人，勤勉地過生活，收入也還可觀，一年衣食有餘，擁有一個當雜的娘姨。尚溫飽，講體面，雖算不上大戶，但在社會上也都是有頭有臉的人物，石庫門民居，正好適應了生活在這個城市的中產階層的需求，既一家一戶不失身份體面，又空間緊湊經濟實惠不事鋪張。」〔註27〕然而這樣的居住狀況並沒有維持很長時間，一來因為戰亂，住房緊張；二來上海居民會精打細算，把空餘的房間租給別人比較上算；三來因為家庭結構發

〔註26〕 仲富蘭：《上海民俗──民俗文化視野下的上海日常生活》，上海：文匯出版社 2009 年 8 月版，第 59 頁。

〔註27〕 同上，第 61～62 頁。

生變化，核心家庭使中國家庭的規模縮小、人數減少，用不了很多房間，所以石庫門住宅逐漸被多家人家分住了，鄰里間擠擠挨挨，熱熱鬧鬧，倒也成爲一種民居特色。

石庫門中最具特色的應該是亭子間生活。很多現代著名作家如郁達夫、丁玲、蕭軍、蕭紅、葉靈鳳、艾蕪等等都有過住亭子間的生活經歷。亭子間隨著這些作家和他們的文學活動變得廣爲人知。然而亭子間卻是石庫門住宅裏最差的一個房間。它「位於前樓或廂房之後，夾於廚房和曬臺之間，面積 8 至 10 平方米，類皆北向，夏熱多涼。它彷彿是精明的設計師根據上海移民社會的特點，在一幢建築的縫隙裏硬掏出來的一個空間。據 1936 年工部局測查工人住房各部位平均房租的數據顯示：亭子間的平均房租爲 3.91 元（但不同地段的亭子間的房租有較大差別）。如果排除那些二房東們爲牟利而添加或改建的部位，如前後閣樓、竈披間等（自然都不能算『房間』），它就是上海樓房中租金最低廉的房間了。因此，亭子間確實象徵著居住者的經濟狀況。在當時躋身石庫門的市民階層中，若有人生活一旦落魄，其通常會做的一個空間遷徙，即是『將居前樓改居亭子間』。這是一個『城裏人』被邊緣化的過程——無論從其居住條件、經濟狀況，抑或社會地位來說都如是」〔註 28〕。在《甲子絮譚》裏連亭子間也可以住上兩家人家，可見住房的緊張與時人生活的貧困。

1938 年連載於《東方日報》的周天籟小說《亭子間嫂嫂》，可以說是記述亭子間生活最生動詳細的一部通俗作品，在當時十分暢銷。「用作者自己的話說，《亭子間嫂嫂》是一部窮 10 年、20 年也寫不完的『怪書』。它通過一個私娼的經歷，和盤托出了一個廣闊的社會。在這個社會網絡上是可以無限制地增添人物上去的。作者原想 50 萬字結束，未果，就 80 萬，乃至 100 萬。此書 100 萬字而不分章，不分節。在一個短短的『卷前』語之後，就洋洋灑灑，一氣呵成，好像是一支不分師團營排的百萬文字大軍。」〔註 29〕小說的主人公亭子間嫂嫂是一個暗娼，住在亭子間裏做她的私密營生。這是一個被城市「邊緣化」的人物，雖然她的種種遭遇都能顯示出城市生活的各色形態，但是作爲一個被人愚弄的玩物終究被遺棄了，最後悲慘地死去。亭子間可以說

〔註 28〕 葉中強：《上海社會與文人生活（1843～1945）》，上海：上海辭書出版社 2010 年 8 月版，第 377 頁。

〔註 29〕 范伯群：《中國現代通俗文學史（插圖本）》，北京：北京大學出版社 2007 年 1 月版，第 526 頁。

是這種悲哀生活的隱喻。能夠提升小說藝術價值的是小說的敘述方式。小說敘述者「我」是亭子間嫂嫂的鄰居，也住在亭子間裏，他是一家書局的編輯，亭子間嫂嫂的故事是由「我」敘述出來的。小說開頭寫道：

> 就這樣，我在外面東找西找，總算在雲南路會樂里找到一個亭子間。這個亭子間，因為當初建造得特別寬暢的緣故，二房東把它當中隔了一層板壁，分作二間，另外又開了一個門，我就住在後頭一個亭子間裏面。……

> 我住了不上半個月，隔壁那亭子間一向空著的，有一天忽然搬進一個單身女人。我走過她房門口偶然望進去，房裏布置得倒相當考究，一張很精緻的床，鋪上紅綠縐紗被，挑字枕頭，印著大朵玉蘭花的褥單，一直掛了下來，妝臺上放著許多化妝品，大大小小的玻璃瓶排列著，那張小小圓桌上面鋪了一張桌圍，上面插一瓶絹花。這樣一布置，簡單中倒很精緻。當時我只看見她一面，心中便想這女人倒很漂亮呢，瓜子臉兒，那二條眉毛細細的彎彎的，配上她這一雙水汪汪的秀眼，實在可以入畫；她的鼻梁不高也不低，尖尖的有點像西洋女子，可是沒有西洋女子那樣挺出而陰險。一張嘴巴小小的，口紅塗成菱角形。我朝她看了一眼，印象已經很深了。

一間亭子間被隔成了兩間，「我」和亭子間嫂嫂各占一頭。二人是緊鄰，對彼此的事情自然十分瞭解，並且成了能夠互助的知友。如果說亭子間嫂嫂住在亭子間裏，和她的身份地位是相符的，那麼「我」住亭子間也很能說明當時的身份處境。小說開頭交代「我」住亭子間的理由是：「我」經商失敗，受一家書局之聘，到上海當編輯。書局的閣樓令「我」感到很不適應，於是租下亭子間，用於工作兼住宿。小說中的「我」是一個在生活中闖蕩的失意文人，就像蕭軍、艾蕪他們一樣，青年文人初到上海潦倒艱難，亭子間是他們最初落腳的地方。於是「我」和亭子間嫂嫂相遇了，「我」對亭子間嫂嫂的遭遇深懷同情，頗有「江州司馬青衫濕」的味道。在這部小說裏，生活的艱辛和悲哀都被一個「亭子間」形象地概括了。

住所是可以喻示出生活的艱辛和悲哀的。衣食或許還能掩飾住個人生活的真相，增添一些表面風光，在「以貌取人」的世俗社會裏混跡生存，但是住所卻是私人空間的落腳點，是一個人謀生社會最基本的棲息地，也是個人經濟能力、社會地位、生活狀況的直接反映者，可以不必由別人訪問這個私

人空間,個人在此能夠完全看清自己的眞面目。即使住所不是家,即使它只是一間旅社或是一家飯店,即使它是租來的房子或是借居的所在,它總能說明居住者一些眞實的境況,因爲它存有著居住者的生活印跡與情感憂樂。在通俗小說裏,住所是能夠承擔展示主人公眞實生活的功能的。

小說《舊巷斜陽》裏的主人公璞玉的生活遭遇就和她居住之地的變遷聯繫在一起,幾乎是一段生活經歷就改換一次居所。最初璞玉在月宮餐館當女招待,她和她失明的丈夫及兩個孩子租住在三間房屋裏,還有一個院子。雖說生活不富裕,但也十分安穩。直到王小二先生要去南方工作,終於得和璞玉幽會,事情敗露,盲夫出走,璞玉失業,只得把房屋退租,另尋住處。「璞玉無可奈何,只得又賣去所餘幾件破爛木器,僅只帶著兩幅被子和兩個孩子,出離故居,移到貧民窟中,在雜院裏尋了一間土房住下。這種房子,好似是最下級的公眾性質,房租按日計算,每天十個銅板,付一天住一天。若有一日不付,那個收租的就把住戶騙逐,另租他人。」(第五回)貧民窟是底層社會的容納所,由此開始璞玉的生活每況愈下。因爲沒有收入,付不起房租,然而收租人竟對她十分寬厚,原來另有圖謀。璞玉受收租人蠱騙,搬離貧民窟,來到一座小院。「璞玉走入院內,才看出這是個極爲淺隘的小院,長不過丈許,寬只四五尺,是一條龍的形式,東西房各有一間,北面卻是小草棚,東西房的房檐,幾乎互相接連,中間只露著一線天光,故而院中好似搭著天棚一樣,非常陰暗。又加遍地都是埋伏,東放著一隻木盆,西橫著一張破椅,這邊有個行竈,那邊擺著雞籠」(第六回),也非是一個好所在。原指望脫離困境,沒想到又入魔窟。這個陰暗雜亂的地方綁縛住了璞玉接下來的生活,在這裡璞玉淪落爲私娼。過了一段不知日月的生活,璞玉脫離小院被賣入青樓。當仗義正直的士紳柳塘尋到她時,她已從高等妓院落入低等娼窯。柳塘他們「下車入巷,見巷中闊不及三尺,一面是磚房,一面黃土爲牆」。「進了小胡同,一轉彎便見燈光明亮。一條胡同,兩面都是小門,每個門口都有一盞燈,雖不甚亮,但爲數很多,也就覺得火熾。」(第十三回)璞玉因爲眼疾,幸免於難,不曾遭受更大的摧殘。她被救了出來,來到柳塘的高門大宅裏,開始下一段生活。柳塘的住宅有外院內院、外宅內宅之分,重重進進,十分闊綽,柳塘的家事也因爲家宅的佈局鬧出不小的變故。璞玉在此雖得柳塘照顧,但最終不得和昔日情人聚首。柳塘因家庭不幸,心力交瘁,離家而去,只剩璞玉和柳塘太太在宅內居住。小說結尾處說:「張宅的老屋,

日漸頹敝，宅內主人也日漸老邁。」（第三十回）頗能道出人物和住所的關係。

《舊巷斜陽》刊出後，「女主人公謝璞玉屢遭劫難的悲慘際遇在讀者中產生極大反響。連載未半，便引起轟動。當時的平、津報刊，紛紛載文，予以評論，並由此掀起了一場有關婦女命運問題的大討論」〔註30〕。這場討論對小說主人公璞玉的不幸遭際施予了極大同情，認為社會上有太多像璞玉一樣痛苦生活著的女性，她們應該得到社會的救治和幫助。不論討論的結果和影響如何，璞玉的遭遇能夠反映社會問題，這是討論展開的一個大前提。這個前提可以成立，除了作為虛構人物的璞玉被作家劉雲若敘寫得逼真動人外，還在於璞玉所遭受的一系列境遇，她的周遭環境和生活經歷，都顯示出了充分的現實性。貧民窟、胡同小院、高門大宅……把這些串連起來就勾勒出了璞玉的生活軌跡和小說故事的主要線索。幾乎每一處住所，每一個階段的經歷，都對應著一種社會情境。它們說明，無論是平常人家、底層居民還是高門大戶，都在各自的生活中經歷著不安、頹靡和掙扎。

四、行

在璞玉從小院轉入胡同，從私娼公開成為妓女的過程中，人力車夫丁二羊起了不小的作用。丁二羊本想幫助璞玉逃脫苦境，沒想到竟把璞玉推入更不堪的境地。在璞玉被騙入妓院的路上，丁二羊遇見了她。小說寫道：

> 原來丁二羊正拉著車在街上攬座兒，忽然聽見遠處有喊車的聲音，又見許多車夫都向同一方向奔去，他也跟在後面跑來。這本是人類求生活的本能，也是洋車夫最不好的習慣。倘若有一個人叫車，附近所有的車夫全要趕去爭奪，即使隔在後面，距離甚遠的，也要跟著吵嚷裹亂，並且施展破壞手段和拍賣所中搗亂分子似的，自己並不想買什麼東西，卻故意亂出高價，使那真心要買的多受損失。車夫卻是反其道而行之，譬如有個車夫要了一角錢的最低價目，已將客人搶到手了，別的車夫就信口胡亂減價，這個說八分我去，那個說五分我拉，使那貪便宜的客人猶疑不決。但若真上那討價五分

〔註30〕倪斯霆：《舊人舊事舊小說》，上海：上海遠東出版社 2010 年 3 月版，第 145 頁。

的車，那車夫又不肯拉了。這本是無知愚民的卑鄙行為，雖然可恨，
卻也可憐。丁二羊久慣拉車，自然也同流合污，因為湊群起哄，不
知挨了巡警多少木棒，但打不改。……但車夫的規矩，拉著座兒可
以快跑，若只空車，就僅能徐行，一跑便犯警章。

　　丁二羊好容易追得望見前面兩車的影兒了，忽被崗警攔住，問
他為什麼跑，打了兩棍，方才放了。丁二羊還不敢快走，慢慢而行，
直到離崗位遠了，才又撒開腳跑。但跑沒幾步，前面又是崗位，他
怕再挨打，只得先行自檢，溜了過去，再展駿足。……正在這時，
見由那小門內走出一個短衣男子，也是滿頭大汗，手裏拿著兩張銅
元票，一手端著碗熱茶，將錢票給了那破衣的車夫。那車夫接過，
拉著舊車就走。再看那短衣男子竟坐那輛新車腳踏上，吸煙喝茶的
休息起來，才明白這男子必是拉那輛新車的，當然是包車夫，而且
和這小門中人家有關係。但是這小門的住戶能用得起包月車麼？想
著見那拉舊車的已出巷口，來到近前，就迎著道個小和氣，裝個假
廝熟，叫道：「哥兒們，辛苦！今兒拉的不錯麼？」那車夫看看丁二
羊，搖頭說道：「沒勁，從早晨這才拉了三個座兒，賺了不到兩毛錢，
一頓飯，就剩了三十多子兒！」（第八回）

上述段落有說明的文字，也有敘述的文字，包含了頗多信息。拉璞
玉的人力車路上壞了，只得再叫一輛。這一叫不打緊，卻叫來了很多車子，阻塞了交
通，一片混亂，其中也有丁二羊的車。小說給出了一段說明文字，解釋為何
會產生這一混亂情景。小說敘述者歸之為「洋車夫最不好的習慣」、「無知愚
民的卑鄙行為」，顯然對車夫的評價不太好。與新文學作品中對人力車夫的敘
述相比，通俗小說是從一個世俗化的平常視點而非知識分子的垂憫心態來講
述車夫的故事的，所以小說裏的說明文字是對社會事象的一種解釋，其中所
夾帶的評價話語出自一個平民從日常生活經驗得來的意識，不含有高居姿
態。之後而來的敘述文字也是對於故事本身的鋪陳，除了可以引導出現實社
會的信息外，沒有其他更深層的意義。

　　丁二羊沒有拉到客座，想追蹤璞玉的去向，卻又不敢快跑。他必須遵守
規定。「車夫的規矩，拉著座兒可以快跑，若只空車，就僅能徐行，一跑便犯
警章」。小說指出了這個規定，並敘述了丁二羊想跑而又不敢跑的細節。去掉

這個細節，並不影響小說故事的進程，加進去，即可爲洋車夫這個行業作出更多描畫。對於洋車夫行業，接下來的文字還提供了兩則信息。其一，拉包月車的通常拉的是新車，而且包月車夫的收入必定比拉散座的要好；其二，洋車夫生活窘迫，「拉了三個座兒，賺了不到兩毛錢，一頓飯，就剩了三十多子兒」，雖說不能確定這就是洋車夫當日拉車的價錢（不同城市的價錢還有不同），但賺錢不夠花用，破衣爛衫的處於社會下層確是事實。小說借丁二羊的出現，描述了車夫階層的生活處境，在不多的筆墨中，提供了生動確實的信息。

人力車是晚清民國時期出現並廣泛使用的一種通行工具。它「兩輪，雙把，有一個坐廂，坐廂有能舒張的幕，可以遮陽防雨」〔註 31〕。這是從日本傳來的通行工具，造價不貴，製造不難，又比之前的獨輪車和轎子要方便快捷舒適，因此很快就流行起來。「人力車夫也成爲一個迅速發展起來的下層人民謀生的新興職業。此後，人力車在中國流行了大半個世紀，成爲城市中最常見的代步工具。」〔註 32〕現代小說對人力車的描述和人力車的常見及日常生活化是聯繫在一起的。正因爲大街小巷有人力車在來往奔走，小說才能夠在講述故事的過程中，把人力車和人力車夫一起映照進來。

通俗小說對人力車和人力車夫的敘述常是在人物出行的時候順帶出來的。例如嚴獨鶴《人海夢》第四回，溫如、國雄等人一起雇了幾輛人力車到商務印書館買書。下車時，朱德山和車夫因爲小錢和銅板的問題大起爭執，最後還是同學陳性初代付了車錢。之後這個堅持索要銅板的車夫連同他的人力車都不再出現。在這個情節中，車夫的言語和態度被描述了出來，更多的情況是，人力車夫的身影只一閃而過，他們在小說中無名無姓，只爲主人公的出行等在街口。相比之下，丁二羊在《舊巷斜陽》裏不是一個被順帶提及的人力車夫，他爲推動小說的故事情節起到不小的作用。璞玉從小院轉入胡同，是丁二羊好心帶來的惡果。爲了救出璞玉，他奔走傳信，得到了柳塘的仗義相助。警予賞識丁二羊的俠義，不坐汽車改坐丁二羊的包車，並給了他很高的級別待遇。丁二羊爲報答警予的好意和璞玉的善良，竟和璞玉的舊夫同歸於盡，希望成全警予和璞玉的姻緣。小說情節由此得到新的發展。可以

〔註31〕彭明主編，朱漢國等著：《20 世紀的中國──走向現代化的歷程》（社會生活卷 1900～1949），北京：人民出版社 2010 年 8 月版，第 231 頁。

〔註32〕同上。

說，《舊巷斜陽》描述出了一個正直魯莽俠義愚忠的車夫形象。在丁二羊身上，既可以看出普通人力車夫的現實生活情形，又能感受到市井小民憨直的生命形態，這是小說震動人心的所在。

小說《舊巷斜陽》除了成功地講述了人力車夫的故事外，還描述了自行車、汽車在當時人們生活中的位置。自行車是由法國人發明的，晚清時期傳入中國，漸為人們熟悉。但一開始並不像人力車那樣很快被人接受並普及開來。原因大致有三個：第一，起初的自行車「性能不佳」，行駛費力；第二，「中國道路坑窪不平，在馬路未普及以前，自行車也難以流行」；第三，「清末自行車價格昂貴，從 1900～1907 年，無論南方的上海還是北部的天津，車價始終在 80 元上下浮動」，這對當時的普通民眾來說實在是奢侈品。〔註 33〕隨著製造的改進，成本的降低，民國時期自行車的流行程度雖然比晚清要好很多，但依然比不上人力車望眼皆是。「騎行者除外國人外，還有教徒、洋行中的華人，以及一些趕時髦的紈絝少年」。〔註 34〕《舊巷斜陽》第三回就描述了「紈絝少年」騎自行車的一場追逐鬧劇：

> 就在這清靜的空氣中，不知鄰近那個人家的大時鐘，當當的打了八點，就見這樓前的鐵柵門開了，一陣車輪響處，由門內馳出一輛嶄新的腳踏車來。車上坐著個妙齡女郎，身上穿著印度紅薄呢的短西裝，頭上斜戴著雪白的佛蘭絨捲簷小帽，頭前繫著條極大的黃藍雜色的絲巾，在粉頸上纏了一遭，還有多半幅垂在背後。腿上過膝的極長肉色絲襪，遠看直如玉腿全部裸露，腳下卻是很樸素的鹿皮平底鞋子。戴著白羊皮手套的手裏，握著隻打網球的球拍。這女子的氣度裝飾，一見便知是個富麗生活中的女學生……

> 原來，她所見的是街角路旁立著個英俊少年，正扶著一輛腳踏車，似有所待。這少年面貌甚為清秀，但皮膚不甚白皙，似乎夏日久作戶外生活，日光曬鑠的痕跡，到這秋天尚未褪盡。頭上並不似別的少年那樣油光光地，分髮有些蓬亂，尤其當頂有一叢壯髮翹然挺立，大有負固不服之勢。但這不梳理的頭髮，反似增加了少年的瀟灑氣。他下身穿著灰呢西裝褲，上身卻只著反領的絨線襯衫。這

〔註 33〕閔傑：《近代中國社會文化變遷錄》（第二卷），杭州：浙江人民出版社 1998 年 3 月版，第 187、190 頁。
〔註 34〕同上，第 187 頁。

時他一手插入褲袋，一手扶定車的橫梁，遠遠見那女郎的車子走近，通身都緊張起來，但表面還矯作消閒之態。就在這一低頭的當兒，那女郎的玉腿，已在車輪飛動中馳出他的視線，他再抬頭，女郎已在兩丈外了。他急忙一躍上車，隨著女郎車後香塵，直追了去。（第三回）

小說中少年呂性揚熱烈追求梁意琴，和小說主人公雪蓉遭遇。梁意琴無意於呂性揚，想讓雪蓉代替自己和呂性揚戀愛，不果。這個情節在小說中無足輕重，既沒有改變主人公的生活軌跡也影響不到故事的發展進程。它的唯一作用就是增添情趣，閱讀情趣和生活情趣。呂性揚和梁意琴剛出場是通過一組外聚焦敘事完成的。一個富麗活潑的少女帶著網球拍、騎著自行車出門鍛鍊，一個英俊少年等在路旁，見她過去，也騎上自行車在後面緊追。兩輛車一前一後，少女施了個小小手段，令少年車翻在地，跌得不輕。這場騎車追逐的嬉鬧事件，小說寫來十分生動有趣，筆力也很到位。所可注意的是，外聚焦視鏡中的這兩位年輕人穿著講究（西式裝扮的時髦青年），意態灑脫，一望而知是富家子弟。他們騎著的自行車也就成了富家子弟的一樣玩樂品。

汽車在《舊巷斜陽》裏也是富人家的出行標誌。小說第一回寫嫁了富戶的雅琴回到她小雜院的娘家，當雜院居民得知雅琴是坐了汽車來的，紛紛跑出門觀看。「院內竊聽出聲息的鄰人，一聞這闊太太還是坐汽車來的，都想大開眼界，隨著女僕紛紛跑出。所以，到雅琴出來，院內倒清靜沒有人了。到了門外，向北轉出巷口，就是一片曠場，前面還有水坑，坑邊停著一輛半新的汽車，同院的男女老幼，都在圍著觀看。雅琴走到後，眾人忽拉聲分列兩旁，看著她走進車去，都死盯著雅琴的鮮衣美飾，恨不得把眼光變作有吸引性的磁石，把她的首飾吸到自己身上來。那情形比平時看人家新娘子上花轎，更爲入神。」把雅琴上汽車比作「新娘子上花轎」，很有意思。雅琴穿著華麗，就和新娘子一樣美豔；轎子和汽車雖然都是通行工具，但轎子不是普通人日常可以坐的，汽車更只是富人的專利。看「新娘子上花轎」，含有贊美羨慕的意思，看「雅琴上汽車」同樣富含豔羨的成分。主人公雪蓉因爲雅琴的這次光彩照人的來訪，改變了生活態度。她當上了女招待，嫁給了同樣有汽車進出的富紳柳塘。

當汽車出現在中國城市中時，轎子退出了交通舞臺。汽車是一種現代交通工具。據曹聚仁說：「汽車第一次到上海，在 1901 年（清光緒二十七年），

共二輛。由匈牙利人李恩時（Leinz）輸入，一輛賣給寧波商人周湘雲，另一輛歸猶太商人哈同所有。因此，周湘雲有了一張『拿波溫』（NUMBER ONE，第一號）的汽車照會，哈同也有了一張『拿波溫』的司機執照。」〔註35〕上海是最早通行汽車的中國城市。「同樣在大都市內，上海汽車遠遠領先於北京及其他城市，主要由於上海租界內馬路寬闊」。〔註36〕不少擁有了汽車的富人坐汽車不僅因爲它舒適快捷，還因爲可以在馬路上招搖兜風，這也是一種娛樂享受。包天笑《上海春秋》中的主人公周老五就屬於想坐汽車招搖兜風的一類：

> 周老五見大馬路上汽車往來如織，總想自己也弄一輛汽車來坐坐，才可以在上海灘上出風頭。因爲瞧見許多朋友中，都是坐著汽車。他們也不是在商業上辦什麼事，他們也沒有什麼職業，他們殊沒有坐汽車的必要，不過兜兜圈子而已。那麼我爲什麼沒有一輛汽車呢？（第六十四回）

> 且說周老五和鍾叔明從東亞旅館裏出來，找到了自己的汽車，吩咐根全從楊樹浦開到梵王渡，到梵渡別墅。根全道：「今天梵渡別墅裏人很熱鬧咧，已經有許多車子開到那裏去了。有利車行、威利車行，這幾家汽車行裏的車子已經都叫空了。堂子裏的人，也去得不少。」周老五聽了，更是高興。便說，我們也到那裏去坐坐，吹吹風涼。當時開足了汽力，從楊樹浦回轉來到梵王渡。果然那邊的汽車，首尾相接。一望過去，汽車上燈光，照耀得數里之遙，好似張開了一雙大眼睛，向前奔馳。周老五的意思，要叫根全開得快些，搶過他們的先去。根全說：「這是不能的，搶前去弄得不好，就要出毛病，還是耐心點的好，後面還有許多車子咧。」到了梵渡別墅的門前，只看見門前裝著許多的五色電燈，鬧嚷嚷已有許多人在那裏，一字長蛇陣般排列了許多汽車在那裏。（第六十六回）

紈絝富少周老五想擁有一輛自己的汽車，果然實現了。這天，周老五和他的朋友坐汽車到梵渡別墅消夏。小說裏的梵渡別墅就是上海灘上的夜花園。「這

〔註35〕曹聚仁：《上海春秋》，北京：生活・讀書・新知三聯書店 2007 年 1 月版，第213 頁。

〔註36〕閔傑：《近代中國社會文化變遷錄》（第二卷），杭州：浙江人民出版社 1998年 3 月版，第 331 頁。

種夜花園，總是盼望天氣熱，因爲天氣越鬱熱，人家在屋子裏受不住，便要想坐汽車出外兜風，他們才有主顧。」（第六十六回）梵渡別墅吸引了很多汽車開到那裏去，不僅有私家車，還有車行裏租來的汽車。無論是私家車還是出租車，都不是當時平民的玩意兒。開車遊夜花園是有錢人享有的娛樂活動。小說中說「汽車上燈光，照耀得數里之遙，好似張開了一雙大眼睛，向前奔馳」，景象很是壯觀，頗能顯示出上海繁華奢靡的都市形象。

　　既然汽車在現代上海並不少見，且還有「首尾相接」的陣勢，那麼馬路上由汽車帶來的交通狀況的變化，開始侵入了人們的日常生活。雖然平民難得能夠坐上汽車，但汽車的影響卻溢出了富人的圈子。《上海春秋》第十七回，王庭桂不住在家裏，兒子沒人看管，到街上玩耍，被陳老六的汽車撞死。小說敘述者於此抒發出一長段議論：

　　　　因爲那有錢的人你也一輛汽車我也一輛汽車，還有一個人養了好幾輛汽車，好像非此不足以昭其闊。上海灘上有這一萬輛的汽車，就好像是一萬隻斑斕白額猛虎放在市上，天天出來噬人，尤其是窮人家的老年人小孩子常常遭它的害。……要講中國的汽車卻不然，彷彿是馬路造在那裏專供給那有錢的大爺們坐汽車用的，人若走上馬路就是自蹈危險、自尋短見。只許汽車在馬路上橫衝直撞，不許人在馬路上雅步從容。看官們不信請在上海的南京路走幾步，要從這一邊跑到那一邊，無論什麼人就像偷雞賊從人家出來，兩頭東張西望，見沒有汽車來方才出一個彎頭向那邊狂奔而去。要是不大到上海來的在南京路走路，簡直拖男拽女宛如逃難一般，好似後面有強盜殺來的樣子。這並不是做《上海春秋》的人亂造謠言，那是天天日常所見的事物，看官們也並不是瞎子啊。以至汽車闖了禍、撞死了人，公堂上就要問一句話：你捏了喇叭沒有？要是汽車夫證明的確是捏過喇叭，好像他開汽車的責任已盡，好像他撞死人權利所在，好像他對於死者了無遺憾，好像他並不要撞死你，是你自己撞到我汽車上死了。審判的官也覺得喇叭已捏，汽車夫責任也盡了，你還是要死，這便是你有可死之道了。所以往往批了「自不小心，與人無尤」八個大字，被撞死的人還受了一種自不小心的責備。（第十七回）

這一番感慨，滿含著憤恨與不平。首先說汽車像猛虎，在馬路上橫行霸道；其次說人在路上走，天天有被汽車撞死的危險；再次說汽車撞了人負的責任

很小，被撞者只能自認「不小心」。敘述者的這番感慨，和作者包天笑的聲口並無兩樣。正是包天笑看到上海的南京路上，行人們「拖男拽女宛如逃難一般，好似後面有強盜殺來的樣子」，不堪其狀，才借小說大發怨憤。第十八回，進一步借汽車主人陳老六對此事的反應，來說明現實問題。陳老六對出事時正坐在汽車上的燕萍老五說道：「撞壞一個小孩子？就這麼一回事也值得把臉都嚇黃了？跑進來的時光連話都說不出來了。你沒有瞧見上海的報上，翻開本埠新聞來看，哪一天不是撞壞撞死了四五個人？這是頂不要緊的新聞，他們大報上都用六號字排咧，你就大驚小怪起來了。」報紙上天天見這樣的新聞，也就不成為「新聞」，只是日常事件而已。可以說，陳老六的言語和汽車一樣橫行霸道，他自恃有錢，即與無錢買車坐車的人分出了區別。同時他的話也印證了包天笑或小說敘述者的議論，汽車撞死人是不會得到嚴厲懲罰的，所以陳老六一點兒都不害怕緊張，事件的處理也正如那句判詞「自不小心，與人無尤」。汽車的出現無可厚非的是一樁好事情，但其所帶來的等級分別和顯示出的市政弊病，不是一時三刻便能解決得了的。人們的關注、政策的改進、生活的提高和觀念的變革，都應隨著問題的出現得到及時調式。小說在此承擔著展現、啟示和呼籲的功能，包天笑的長篇議論自含有小說作者的責任在內。

不僅是汽車，還有無軌電車、有軌電車、火車、輪船乃至飛機等現代化交通工具的出現，在一次次讓人們感受到震驚體驗的同時，也給人們的生活帶來了太多的改變。出行方便快捷了，時空距離縮短了，人們的交往機會也增多了。這意味著，能享受現代交通工具的不只是富人，平民也能在電車、火車上找到他們乘坐的位置。現代交通工具發展的旨歸還是公眾，除了私人汽車等個人所有物外，它們大部分屬於市政建設和公共設施的範疇。它們為公眾的出行活動提供了可能和空間。在大型的現代交通工具中，有著不同身份背景的人們遭遇在一起，他們交互而坐，甚至相互而臥，在交通工具為他們提供的可能空間裏，搭訕開聊，以至於上演了種種悲喜交加、因緣際會的故事。這其中，男女乘客在交通工具裏的偶然相會是故事產生的最佳推動力。

在傳統中國社會中，男女很少有在公共場合相見交際的機會。燈節、廟會的年度上演，為男女在娛樂狂歡裏的遇合提供了寬鬆的環境。「燈火闌珊處」的故事也因此變得十分珍貴和美好。隨著時代社會的變革，男女之防的觀念逐漸鬆動，女子走出家門的機會越來越多，男女在街頭巷尾相遇的情境

成了不必大驚小怪的事，他們對於「共乘一車」也自然彼此接受。「因此，從晚清到南京國民政府時期，儘管社會上對在近代交通工具上男女雜坐有各種擔心、非議，但一般情況下公共電（汽）車不分男車、女車；火車的普通車廂不設男座、女座；輪船的普通艙也不分男鋪、女鋪的，均男女雜坐（臥）。隨著近代人口流動的加劇、城市化進程的加快以及女性在社會上拋頭露面甚至就學就業機會的急劇增加，中國傳統社會那種『男主外、女主內』的故態逐漸被打破。女子走向社會，很多情況下必需乘坐近代交通工具，也就難以避免要與男子並肩而坐（甚至在輪船的通鋪上比鄰而臥）。久而久之，人們對在近代交通工具上男女雜坐的現象也就習以爲常，『男女雜坐不以爲嫌』。」〔註37〕在現代通俗小說敘述主人公乘坐交通工具出行的段落裏，男女雜坐是敘事的社會背景，有時能成爲主人公故事進程的一個重要關節點。

　　陳慎言《故都秘錄》中，希公爺了爲逃債，把自家所有的存款收拾起來，坐火車而去。他佔據了一間車房，「忽聽嘩啦一聲，門有人拉動，閃進一個年輕少婦，身上穿著玄色皮斗篷，頭上秀髮蓬蓬，眉目很是嫵媚，一手提了一小提囊，和一領毛氈，走進來，對希公爺看了一眼說聲：『借光。』」「女人一面脫下外衣一面說道：『今天車上客人不多，照平常一間房間，總得擠上六個客人，現車子還沒開，只怕等一會還有客人。』說著，站起來，把玻璃門關緊，回頭對希公爺笑一笑，似是怕有別人再進來。希公爺見一轉動間，身上花露精和脂粉的氣味，撲到鼻裏，十分受用，心想今天在車上正嫌寂寞無聊，卻來了這位娘們，眞是好不湊巧。」（第十一回）希公爺和女客二人在火車裏閒聊、吃零食，希公爺心下十分快活。車房在火車裏是相對獨立的空間，即使坐滿，有限的座位也不多幾人，舒適又不完全封閉，何況有女同車，不亦快哉。希公爺在女客的陪伴下毫無戒備，抽了女客的迷魂香煙，模糊睡去，醒來身邊所有銀錢不翼而飛。希公爺爲此幾乎喪了性命。在這段男女同坐的車廂經歷中，女性作爲主動的攻擊者，施展了她富有魅惑力的才能。正因爲在以往歷史中，有女同車的經歷不可多得，男性才在賞心悅目的時候毫無防範地陷入危險境地。發生在交通工具上的這類事件並不只有希公爺才遭遇到。

　　如果說男女同車導致的危險還是少數不巧的現象，那麼由男女同坐帶來的奇遇卻不只是少數人的希望。在日常生活的百無聊賴中，奇遇總能爲生活

〔註37〕蘇生文、趙爽：《西風東漸——衣食住行的近代變遷》，北京：中華書局 2010年 8 月版，第 164 頁。

帶來振奮的色彩甚或是期待中的轉機。汪仲賢《歌場冶史》中楊柳青乘輪船
經歷到的便是一段奇遇。

> 楊柳青上了下水輪船，已覺得非常困倦，與同房間的一個女客
> 略事招呼，打開鋪蓋就睡。一覺醒來，已到南京。同房女客登岸去
> 了，她就把鋪蓋搬到正鋪上，一個人睡著一間大官艙，非常舒暢。
> 肚子也覺有些餓了，見甲板上有許多賣雞鴨的小販，便踱出房去，
> 走到甲板上向幾個籃子裏望了一望，就有三五個小販圍上來兜攬生
> 意。她隨便問了問價，就想掏錢出來買了。旁邊有一個人操著上海
> 白插言道：「這種物事虛頭大來些，要還價個。」楊柳青見那人身穿
> 一件長袖子的汗衫，外面罩了一件熟羅坎肩，坎肩上兩個大口袋裏
> 裝滿了東西，鼓得很高。上面表袋裏垂著一根很重的金錶鏈，下身
> 穿著一條拷香雲紗褲，白襪，穿一雙繡花拖鞋，褲腰裏繫著一大把
> 五金鋪裏的東西，包括幾十個大小不一的鑰匙，一把黑色的大洋刀，
> 一個雪亮的標準警笛。楊柳青見那人與自己搭話，就隨便對他笑了
> 一笑，那人便蹲下身子去替她揀鴨，揀好了又與小販論定價目，果
> 然比方才說的價錢要便宜一半。楊柳青付了錢，那人又命茶房把鴨
> 子送到她房裏。楊柳青謝過那人，回到房裏吃了一頓飯，船已開了。
> 隔著窗看江邊的大山漸漸的向後移動，再看江裏的水，滔滔的向東
> 流去。她便想著戲裏的詞章，常有付東流三字，萬事一付東流便都
> 了結了。她這時候正乘了船向東流去，一生命運也許跟著東流到汪
> 洋大海裏去了。她望著流水，微微感歎。（第二十三回）

此時的楊柳青幾乎到了窮途末路的地步。情人撇棄了她，她沒有地方再登臺
唱戲，前途茫茫，一文不名。她隻身在輪船上，只有望江興歎。這時，一個
穿著「熟羅坎肩」，熱心幫她買鴨子吃的人走進了她的生活。這個人在船上當
買辦，他見楊柳青隻身一人住在「一間大官艙」裏，便起了邪思。楊柳青也
就順水推舟，依靠蔣買辦過起日子來。輪船到了上海，他們「便去看好了一
間房子」，「租了一隻銅床，幾樣木器家生」，「又用了一個娘姨，組織這麼一
個小家庭」。（第二十四回）與蔣買辦的遇合使楊柳青暫時擺脫了無路可走的
困境，成為她到上海開始新生活的落腳站。在這個情節中，男女同船的經歷
改變了人物的處境，無論是女性對男性的誘惑，還是男性對女性的糾纏，現
代化交通工具為男女交往提供了彼此陌生又自由的場所。由此，交通工具在
承載乘客的同時，也承載了他們的命運。

第三章 「不須京兆筆且訪屠沽」：城市經驗的書寫

　　由日常生活建構出的社會空間在現代通俗小說而言，是被城市佔據著的。不是說通俗小說中沒有鄉村社會的描述，只是這樣的描述很少見，不及對城市的敘說來得普遍。平襟亞《人海潮》中的一段文字堪稱敘寫鄉村情態的經典：

> 衣雲正看得出神，忽見兩雙女子的腳也從塘灘上閒行，都是六寸圓趺，一雙還穿著妃色繡花鞋，鞋尖上繡的蝴蝶穿紫藤，嬌豔綽約，娟媚入骨。衣雲望著，了了可辨，只恨船窗窄小，坐著平視，僅見得腳以上湘裙半截。其一不穿裙，只見兩隻腳管。衣雲要想探首一窺，怎奈叔父核賬已畢，娓娓論追租。衣雲口中應著，心中思潮起落，忐忑不寧，私忖：「日暮村郊，除卻湘林，有誰穿這樣的繡鞋？且村婦、田嫗，誰具這樣半姿的腳？這雙腳委實好確定是意中人的。」當下瞧她姍姍微步，沿塘走來，只因塘岸泥濘，一步一滑，衣雲恨不得把一縷癡魂化作長堤，襯到她腳底下去，好等她安步徐行。那時眼見她腳下一滑，便渾身筋骨一顫，那雙腳只走得三四十步，衣雲已是汗盈脊背。她走到個岸曲旁邊，頓了頓，衣雲一口氣也息了息：她蹲身一躍，躍過曲口，衣雲的心房別的一蕩，險些把顆心弔出腔子。……
>
> 正說著，窗外那雙腳腳尖換了個方向，右腳忽一滑，膝蓋在地上一跪，險些滑到塘內去。衣雲這一嚇嚇得站了起來。他叔父道：「衣

雲，催租除開追外，有沒妙法？」衣雲道：「這也沒法，無非……無
非……我們還是回去計議罷。」艄上阿福叫道：「到了，起岸吧。」
當下叔侄登岸，四望天色已夜。（第四回）

《人海潮》的主人公沈衣雲和同村的富家小姐湘林青梅竹馬。一天衣雲跟他
叔父出門催租，回來坐在船上從船窗中看見湘林的一雙小腳在塘岸上行走，
湘林走得又跌又滑，衣雲跟著心魂出竅。這段描述實在通透可愛，念及小說
結尾處人物遭遇的不幸，這段鄉村情懷愈發來得可貴。可惜通俗小說中這樣
的文字不多見，多見的是城市的熙攘和繁鬧。

范伯群把通俗小說多寫城市的特點概括為「都市鄉土」，並認為：「通俗
文學流派的作品中的最精華部分乃是它的都市鄉土小說」。〔註1〕言「都市」
說的是城市在通俗小說中佔有重要位置；言「鄉土」是說不同的城市在通俗
小說中被描述出了不同樣貌。總而言之，通俗小說中的城市能表現出兩種情
態：「家鄉」感覺和「地方」風情。

講述通俗的城市故事的作家有的就是上海、北京等城市的本地人。例如
《海上花列傳》的作者韓邦慶、《海上繁華夢》的作者孫玉聲都是上海人，《小
揚州志》的作者劉雲若是天津人，《廣陵潮》的作者李涵秋是揚州人。這些作
家對自己生於斯長於斯的城市自然十分熟悉，並且懷有特別的情感，他們下
筆時，以身處之地作為小說故事發生的空間和人物活動的場所，彷彿是無需
考量的事情。通俗小說家出生於農村特別是邊遠地區的不多。即使生於小市
鎮，也是臨近大城市，並且他們的大部分生涯也在大城市中被消費。他們不
會把鄉村和城市對立起來，不會以想像出的田園風光去對抗都市的現代文明
病。平襟亞《人海潮》前面部分所寫的蘇州城外的小村鎮，雖然滿含情趣，
卻不是一個能夠使主人公安居樂業的地方，村鎮裏的人紛紛往城市湧去，以
求得更多生存機會。《人海潮》的主要部分寫城市生活，村鎮小民逐漸包容沉
浸在城市生活中，並且樂此不疲。張恨水《京塵幻影錄》中，魏節庵的京城
生活過得可謂逍遙自在：

魏先生那小院子裏，這時正種上三二十根玉蜀黍，因為地肥，
長得高過屋簷。挨著大門，一路種了四棵九子燈的葵花，開得正好，
一進門來，也就是綠油油的。這院子犄角上，本有一棵棗子樹，正
長了一樹半青半紅的棗子，靠著樹，支了幾根竹竿，撐起個小瓜棚

〔註1〕 范伯群：《論「都市鄉土小說」》，《文學評論》2002年第3期。

兒，上面牽著許多倭瓜扁豆藤兒。院子裏地下，也散種了一些馬齒
莧鳳仙花雞冠花之類。雖然是草藤兒，倒顯得清雅。院子中間，擺
了一張小桌子，桌上擺著拌黃瓜炒雞蛋兩碟菜。魏節庵，正備了杯
筷，在那裏喝酒。（第二十回）

在城市中同樣能享受鄉村樂趣，通俗小說的城市和鄉村不是截然對立的。小
說家在寫小說時，沒有兩相對立的明確意識，他們只是把自己熟知的東西寫
出來，真與不真全憑讀者判斷。

　　對於非本地人的小說家來說，沒有寫作家鄉風物不會妨礙他們作品的城
市感覺。因為他們早已完全融入於城市生活中，幾乎把他鄉作了故鄉。現代
人對城市生活的嚮往，驅使他們迫切地把自己想像成一個都市人，而在城市
生活久了，對城市的熟稔程度並不會亞於故鄉經驗。包天笑是蘇州人，但他
一直在上海工作生活。他在《時報》擔任重要職務。包天笑對上海的人情世
故瞭如指掌，他寫上海的小說全然看不出走樣的痕跡。張恨水是安徽潛山人，
二十四歲來到北京，以後的生活主要在北京度過。張恨水的小說以寫北京的
為多，也最重要。《春明外史》、《金粉世家》、《啼笑因緣》這幾部張恨水的代
表作品寫的都是北京的人與事。對於北京的親近感可以在這些小說中充分流
露出來。

　　小說家不必是城市本地人，他們小說中的人物很多也是從外地來到城市
的寄居者。外地人轉變成城市人的故事構成了通俗小說的慣常模式。《海上花
列傳》、《人海潮》、《春明外史》、《如此京華》……都敘述了外地人進入大城
市以後的生活際遇。上海就是當時的一座移民大都市，本地人口只占很小一
部分。這些移民中有知識分子、經商者、外出謀生的婦女、洋人以及各色九
流三教的人物。科舉廢除，士人需要求得新的安身之法。上海的開放和新潮
為傳統士人轉變成洋場才子提供了機會和空間。魯迅說，在上海報館等處謀
職的「多是從別處跑來的『才子』」〔註2〕。這些「才子」把上海當成自己理
想的棲身之所，期望盡快適應環境，成為一個都市人。上海的紙醉金迷吸引
著新興的中國商人來此投機盈利，即使一文不名也可大膽闖蕩。很多婦女出
於生存需要或者貪戀城市繁華，蜂擁至上海，促成了無數香豔故事，也留下
了血淚斑斑。洋人來到上海，人生地疏卻又傲氣十足。他們把上海看成「東

〔註2〕　魯迅：《上海文藝之一瞥》，《魯迅全集》（第四卷），北京：人民文學出版社2005
　　　年11月版，第298頁。

方巴黎」，享受著「治外法權」的各種優待生活。小說中的人物都會對都市產生迷戀，在能夠感受到現代性和各種趣味的地方，即使落魄潦倒，也不願意再回到家鄉。這些小說「將當年的『移民』生活的圖景『定格』，形成一道永不消逝的風景線，不僅使我們後代能形象地瞭解歷史，而且還可『借昔鑒今』」〔註3〕，認識到城市社會過往而來的延續經驗。

地方風情表現在小說清晰的地點空間意識上。寫上海就明言上海，寫北京就直說北京，小說會在各種可能的情境下提示所寫的城市背景，並發表對於所述城市的看法。孫玉聲在《海上繁華夢》第一回開篇說道：

> 即以上海一隅而論，自道光二十六年泰西開埠通商以來，洋場十里中，朝朝絃管，暮暮笙歌，賞不盡的是酒綠燈紅，說不了的是金迷紙醉。在司空見慣的，尚能心猿緊縛，意馬牢拴，視之如過眼煙雲，漠然不動；而客裏遊人以及青年子弟，此處花花世界，難免不意亂心迷，小之則蕩產傾家，大之則傷身害命。何況人煙既盛，良莠不齊，詐偽叢生，是非百出。所以煙花之地，實又荊棘之場，陷溺實多，誤人非淺。警夢癡仙生長滬濱，浪遊已倦，每一感及，愁焉傷之。（第一回）

「警夢癡仙」即孫玉聲的署名。上海的繁華耀目令作者頗多感慨。這感慨被放在小說開端部分，用以明示所要寫的故事內容大致涉及的方面。《如此京華》開首處，危先生也有一番感慨：「我們住在這北京也久了，這一雙冷眼正不知看盡了多少升沉，滿腹熱腸裝遍了多少齷齪，還有什麼希奇呢？」危先生說完，「一雙老淚止不住汍瀾起來」。雖然小說敘述的不必定是危先生看到的那些升沉與齷齪，也不必都能惹起人淚流傷懷，但小說講述的是發生在北京的故事，則是確定無疑的。小說開端明言城市背景，這是通俗小說城市敘事的常見做法。另在敘事過程中，地點意識也會不斷被提示出來。《春明外史》第十一回，北洋政府大員閔克玉說：「北京這個地方，不像天津、上海是商埠的碼頭，僅是政治的中心點，市面還要靠官場來維持。」一語道出北京特色。閔克玉正是深諳於此，才會在北京如魚得水。小說人物可以講述城市，直接的環境描寫、地點符號，乃至小說題名，均能夠道出小說的城市風情。

〔註3〕 范伯群：《移民大都市與移民題材小說》，《多元共生的中國文學的現代化歷程》，上海：復旦大學出版社 2009 年 8 月版，第 221 頁。

一、上海乎，北京乎

　　在現代中國城市中，上海和北京是能引起人特別注目的。這兩座城市不僅是現代中國最大最重要的城市，也代表了現代中國的文化特徵。「一方面是道德、政治、正統文化；另一方面是技術、經濟、多樣文化」。〔註4〕上海、北京在地理位置和文化發展上的特殊性，使得活躍於中國南北文壇的作家在他們的作品中對於這兩座城市格外垂青。寫作上海、北京的小說在現代通俗小說的城市敘事中佔了多數。

　　上海自近現代以來的變化是巨大的。鴉片戰爭後，上海成爲中國首要的通商口岸，並逐步發展成爲國際型大都市。它的神奇力量吸引著各色人物，人們在它所代表的現代、摩登、機遇、資財、享樂的氛圍裏，經驗著各式各樣的現代性感受。

　　使上海凸顯於其他現代中國城市的地方，主要是由它的殖民地色彩帶來的洋場氛圍。上海洋場的開闢除了通商口岸的作用外更是租界產生的結果。「開埠後，上海縣城的北面設立了租界，開始了近代城市形成的步伐。公共租界由工部局進行管理，法租界由公董局進行管理，形成了城市的行政體系。行政權被公共租界、法租界和華界所分割，近代上海的框架就這樣出現了。」〔註5〕一開始的上海租界只是洋人的居留地，華人不得進入租界。隨著具體管制的調適、時局的變動及多方面需求，華人進入租界，「華洋雜居」成爲上海人口情勢的一大特點。於是，租界的特殊性不在於它是洋人在中國的自由領地，而是其居民能夠享有各種權利、保護和方便的區域。租界的洋場文化逐漸爲居住租界的華人和租界以外的中國人熟習感應乃至嚮往崇尚。這是殖民主義帶來的一個十分有意味的現象。在《甲子絮譚》中，包天笑講述了一個爲躲避軍閥混戰而避難上海租界的故事。周雲泉一家來到上海，女兒三寶「從來沒有到過上海，上岸來到居安旅館的時候，行經大馬路卻見一片電燈光照耀得眼花繚亂。尤其是浙江路口銀花火樹高矗雲霄。因想上海地方眞是個瑤宮貝闕所在」（第二回）。「大馬路」即現在的南京東路，是上海繁華之中心地段。「租界馬路，外人悉以中國地名名之」〔註6〕，「浙江路」等遂經初到上海

〔註4〕　張英進著，秦立彥譯：《中國現代文學與電影中的城市：空間、時間與性別構形》，南京：江蘇人民出版社 2007 年 4 月版，第 24 頁。

〔註5〕　〔日〕小浜正子著，葛濤譯：《近代上海的公共性與國家》，上海：上海古籍出版社 2003 年 12 月版，第 26 頁。

〔註6〕　姚公鶴編著：《上海閒話》（上卷），上海：商務印書館 1917 年 7 月版，第 8 頁。

的三寶眼中看來直堪比「瑤宮貝闕」，令人嚮往，於是生出遊玩的念想。這是當時外地人對上海的一種普遍想像。《甲子絮譚》第二回回目「避難倉皇居民移租界　娛情遊戲鄉女慕洋場」，頗可概括出國人進入租界的情形。

三寶要遊玩上海，周雲泉一家就去了新世界。小說是這樣來敘述他們遊新世界的：

> 這時，票也買好，依著三寶的意思，見那買票子的櫃檯旁邊就有兩個電梯，心想乘了電梯上去。小泉道：「不行，你要乘電梯還得加價，這票是賣兩角錢一張的，要乘電梯須得加一角。」小泉的娘道：「阿呀，這籠子一般的東西，站在裏頭要另外出錢嗎？」小泉道：「可不是嗎！其實何必乘電梯，我們走上去一層層都有玩意兒，三妹妹倘然一定要乘電梯，上海不拘哪家洋行，要是有五六層的，都有一個電梯。任憑你一天到晚上上下下，也不要你半個錢，再不然像上海的幾個大旅館，也都有電梯，明天我領你去玩去。」三寶方始無言，上了扶梯，到了商場中。小泉又告訴他娘道：「從前這裡都是賣東西的，此刻全是賭攤了。」小泉的娘和他們那新娘子從前全到過上海，遊過新世界的，倒也不足為奇。只有這個三寶，從來沒有到過，便覺得處處都好玩兒。又加著那種遊戲場裏玩意兒太多，也不知道看哪一種好。看了寧波戲便不能聽灘黃，聽了大鼓書便不能看影戲。又要走走地道，也不知道這地道裏有多少好玩。直遊玩到十二點鐘時候，依著三寶的意思還不肯回來，經不得她的娘再三的催促，只得跟著大家回來。（第三回）

新世界是上海有名的商業娛樂中心，經理是黃楚九。曹聚仁介紹新世界沿革道：黃楚九「在靜安寺路（今南京西路）西藏路口（泥城橋南塊），另建新世界。……上海第一家電影院，就在那兒的幻仙茶園演出。日本魔術家天勝娘，也在那兒表演過。到了 1914 年，黃楚九、經仁山等合股糾工建造新世界遊藝場，具陳百戲，如大鼓、蘇灘、說書、電影、評劇、本灘、相聲、雜耍，應有盡有。另外還闢了京劇場、商場、茶室、彈子房、跑冰場，五光十色。門票二角，可以消耗鎮日；對於鄉下人，是最大的享受。初僅南部一隅，地臨跑馬廳，憑欄遠眺，又是一番風景。那兒的遊客，實在太多了，每天都是人山人海，他們又在靜安寺路北另闢一場。向租界當局請求許可，在馬路底下特建隧路，溝通南北。隧成之日，蘇、杭、甬、紹人士，千里來看揭幕，上

海人趕熱鬧更不必說了」〔註7〕。小說的敘述不及曹聚仁的介紹來得直接詳細，但小說能提供出一種生動的現場感，可以和介紹文字參照閱讀。小說裏，不僅新世界令三寶覺得新鮮可喜，同時提到的電梯、洋行、大旅館等都是以前不曾見或者很少見的，大城市，即如上海，為這些新鮮事物的生成提供了充分的現代空間。

在二十世紀中國城市的現代化進程中，有許多變遷是值得記憶的。例如：「城牆被拆掉；街道被拓寬拉直，並鋪設成柏油路；公園、廣場和體育場等新的公共空間的開闢；博物館、圖書館、禮堂、電影院和百貨公司等新式建築物的出現等等」〔註8〕。通俗小說用文字保留下了這些記憶，城市變遷可以不經意地在小說裏找到印跡。對於講述上海故事的小說而言，上海的與眾不同處是租界帶來的洋場氛圍，而洋場氛圍則是由西人在上海的城市建設和城市生活薰染成的，且後者是前者的目的。為了在上海獲得更舒適的城市生活，很多公眾的享樂場所紛紛建成，它們才是上海租界乃至整個上海真正吸引人及富有魅惑力的地方。新世界是其中之一，另外還有上海最著名的園林愛儷園。愛儷園坐落於靜安寺路和哈同路的交接處，「雖不向社會公眾開放，卻也定期供社會人士遊覽，或延請與園主人有關係的文人學士、社會賢達聚會」〔註9〕。園主人是哈同夫婦。哈同是猶太人，先前在上海為一家洋行看門，因做地皮生意暴富。妻子羅迦陵出身也很卑微。哈同暴富後和羅迦陵建造了一座華美的私宅，取名「愛儷園」，人稱哈同花園，在上海十分出名。當時的一部《上海市指南》是這樣來介紹這座美麗奢華的園林的：愛儷園「在靜安寺路哈同路側，俗名哈同花園，為英藉猶太人歐司愛·哈同偕妻羅迦陵棲息之所，羅氏初名「儷蕤」，故曰「愛儷」，佔地數百畝，水木清華，建築弘麗，非有人介紹，不得入覽」〔註10〕。能進入愛儷園的大都是有地位聲望的人士，孫中山、劉春霖、羅振玉、王揖唐等就曾住過愛儷園。王揖唐還寫有一篇《愛儷園記》記載了這座園林的盛況。通俗小說《海上大觀

〔註7〕　曹聚仁：《上海春秋》，北京：生活·讀書·新知三聯書店 2007 年 1 月版，第403～404 頁。

〔註8〕　〔美〕周錫瑞：《導言：重塑中國城市——城市空間和大眾文化》，姜進、李德英主編：《近代中國城市與大眾文化》，北京：新星出版社 2008 年 10 月版，第 1 頁。

〔註9〕　葉中強：《從想像到現場——都市文化的社會生態研究》，上海：學林出版社2005 年 3 月版，第 113 頁。

〔註10〕　沈伯經：《上海市指南》，上海：中華書局 1934 年 9 月版，第 177～178 頁。

園》描寫的就是愛儷園。小說作者烏目山人可能就是居住在愛儷園中的羅迦陵寵信黃宗仰。據也曾住過愛儷園的曹聚仁說，常熟僧人黃宗仰「富有才學，擅工詩詞，愛儷園的亭臺樓閣，草木花名，皆出於他的匠心經營」〔註11〕。由如此熟悉園中一切的人來敘寫這座園林是再適合不過的。《海上大觀園》不但生動具體地記錄了愛儷園及其相關人物的故事，也為現代上海的綺麗幻妙留下了一景。

哈同是外國人，愛儷園的出名與園主人的洋人身份不無關係。雖然愛儷園是一座私家花園，卻能接納他人的訪問觀賞，具有一定程度的開放性質。現代上海，像這樣一個規模出眾、名聲在外的場所，要關閉自封是不太可能辦到的。居住在上海的人們總是費盡心力地尋找著可供他們玩樂的地方，深怕辜負了上海這座城市。《海上繁華夢》第七回談論愚園道：

> 愚園在靜安寺西面，這裡去雖有十里之遙，馬車只消半點多鐘。那園基乃是申園、西園與品泉樓三處的舊址，本來甚是冷落，自從洋人築了馬路，有人在珍珠泉左近開了一所品泉樓茶館，更有人造了一所洋房，取名申園，賣些茶點洋酒，漸漸有人前往遊玩，後來日盛一日，有人又把品泉樓的房屋翻造起來，並將地址放大，種些花木，建了一個西園，搶奪申園生意。不料那邊究竟是個僻靜所在，除是夏天，喜歡涼爽的人多到那裏去納涼，若是春冬兩季與那陰雨天時，有什麼人前去？漸漸開消不住。前年遂歸併了一個主人，大興土木，造了無數亭臺，取名愚園，氣象一新。園中迴廊曲折，複室幽深，又有荷池、假山、四面廳、新廳、戲臺，真是步步引人入勝。那戲臺上，每逢夏日，演的是髦兒戲，很有幾個有名女伶。如今天氣尚寒，遊人還少，沒有開鑼。這新廳乃在園外，從月洞門出去，收拾得甚是精緻。四面廳坐在廳中，四面的景致多可瞧見，更造得十分合趣。我們今日就在那裏擺酒，好也不好？（第七回）

這一番對愚園的談論把小說中人物都說動了，答應去那裏吃酒。享樂要找一個愜意有趣的所在，愚園不僅是一座花園，更有洋房、茶樓、戲臺、女伶，這些西式風景和中式消閒合成了現代公共娛樂空間的基本特色，令身在其中的人們流連忘返，難以自拔。

〔註11〕曹聚仁：《上海春秋》，北京：生活・讀書・新知三聯書店 2007 年 1 月版，第 268 頁。

　　十里洋場的光鮮是拖著長長的傷痛影子，在現代城市中搖曳。上海給人的感受絕不是單純的。在畢倚虹、包天笑的《人間地獄》中可以觀看到長三書寓的風光和污濁，在嚴獨鶴的《人海夢》中可以領略到新學制、新學校的新舊交融，在江紅蕉的《交易所現形記》中可以窺探到金融界的起起落落，在平襟亞的《人海潮》中可以體驗到紈絝浪子的混世情態，在張秋蟲的《海市鶯花》中可以玩味到用錢人與弄錢人的碌碌不休……寫作上海的現代通俗小說是那樣熱鬧和傷感，足以爲一座城市的歷史留下映照。

　　寫北京的小說也不寥落。雖然北京不如上海得風氣之先，顯得有些老成持重，但作爲一座歷史悠久的大城，北京在中國政治史和文化史上的地位是獨一無二的。在作家們的眼中，歷經風雨的北京城值得永遠保留在文字裏，讓後人時時憑顧。如果說沈從文引發的京派和海派之爭讓現代文壇明確意識到了北京的別樣存在，如果說老舍書寫下的北京播散出了濃重的京腔意味，那麼通俗小說家的北京則另具一番情態。

　　何海鳴《十丈京塵》開篇即爲北京城畫了像：

> 　　雖說北京沒曾被風活埋下許多人去，然大風底下的人，東倒西歪，時隱時現，也同鬼影差不多。加之北京這幾年來政途黑暗，生活艱難，鬼蜮現世，豹虎橫行，一般人雖說照舊苟且偷生的活著，其實靈魂墮落，早已弄得不成人樣。這不是蟲沙浩劫，是什麼咧。若說這種解釋，有些過於殺風景，那麼風勢既來得這般大，塵土又刮得這般高，北京人在這時候受些風吹不算，還得飽嘗些塵土滋味，倒把「風塵」二字領略得甚是周到。足見古代文學家造這句子，實是大有根據。經過三番兩次的實驗，便能瞭解風與塵兩個字聯貫起來成個名詞，眞非常恰當得很。（第一回）

風塵滿天，既是北京城的實景也可以用來比喻北京社會的境況。在通俗小說家的眼中，與上海的濃豔相比北京更帶有陰沉的氣質。這種氣質同北京的城市風情是融合在一起的，小說家在寫北京時，把它自然融進了小說故事裏。葉小鳳《如此京華》第五回寫混跡北京政界的劉其光登門拜訪一貴冑府邸的情形：

> 　　只見一帶粉一般白的崇垣繚繞連續足有半里許長，遙望著幾棵合抱不交的老榆陰下現出個大門來。便聽得鞭聲一響，車已停在個高大華貴的門首。自己那當差的跳下車來，向車窗內問了聲，便一

撣雙靴，向門內投貼請見。其光在車中足候了半點鐘，才見一個俊俏華服的人，隨著自己當差出來，冷冷道：「這就是劉先生麼？」其光忙跨下車來，躬身說了個「是」字。那人瞧了一眼，回身說道：「爺說請先生外書房坐呢。」其光便鞠著躬，跟著進去。進了門，便是個大天井，兩邊水磨磚門角砌就的迴廊，兩棵參天拔地鬱如華蓋的槐樹，把滿院遮得陰沉沉的。過了天井，從西角門進去，卻見崇階幾級，碧瓦雙甍，一色福建油漆十八扇的冰梅長窗。窗外一帶短欄，高不及三尺，卻是雪白礬石雕就的。屋中鼎彝瓶，精雅古樸，那中間設著的供桌，比平常人家屋子還大。中間懸著個匾額，綠地金文，寫著「世恩堂」三字。繞過了迴廊，向西一折，便是個垂花門。門內花光樹色，一片清幽，卻從萬綠叢中，露出一塵精舍。（第五回）

不惟富貴門前的老榆蔭、滿院的槐樹蔭令氣氛顯得「陰沉沉的」，就是僕從的冷言語和劉其光的卑躬屈膝已經活脫出北京特有的人情世態。在這裡，不僅華屋大院與上海的洋房別墅迥異，並且與上海的紙醉金迷相比，權勢地位在北京更是登堂入室必備的通行證。

北京近官，魯迅在1930年代的京海之爭中就明確指出了這點。魯迅說：「北京是明清的帝都，上海乃各國之租界，帝都多官，租界多商，所以文人之在京者近官，沒海者近商，近官者在使官得名，近商者在使商獲利，而自己亦賴以糊口。要而言之，不過『京派』是官的幫閒，『海派』則是商的幫忙而已。但從官得食者其情狀隱，對外尚能傲然，從商得食者其情狀顯，到處難於掩飾，於是忘其所以者，遂據以有清濁之分。」〔註12〕儘管北京近官與上海近商，在當時文學家看來是十分清楚的事，但真正使這樣清楚的事情在文學中得到反映的並非是被劃分出來的京派和海派創作，而是專注於世態風情的通俗小說。《十丈京塵》第一回在描述了風塵滿天的北京城之後，隨即說道：

不過大風的天，闊人未必肯輕易出來，那僕僕風塵的還是中等階級的人們為多。這些老爺們品類很雜，貧富不一。有衙門中的曹官屬吏，有黨會中的政客閒員，有報館中的新聞記者，有司法界的律師法官，有教育界的校長和教授，有金融界的職員和掮客，有無所事事到處營謀的寓公，有外省新來出差辦事的旅客，排場大的也

〔註12〕魯迅：《「京派」與「海派」》，《魯迅全集》（第五卷），北京：人民文學出版社 2005年11月版，第453頁。

同閫老差不多，誰不叫他一聲大人。次一點的，坐著馬車和自用人
力車，也還官氣十足，當得起老爺二字。那最次不過的，因爲幹的
是小差事，天天要上衙門簽到辦公或是常常跑到闊人家宅去請安，
替有勢力的人幫幫閒，跑跑腿，又或與幾位同事的聯絡聲氣，常到
外面去交際，彼此將來好個照應。左不過是在巴結和應酬兩椿事
上用些工夫，以便達到陞官發財的目的。（第一回）

巴結、應酬和陞官發財是碌碌於北京的人們熱衷經營的事業。北京也促生了
這樣的人並爲他們提供了各種生活的可能性。小說開頭的這段概述，成了後
來故事具體展開的一個依據。

　　當然，講述北京故事的小說不盡是寫官場的，可只要說到北京，官場氣
派就免不了。張恨水《啼笑因緣》說的是一位書生和三位女子的愛情故事。
主人公樊家樹對於富家女何麗娜的追求一直退避三舍，有研究者分析這表現
出了張恨水面對中西文化作出的取捨姿態，何麗娜是西化的代表者。如果考
慮到何麗娜高官女兒的出身，或許可以更好體會出小說在官民之間作出的選
擇。樊家樹喜歡鼓書女子沈鳳喜，何麗娜的官府小姐做派是他不能接受的，
小說更把劉將軍寫成了一個貪婪欺世的惡徒，他代表的官長權勢最終爲平民
關氏父女所滅除。因此，面對北京城的官場氣，通俗小說家不是採取譏諷態
度，就是在敘事的取捨間表明姿態。他們認同和欣賞的是一座平民化的北京
城。《啼笑因緣》一舉成名，很大程度上在於它爲上海讀者描畫出了地道的北
京風情。小說開篇道：

　　相傳幾百年下來的北京，而今改了北平，已失去那「首善之區」
四個字的尊稱。但是這裡留下許多偉大的建築，和很久的文化成績，
依然值得留戀。尤其是氣候之佳，是別的都市花錢所買不到的。這
裡不像塞外那樣苦寒，也不像江南那樣苦熱，三百六十日，除了少
數日子颺風刮土而外，都是晴朗的天氣。論到下雨，街道泥濘，房
屋黴濕，日久不能出門一步，是南方人最苦惱的一件事。北平人遇
到下雨，倒是一喜。這就因爲一二十天遇不到一場雨，一雨之後，
馬上就晴，雲淨天空，塵土不揚，滿城的空氣，格外新鮮。北平人
家，和南方人是反比例，屋子儘管小，院子必定大，"天井"二字，
是不通用的。因爲家家院子大，就到處有樹木。你在雨霽之後，到
西山去向下一看舊京，樓臺宮闕，都半藏半隱，夾在綠樹叢裏，就

覺得北方下雨是可歡迎的了。南方怕雨，又最怕的是黃梅天氣。由
舊曆四月初以至五月中，幾乎天天是雨。可是北平呢，依然是天晴，
而且這邊的溫度低，那個時候，剛剛是海棠開後，楊柳濃時，正是
黃金時代。不喜遊歷的人，此時也未免要看看三海，上上公園了。
因為如此，別處的人，都等到四月裏，北平各處的樹木綠遍了，然
後前來遊覽。就在這個時候，有個很會遊歷的青年，他由上海到北
京遊歷來了。（第一回）

這個青年就是小說主人公樊家樹。小說開篇的這段文字跟現代散文無甚差
別，它的娓娓而談直接把讀者引入了北京生活的情境裏。且話語中強調，和
南方相比，北京有很多可愛的地方。之所以如此為小說開局，主要因為張恨
水清楚《啼笑因緣》首先面對的是上海讀者，當時的上海居民多數不瞭解北
京，卻對北京充滿好奇，利用這點好奇，張恨水在小說開始處就勾畫出了一
個與南方不同的北京。為了進一步敘寫北京特色，小說把主人公樊家樹設置
成一個從上海到北京的遊歷者，由他帶著《啼笑因緣》的上海讀者一起領略
北京城的風貌。所以主人公南方籍貫的設計是有用意的：一方面為情節的陡
轉做準備，家樹回南，他和鳳喜的姻緣就此打破；另一方面便於借助家樹的
眼光和行蹤來敘寫北京。很快，天橋、先農壇、北海公園……就隨著家樹的
「遊歷」進入讀者視線。特別是對天橋的描述，幾乎構成了人們對北京市民
社會的總體印象。1935 年馬芷庠編撰出了一部《北平旅行指南》，這是當時
非常著名的旅遊指南書，張恨水是此書的審定者。書中是這樣評述天橋的：
「三教九流，包羅萬象，為北平之最大平民商場。或云天橋為近代社會之縮
影，亦至當之論也」。〔註 13〕《啼笑因緣》中的天橋當得起這樣的評述，並
使之更加具體生動化了。可以說，小說是把北京從現實搬入了文本，又以文
本來照映現實。這是《啼笑因緣》的成功處。

上海、北京而外，天津也是通俗小說裏引人注目的地方。有學者認為：「北
派通俗小說，特別是北派社會言情小說，它是以『津派』為基礎的。要深入
瞭解北派，勢必要瞭解『津派』」。〔註 14〕所謂「北派」是對在北京、天津、

〔註 13〕馬芷庠編撰：《老北京旅行指南》，北京：燕山出版社 1997 年 7 月版，第 88
頁。

〔註 14〕張元卿：《地域特徵與文學品格》，張元卿：《民國北派通俗小說論叢》，太原：
山西古籍出版社 2001 年 2 月版，第 1 頁。

青島等北方中國城市從事通俗文學創作的作家、他們的作品，以及出版通俗作品的刊物的總稱。北派和以上海爲中心的南派通俗文學創作相互呼應。二十世紀三十年代，當南派通俗文學逐步顯露出不足的後勁時，北派卻興盛起來。當時不僅有北京的張恨水、陳愼言等作家，還有出生於天津和在天津從事創作的劉雲若、董濯纓等。如果說北京是北方中國乃至整個中國的文化中心，那麼作爲北京門戶的天津，它的地位就不可小覷。文學史上有「津門」作家這樣一個稱呼，主要指天津作家的創作描畫出了天津的獨特韻味。

在敘述天津故事的通俗作品中，劉雲若的小說表現突出。劉雲若是地道的天津人。1928 年他入主天津《北洋畫報》，擔任主編大約兩年時間。爲辦出畫報特色，劉雲若就在「天津」上面大做文章，「天津」從此進入了劉雲若的自覺意識。1930 年劉雲若的第一部小說《春風回夢記》在天津《天風報》連載，受到熱烈反響，而天津風味在接下來的創作中越發濃鬱。《小揚州志》第一回開首道：「在下既是中國治下天津生長的人，似乎不必好高騖遠，另去混說什麼，還照樣談談天津好了，所以就寫了這一部《小揚州志》。」「小揚州」指天津，《小揚州志》是「談天津」的小說，這是劉雲若給讀者的明確指示。那麼天津在劉雲若眼中是什麼樣的呢？小說接著寫道：

> 我們研求各人詩中之意，天津倒確是個小規模的揚州。當時城外是綠野晴川，城內是笙朝笛夜，腰纏千萬貫，雖無跨鶴僊人；月明二十四橋，當多吹簫玉女。加以北方民風淳樸，自然於水木明瑟之中，更有熙攘往來之氣，教人回想起來，眞恨未能早生一百年，領略領略這般風味。……如今要看天津獨有的面目，是瞧不見的了。現在所有的高樓廣廈，馬路明燈，都是世界物質文明所產出的普通東西，地球上隨處都見得到的，哪有一絲的天津鄉土氣味？所以天津固有的精神文明，都已消滅，只有高年野老，偶而還在腦中回溯一下罷了。……著者生來嫌晚，並未聽過百杵的鐘聲，自然要算這繁華世界上的人物；雖有心談些開元遺事，可惜並非白髮宮人，所以也只可還來描畫這污濁世界。說到這裡，眉目既清，正文這便來也。（第一回）

以往的天津隨著現代城市化建設，變成了個「繁華世界」。《小揚州志》講述了一個落魄公子的社會經歷以及他情感生活的故事，體現出「繁華」與「污濁」相交織的景象。天津是一座介於上海和北京之間的城市，論「繁華」比

不上這兩座城市，而往日的氣息已被現代性沖刷浸染，弄得無所適當。《小揚州志》對這一狀況下的天津敘述得十分到位，使繁華與老舊在其間渾成一體，確有南方揚州城的風貌。

1946 年劉雲若爲百新書局版的《廣陵潮》作序道：「此書取材於揚州社會情況，凡一切可驚可喜可愕可怒之事，悉窮形盡態，筆之於書……洎余涉世日深，閱人日多，所遇之奇形怪狀，滔滔者皆《廣陵潮》中人也；若擴而充之，亦可言全社會之秦鏡，不得以狹義而小之……於是益服其筆鋒犀利，刻畫入微，慨然有繼起之志，爰有《小揚州志》之作。」〔註 15〕《小揚州志》是受到《廣陵潮》的啓發寫成的，二書同以城市爲題名，可以見出一種城市情懷。

李涵秋《廣陵潮》敘寫的家族故事是以揚州爲背景的，生活在這座城市裏的人以及城市社會幾十年的變化歷程在小說裏有著全景式的展現。在現代通俗小說中，它是最集中筆力敘寫揚州城的作品。揚州在中國歷史中有廿四橋的佳景，有皎潔的明月光，更有青樓女子的多情。晚清民國時期，雖然遺風尚在，但時過境遷，揚州城就如同其時的天津一樣，發生了歷史性的變換。小說開篇道：「揚州廿四橋，圮廢已久，漸成一小小村落。中有一家農戶，黃姓，夫婦兩口，種幾畝薄田，爲人誠樸守分。」揚州城當年的簫聲已經遠去，留下來的是遙渺的回憶與既定的現實。

《廣陵潮》把城市近郊的村鎮作爲城市敘寫的由頭，不是它獨有的設計，這是不少通俗小說都使用到的技法。彷彿由此開啓的城市空間更帶有被發現、被經歷、被感受的需求。城市成爲了一個角色，發現、經歷和感受到的變化在城市中時時發生。身處其間該如何應對，便成了一個問題。

二、「文明之淵而罪惡之藪」

包天笑說：「都市者，文明之淵而罪惡之藪也。覘一國之文化者必於都市，而種種窮奇檮杌變幻魍魎之事，亦惟潛伏橫行於都市。上海爲吾國第一都市，愚僑寓上海者將及二十年，得略識上海各社會之情狀，隨手掇拾，編輯成一小說，曰《上海春秋》，排日登諸報章。積之既久，卷帙遂富。友人勸印行單行本，乃爲之分章編目，重印出書。第一集印既成，爲贅數言於此。蓋此書

〔註 15〕劉雲若：《廣陵潮·序》，李涵秋：《廣陵潮》，上海：百新書局 1946 年版，第
　　　3 頁。

之旨趣，不過描寫近十年來中國都市社會之狀況，而以中國最大市場之上海
爲其代表而已，別無重大之意義也。」這是包天笑爲他的小說《上海春秋》
寫的出版《贅言》的全文。這段文字非常清晰的表明了小說的寫作目的，即
記錄下以上海爲代表的「中國都市社會之狀況」。包天笑用「文明之淵而罪惡
之藪」來概括都市的面貌，一種愛恨交集的情感飽含其中。

《上海春秋》共兩冊，上冊成書於 1924 年，下冊成書於 1926 年，由大
東書局出版，八十回。小說取名「上海春秋」，意在爲現代都市上海作一歷史
性的敘述，所以「時間」在小說裏被放在了重要的顯眼位置。小說開篇說道：
「忽忽光陰，已到了民國十一年的秋天。那天是十月十五日，正是舊曆的中
秋。雖然中華民國也追隨了歐美先進各國，已改爲陽曆，可是那箇舊曆觀念，
還深固的盤踞在社會心裏。」這是一個新舊並存的時代，國家可以立時實行
新建制，社會風尚的變化卻不會一蹴而就。所以到了中秋節那天，「只見南京
路各茶食店裏，月餅匣子堆得高高的，平添了幾垜牆壁；只見香燭鋪裏的大
香斗，足有栲栳般大小，上面還紮成什麼唐明皇遊月宮的種種把戲。」民國
十一年十月十五日，這樣周細明確的時間標示，彷彿要記錄一椿重要的歷史
事件，然而這個日子只是一年一度的中秋節，中國百姓家人團聚的日子。用
歷史時間來寫平常生活，歷史也就化成了日常生活的河流。歷史書記錄的事
件只是生活之流中異乎尋常的那幾個點，佔據歷史大部分的是歷史書上沒有
講到的常人生活。「上海春秋」把歷史的「春秋」大義轉化成了生活中的瑣屑
煩惱，一座城市的歷史就是由各種人生的瑣屑煩惱構成的。換言之，人生的
瑣屑煩惱才是歷史的眞正意義。

小說在講述故事的過程中，經常用到時間狀語來表明故事進程。更可貴
的是，在結尾處，小說沒有忘記對開篇作出呼應。第八十回「海上客歸結小
春秋」的最後一節，在交待人物結局的時候依然強調了時間：

> 諸位可知道這十月十三日的那一天，是一部《上海春秋》的大
> 關鍵：李君美和沈綠筠是十月十三日那一天結婚，諸位想都記得
> 嗎？還有小柳柳逢春，回到揚州去結婚，也是十月十三日。不過結
> 婚以後，便匆匆的回到上海來了。還有一對美滿姻緣，也是在十月
> 十三日結婚，恐怕讀者諸君早已忘了這兩個人了，就是大新和小
> 開。這兩人書中早不提起的了，他們雖然小家，的確是患難姻緣，
> 價值很高。……就只陸榮寶，雖然吃了官司以後要想重理他那裁縫

舊業，無奈一時間整理不起，只好慢慢兒的來。可是這一個中秋節
裏卻已虧空了不少，所以這《上海春秋》的開卷正逢中秋佳節，大
家都歡歡喜喜的齋月宮，走月亮，惟有陸榮寶愁眉不展，好似愁雨
籠罩的樣子，就是這個緣故。……這書中人大概都有一個小結束。
不過我還有一句話，要告訴讀者諸君：十月十三那一天，書中人有
三對結婚。作者動筆做這部書時，卻在民國十一年的十月十三日，
其中擱了幾次筆，寫完了這部《上海春秋》的時候，也是在民國十
五年的十月十三日，可算是巧極了。（第八十回）

十月十三日和小說開篇的十月十五日雖不完全重合，卻可相互呼應。十三日
那天，「書中人有三對結婚」：李君美和沈綠筠的婚姻是現代才子佳人式的，
十分美滿；柳逢春和陸秀寶的結合充滿曲折，最終卻也是有情人終成眷屬；
小開和大新的姻緣是由「英雄救美人」引起的，可以稱得上現代的「市井」
婚姻。這些人物故事的結局都令人感到愉快，「就只陸榮寶」不太高興，因為
生意做得不順利。小說開頭就是從陸榮寶「愁眉不展」開始的。也就是說，
整部小說用了一個倒敘結構，開端就是結尾。小說成了一個閉合迴環體，在
其中解釋了「陸榮寶愁眉不展」的緣由。這個結構和小說的「春秋之義」十
分切合，人們的生活不也是春去秋來迴環往復的嗎？

在小說最後，敘述者還交代了一句作者寫作和完成這部作品的時間。「民
國十五年」作者寫完此書，這和實際的成書時間是一致的。小說敘述者誠可
謂不欺人。於是現實的時間和小說故事發生的時間就混同起來，無論是十月
十三日還是十月十五日，在這些天裏發生的故事都變得很可信。實際上，小
說也並沒有敘述那些離奇荒唐之事，城市生活的「文明與罪惡」或許比小說
裏寫的有過之而無不及。

陸榮寶一家起先不住在上海。第一回由中秋節引出陸榮寶的不快活，進
而敘述他的家世。榮寶父親是個裁縫，姑母小妹姐是做堂子生意的，本住在
蘇州。小妹姐一天天發達起來，於是舉家遷往上海。他們的營業蒸蒸日上。
榮寶父親故世後，榮寶繼承父業，妹妹秀寶則出落成人。於是這家從蘇州遷
居上海的人家就成了小說鋪展故事的由頭。小裁縫陸榮寶不像父親那樣勤勞
持家，上海紙醉金迷的生活牢籠住了小裁縫繼承的家業。陸秀寶耳濡目染於
姑母的生活，終於和紈絝子弟陳老六姘居。陳老六最終還是和龍小姐成了親。
秀寶離開老六，和小柳相識。龍小姐和周家親戚小五弟很要好，後來還是嫁

給了陳老六。婚禮之際，陳老六嫂子的兄弟李君美和龍小姐的伴新沈綠筠互生好感。陳老六讓車夫去接客人，路上撞死了王庭桂的兒子。王庭桂和白娘娘同居，白娘娘和小姐妹大新被人販拐走……如此一事接一事，牽牽連連又互不相干。包天笑在《贅言》裏說他是「隨手掇拾」成書的，可見出一種隨意性。而正是這些枝枝蔓蔓的故事造就了當時上海社會的紛繁景象。

小說第八十回說：

> 本書中，描寫四個富家子弟，各有各的環境：陳老六因為他有財政權，所以他的放蕩比較別人為屬害。小柳卻沒有財政權，因為他是從內地來，生性膽怯，所以一遇著秀寶，好像已經志得意滿。古人云「知足常樂」，於婦女情愛中也可守著此訓。不信你只瞧周老五，他也得不到財政權，為甚的在外面一味的胡鬧呢？其實周老五也是一個很聰明的人，可惜不規於正。……還有一個富家子弟就是李君美了，他是一個佳子弟，無須有人管得。一則是性質好，二則也歸功於學問。他當然不是那班胡塗小子可比。（第八十回）

似乎敘述者已經意識到敘事條理的不清，才提拾出「四個富家子弟」來整理小說中的故事。這四人的故事固然是小說很著筆墨的地方，但遠不能涵蓋小說的全部內容，至少，當以這四人來整理小說的脈絡時，小說開篇陸榮寶的一家就被擠退掉了。

「四個富家子弟」和陸榮寶一家都不足以支撐《上海春秋》，因為這部小說的著眼點是城市，是上海生活，人物只是其中的構成部分。包天笑是對城市有著自覺意識的一位作家。他是蘇州人，大半生在上海度過。辦報紙、編雜誌、寫小說，這些工作厚實了他的都市經驗。可以說包天笑對現代上海林林總總的狀況熟諳於心，所以寫《上海春秋》能夠「隨手掇拾」敷衍成篇。其中涉及到「做交易所、信託公司引起上海經濟史上有名的所謂的『信交風潮』；拐賣婦女及兒童秘設魔窟的人販子；專門從事綁票與搶劫的匪黨；買賣鴉片的地下網絡與遍佈全市的下等煙館『燕子窠』；豪賭則有以千元為籌碼單位的『紅黨』與五百元為籌碼單位的『綠黨』；淫業則有高、中、低各種檔次的妓院，還有引誘良家婦女的臺基以及以色相行騙的僼人跳與放白鴿；因外鄉人的湧入，造成房荒而出現的專以盤剝移民為目的的各色『二房東』；以坑害病人為專業的庸醫和賣滑頭藥的奸商；為炫耀性消費開設的高級酒館、茶樓、戲院，以及想在文化上投一把機的粗製濫造的一夜間遍地開花的『電影

公司』熱……」〔註16〕這些既融入了小說的敘事中，也映照出了當時上海作為大都市的生動面影。

值得注意的是，上述內容都不能給人歡欣的感覺。《上海春秋》可謂實踐了包天笑在《贅言》中說的「都市者，文明之淵而罪惡之藪也」的判斷。包天笑爲何會對上海有此斷語？除了當時上海確實存在著一系列的城市現代化的問題外，包天笑本人對於上海生活的反應參與到了他敘述城市故事的過程中。年少時代的包天笑住在蘇州，蘇州雖說也是一個不小的城市，但摩登風尚和與它毗鄰的上海相比要遜色得多，這是一座相對安靜的城市。童年時代的蘇州生活在包天笑的記憶裏是十分溫暖快樂的。例如「蘇州玄妙觀，在新年裏，真是兒童的樂園。各種各樣的雜耍，以及吃食零星店、玩具攤，都是兒童所喜的。有兩家茶肆，一名三萬昌（這是很古的，有一百多年歷史）；一名雅集，外祖父領了我們到茶肆裏，我們許多孩子團團圍坐了兩桌。……在茶肆隔壁，便接連幾家耍貨店（即玩具店），於是一班小朋友，便圍攻了它，你要這樣，我要那樣。……有一個翻筋斗的孩童，價較貴，我喜歡它，外祖便特地買給我（這個玩意兒，紅樓夢上的薛蟠，從蘇州買來的也有此物）。還有一對細工的人像，是白娘娘與小青，都是絹製的衣服，開相也美麗，那是一齣『金山寺』的戲劇，我很愛好它，保藏了好幾年」〔註17〕。童年生活養成了一種習慣好尚與身心素質，即使以後的大半生都在大城市裏度過，童年記憶卻無法抹去。包天笑到上海就事，朋友們就勸他移居上海：「有許多人以爲住在上海費用大，住在蘇州費用省，我最近調查一下，衣、食、住、行四個字：衣服原料，倘是洋貨，還是上海便宜，不過裁縫工錢略大，但難得做衣服，或自己能裁縫的，沒有關係；米是蘇州便宜，青菜與上海相同，魚肉豐富；所差者房租上海要比蘇州貴兩倍多，但只是一個小家庭，也不過上下數元之間；在行的方面，上海有人力車，車錢支出較多，但倘使家眷住居蘇州，免不了一個月要回去幾趟，一去一回，這筆火車費，計算起來，倒也不小咧。」〔註18〕兩廂比較，包天笑就在上海安了家。可是這樣的比較只是基本的生活用度的比較，一旦涉足上海，意想不到的都市反應便接踵而來。本

〔註16〕 范伯群：《中國現代通俗文學史（插圖本）》，北京：北京大學出版社 2007 年 1 月版，第 377～378 頁。

〔註17〕 包天笑：《釧影樓回憶錄・我的外祖家》，香港：大華出版社 1971 年 6 月版，第 17～18 頁。

〔註18〕 同上，第 314～315 頁。

雅明稱這種反應為「驚顫體驗」，西美爾則稱之為「神經刺激」，這和包天笑擁有的童年美好回憶是不相適應的。於是上海就裝載了「種種窮奇檮杌變幻魍魎之事」，進入了小說文本。

包天笑在小說敘事的過程中用不斷插入的評論來突出他的都市印象。第十七回說道：「要是白娘娘安分守己的住在寧波，不羨慕上海的繁華，也何至為了金錢的問題自破貞操。這便是都市的罪惡。做《上海春秋》的人不是喜歡故意的描寫這種瑣屑之端，很願內地的婦女們和都市的婦女們大家對此問題略為注意一些也就好了。」白娘娘因為生得白，被人取了這個名字。這一人物形象和包天笑兒時保存的「絹製人像」應該不無關係。不過小說裏的白娘娘是個普通人，抵制不住大城市的誘惑。她從寧波到上海，希望能夠隨她在上海工作的丈夫過舒適生活。白娘娘的故事是一個外地人進都市的故事。上海主要是一個由外來人口構成的城市。「上海居民，五方雜處，故言語亦殊歧異。」通行的上海話中，「蘇州話最多，寧波話次之」。[註19] 很多寧波人居住上海，白娘娘是其中之一。他們受到想像中的都市美好生活的召喚，不料丈夫的微薄收入滿足不了白娘娘們的需求，於是白娘娘和傢具店老闆王庭桂暗築香巢。敘述者說「不是喜歡故意的描寫這種瑣屑之端」，似乎事實如此，不得不照實寫下。

然而白娘娘的都市體驗不止於此。王庭桂死了兒子，漸漸和白娘娘疏遠。白娘娘為了尋找新的收入來源，進廠當了女工。白娘娘幹得很不錯，並和廠裏一個叫大新的女工十分好要。

> 誰知在這個當兒卻生出事來了。原來她們每日從襪廠裏放工回來必定經過大世界。當初在五六點鐘放工回來的時候還不覺得，如今在八九點鐘放工，那正是在大世界熱鬧的當兒。她們便趁此到大世界遊玩，今天我請你，明天你請我，倒把那個遊戲場走熟了。本來白天做了一天的工，晚上又加添了兩個鐘頭，鬆鬆身體，在遊戲場遊玩一兩個鐘頭，揆之人情，也是應該的事。可知便在這個當兒生出危險來了。有一天白娘娘和大新兩人放工之暇又到大世界來了。那白娘娘是寧波人，喜歡看寧波小戲，什麼《送花記》、《採櫻桃》，那個妖形浪態滿頭瓔珞的旦角她似乎覺得很有意思；那大新是上海本地人，她卻喜歡聽本地花鼓戲，什麼《庵堂相會》、《范喜良》，

[註19] 東南文化服務社：《大上海指南》，上海：光明書局 1947 年 1 月版，第 143 頁。

聽得娓娓不倦。好在從前所禁的淫戲此刻在遊戲場範圍中也不加取
締，到處都有。（第二十六回）

大世界和新世界一樣都是上海大型的公眾娛樂遊戲場所。大世界位於法租界
愛多亞路，付兩角小洋便可入內暢遊。當時的一部指南書這樣評說上海的遊
戲場：「為各界共賞之處，以其房舍寬敞，遊藝名目繁多，搜羅全備，既合個
性所好，任擇觀聽；更因各地遊藝，予遊客飽聆鄉音，如在故土。客況沉靜，
得此解慰，殊為得計；惟遊戲場中宵小盛多，而一切墮落，亦假之為階梯，
不可流連忘返也。」〔註 20〕遊樂場的開放時間大約從下午一點到晚上十二點，
晚上九點左右是人最多最熱鬧的時候。白娘娘和大新晚上八九點下班，正趕
上這個熱鬧時段。她們在大世界裏又看寧波戲，又聽花鼓戲，十分自在快活。
工作之餘的遊樂，本無可厚非。「誰知在這個當兒卻生出事來了」，因為「遊
戲場中宵小盛多」。所謂「宵小」就是壞人。遊戲場不僅是公眾娛樂之所，也
是三教九流彙聚的地方。白娘娘和大新在大世界遊玩遇到了宵小。她們被三
個男子盯上，輕信了他們的花言巧語，被騙到崑山，陷入人販子的牢籠。小
說從二十六回到三十二回都說的是這椿拐人事件。白娘娘和大新受到的辛苦
折磨被寫得曲折盡致。所幸小開救了她們，成就了一段美好姻緣。但在很多
情況下，受害者是沒有那麼幸運的。另一部上海指南書對此警戒道：「青年男
女，單身往遊者，不可不慎。」〔註 21〕去遊戲場所玩樂的青年人，無論男女，
都會容易受騙上當的，因此需小心謹慎。

敘寫白娘娘的城市遭遇不是為了刻畫白娘娘這個人物，而是為城市生活
情形舉例。世俗生活的不端、女工的新潮、遊戲場裏的宵小……這些都存在
於城市之中，融合著文明與罪惡的色澤在城市裏彌漫。城市，是中國開埠以
後才逐漸進入中國人的視野和認知範圍的。在上海，租借不僅造就了十里洋
場的繁華景觀，也帶進了潛伏在西方文明背後的種種劣跡。這些繁華和劣跡
遭遇到中國本土的良好傳統、道德韌性、愚昧無知、趨新好奇……引發出接
收、抵禦等等動作並形成複雜化合，造就的產品即是現代中國城市的非健康
的奇特和變動中的憂患。現代通俗小說就生長於這一情境之中。它們講述的
城市故事，一方面因為「滔滔者滿眼皆是」而無法繞開去；另一方面也希望
由此警醒世人，不要被誘惑迷失了方向。即使希望的意圖和達成的效果不能

〔註 20〕 沈伯經：《上海市指南》，上海：中華書局 1934 年 9 月版，第 158 頁。
〔註 21〕 東南文化服務社：《大上海指南》，上海：光明書局 1947 年 1 月版，第 184 頁。

完全吻合，但小說家，如包天笑，終能通過他們的作品來暢抒他們的城市體驗。

洞悉世事的包天笑把上海作爲了他安身立命的所在地，陸榮寶一家移居上海後雖然歷經不快卻依然安居不遷，這眞是令人玩味的現象。在《春明外史》中，主人公楊杏園客居北京，死了也把他的遺骸留在北京的土地裏。

三、客居者的視角

《春明外史》是張恨水的成名作。這部小說最先連載於 1924 年 4 月 16 日到 1929 年 1 月 24 日的《世界晚報》副刊《夜光》上面，幾乎與《上海春秋》同時面世，可謂南北相和。《春明外史》在北京連載了將近五年，每天刊登幾百字，日積月累達到了百萬字，一共八十六回。「不須京兆筆且訪屠沽」是小說第六十五回的回目。在張恨水的所有小說中，只有《金粉世家》的篇幅可以與之媲美。

小說刊行時很受到讀者歡迎。張恨水在《世界日報》的同事好友左笑鴻回憶說：「《春明外史》在《世界晚報》連載不久，就引起轟動。我們親眼見到每天下午報社門口擠著許多人，等著買報」〔註 22〕，就是爲了能盡早看到當天報紙上的《春明外史》。這一熱鬧情形增進了《世界晚報》的發行量。晚報主辦者成舍我十分高興，希望張恨水能夠把小說不斷寫下去，以確保報紙的銷售額。於是《春明外史》被拉得很長，終於在 1929 年初收尾。1930 年 5 月，上海世界書局出版了這部小說的單行本，這意味著，《春明外史》從北方流播到了南方，張恨水的名聲由北到南，影響漸及全國。

《春明外史》以一個客居北京的編輯楊杏園爲主人公，通過他的經歷，他的耳聞目見，以及各種與他有關無關的故事來展現二十年代的北京社會。張恨水把這一寫法概括爲「以社會爲經，言情爲緯」〔註 23〕，他的很多小說都採用這個思路，《春明外史》是其中較早也是最成功的作品。之所以如此寫法張恨水說「是由於故事的構造，和文字組織便利的緣故」〔註 24〕，不必費心刻意，不必精心計劃，寫起來就方便很多。《上海春秋》就是這樣鬆鬆散散

〔註 22〕 笑鴻：《是野史（重版代序）》，張恨水：《春明外史》（上），北京：中國新聞出版社 1985 年 10 月版，第 1 頁。

〔註 23〕 恨水：《總答謝——並自我檢討》，張占國、魏守忠編：《張恨水研究資料》，天津：天津人民出版社 1986 年 10 月版，第 280 頁。

〔註 24〕 同上。

寫成的「故事集綴」型小說，《春明外史》屬於同一類型，只是多了一個貫穿小說的主角楊杏園。

楊杏園在小說中先後和兩個女子談戀愛。一個是身陷北里的梨雲，一個是知書達理的李冬青。梨雲嬌憨可愛，楊杏園初入歡場就和她結識，兩人相戀，感情纏綿。梨雲是個雛妓，鴇母對她看管很嚴。楊杏園是一介書生，單身客居北京，沒有經濟能力娶梨雲，為她贖身，故兩人相戀得很淒苦。梨雲終於鬱鬱得病，楊杏園獲得守護在她身邊的機會，並且傷心欲絕地為她送了終。小說第二十二回結束了楊杏園和梨雲的這段情緣。梨雲的故事可以和民初暢銷小說《玉梨魂》作互文性解讀。徐枕亞在《玉梨魂》結尾處寫了一首詞：「老去秋娘還在。總是一般淪落，薄命同看。憐我憐卿，相見太無端。癡情此日渾難懺，恐一枕梨雲夢易殘。算眼前無恙，夕陽樓閣，明月闌干。」不僅詞中的「梨雲」和小說裏的「梨雲」情趣相投，就是詞的意境和情致也可以挪移到小說中。張恨水對《玉梨魂》和民初小說是熟悉的，他早年也創作過類似的文言哀情作品，故對民初小說懷有特別的記憶。1929 年 7 月 9 日，張恨水寫了一篇雜評《〈玉梨魂〉價值墜落之原因》，發表在《世界日報》副刊《明珠》上面，此時距《玉梨魂》發表時間已有十七八年，可見張恨水對《玉梨魂》一直心有所念。作為一部包羅萬象的小說，《春明外史》化用《玉梨魂》的某些成份不應該算為牽強。

《春明外史》第二十三回，另一位女主角李冬青出場。楊杏園和李冬青是從筆墨之交逐漸相識並產生莫逆情感的，兩人都把對方引為知己。可是李冬青最終沒有接受楊杏園的求愛，因為先天疾病，她不能成婚。她離開了楊杏園返回故鄉。楊杏園孤獨地留住北京，禮佛參禪，鬱鬱而死。李冬青趕回北京為他送終。這是整部小說的大體脈絡，通過兩段刻骨戀情，完成了楊杏園的北京生涯。

值得注意的是，小說的三位主人公楊杏園、梨雲和李冬青雖生活在北京，卻都不是北京人，他們只是北京城的客居者。梨雲流落在北京的八大胡同，李冬青和母親在京城相依為命，楊杏園則是到北京謀生的年輕文人。楊杏園和兩位女主人公能產生依戀之情，不乏他鄉遇知音的相互慰藉。小說一開始就點明了楊杏園的身份。「這人是皖中一個世家子弟」，他「已經在北京五年了。他本來孤身作客慣的，所以這五年來，他都住在皖中會館裏」。這是小說給楊杏園的最初定位，一個「羈旅下士」。這個身份彷彿注定了他最

終的不幸。

　　楊杏園開始住在皖中會館裏面，後來應朋友之邀，搬到一所大宅院裏當家教，與李冬青成了鄰居。小說裏楊杏園就只住過這兩處居所，都是借他人屋檐暫容其身的。一開始居住的會館是外來者到達一座城市後可以最初落腳的地方。當時北京的會館很多，大部分集中在城南，接近於市井胡同，與城北的高校學院區就有了距離。1919 年，張恨水受到五四運動的激發，從安徽來到北京，在報界謀職，就住在城南的潛山會館裏。所以楊杏園的安徽籍貫，在北京的職業以及所住的皖中會館都會令人不由得把他和張恨水聯繫起來。當時有人說楊杏園是張恨水的「自寫」，張恨水回答道：「可是書中的楊杏園死了，到現在我還健在。宇宙沒有死人能寫自傳的」〔註 25〕。《春明外史》當然不是張恨水的自傳，可是張恨水把他到北京以後的感受、經歷和見聞借助於楊杏園表達出來，也毋庸置疑。楊杏園不過是小說敘事的一個載體。

　　通過客居者的他鄉經驗來寫作城市故事是方便的。對於客居者來說，作爲陌生地的城市處處都令他感到新奇，他會比城市本地居民更關注周圍事物，並產生探究興趣。因此以客居者爲引導伸展出各種城市故事會顯得十分自然。「以社會爲經」的寫作策略就在主人公的客居視角下得到了貫徹。左笑鴻談《春明外史》道：「所謂楊杏園、梨雲、李冬青等，不過是把許多故事穿在一起的一根線，沒線就提不起這一串故事的珠子。所以，讀《春明外史》時，不能把注意力只放在楊杏園與梨雲、李冬青等人的戀愛經歷上。我對恨水說笑話：『你拿戀愛故事繞人，這個法子很不錯。』恨水哈哈大笑」。〔註 26〕寫楊杏園的故事，或者構造一個京城客居者，是爲了能串起其他的社會故事。張恨水的「哈哈大笑」是一種認同的表示。

　　《春明外史》裏的北京故事，各式各樣，應有盡有。官場的、小公務員的、學生的、戲劇界的，北里青樓的，報界文人的……其中胡曉梅、任放和張文彥的戀愛故事，很明顯是對徐志摩、陸小曼、王庚故事的搬用。而余夢霞和黎殿選之女黎昔鳳的姻緣際會則是改頭換面了的徐枕亞故事。徐枕亞因爲寫了《玉梨魂》而聞名於世。喪妻之後，他的一位熱情的女讀者即劉春霖的女兒看中了他，一番周折以後兩人終成眷屬。徐枕亞因之有「狀元女婿」

〔註 25〕 張恨水：《寫作生涯回憶》，張占國、魏守忠編：《張恨水研究資料》，天津：天津人民出版社 1986 年 10 月版，第 38 頁。

〔註 26〕 笑鴻：《是野史（重版代序）》，張恨水：《春明外史》（上），北京：中國新聞出版社 1985 年 10 月版，第 2 頁。

的諢號。這是《玉梨魂》在《春明外史》中的再度「返魂」。也就是說,《春明外史》裏的故事可以與當時的社會實事相互對照來讀。所以有不少人為小說索隱,並非不可理解,雖然張恨水不太贊成對自己的小說如此做法。

《春明外史》作為一部敘寫北京故事的小說,必然要突出北京特色。小說題目「春明外史」就是一個最顯眼的標識。「春明」本指唐代長安城的「春明門」,後用來指稱首都,於是北京就可稱為「春明」。「春明外史」即指「北京故事」,與「上海春秋」恰可互應。北京近官,官家做派正是北京社會的一大特色。小說涉及這方面的內容不少。第二十八回就詳述了上層官吏如何中飽私囊的事情:

> 當天秦彥禮在總衙門裏碰見陳伯儒,拉著一邊道:「恭喜,恭喜,老頭子口氣,可以撥你十五萬了。咱們怎樣分呢?」陳伯儒道:「聽您的便,還不成嗎?」秦彥禮道:「我看你頂多用五萬在河工上吧?我也不要多,給我一個二數,你看怎樣?」陳伯儒道:「諸事都望幫忙,就這樣辦罷。」秦彥禮笑道:「你到底夠朋友。可是我告訴你一句話,人家都說永定河鬧水災是假的,你可是要製造製造空氣。不然,這一筆錢財政部也不好意思撥。」陳伯儒道:「這個不值什麼,我有法子,你放心罷。」
>
> 他出得衙門來,回到家裏就叫應聲報館的電話。那邊接話的,正是社長何丕正,聽說陳伯儒親自叫電話,在電話裏一迭連聲的叫總長。陳伯儒道:「我這裡現在有一段消息告訴你,可以發表。」何丕正道:「是是!」陳伯儒道:「就是永定河的水現在還在漲,京裏這兩天雖沒下大雨,上游的雨大得很,若是再下一兩天,這河堤一定保不住,北京怕要上水了。這段消息,關係北京秩序很大,新聞界太不注意了。」何丕正道:「總長說得是,新聞界的人,太缺乏常識了。我一定鋪張一下子,總長看好不好?」陳伯儒道:「很好,就是這樣辦。」兩方各把電話掛上,何丕正哪敢怠慢,連忙坐在書桌旁,抽出一張紙來,提筆就寫了「本報特訊」四個字。後面接上就是新聞,說永定河如何如何的危險,非趕快籌款修堤不可,內長陳伯儒為了這個事眠不安枕,只是財交兩部,老不撥款,教他也沒有法。新聞做完了,在前面安了一個題目,寫道:《北京人將不免為魚矣》。題目旁邊,又用許多密圈。做完了,自己校對了一番,在煙筒

> 裏抽出一根煙捲來抽了幾口，摸著嘴上一撮短鬍子微笑了一笑，自
> 言自語的道：「我這一段新聞，總打入伯儒的心坎裏去了吧！」將煙
> 放下，又抽出紅水筆，在上面注明：「排頭一條，刻木戳題。」就放
> 在桌上，預備晚上發稿去登。（第二十八回）

新聞的最基本要素就是眞實性。報社社長隨筆炮製假新聞，很可見當時新聞
界的混亂。而這種混亂情形是得到官府總長親自授權的，之所以要授權是因
爲總長可以從假新聞造出的聲勢裏獲得財政撥款，從而分款獲利，中飽私囊。
不可思議的是，這種私密勾當竟被公開處之，官府中人對這些事會相互協商，
互通聲氣，而十五萬撥款被應允，則是獻上某官員妹妹的成績。如此的官場
黑幕被小說揭發得淋漓盡致。可小說沒有一味沉浸在這類官場腐敗事件中迷
途不返，在何丕正爲陳伯儒擬完假新聞之後，楊杏園來拜訪他，於是小說又
回到了楊杏園的故事裏。

如此這般，《春明外史》從楊杏園的故事蕩開去講述社會各方面的情形，
又在適當的時候轉回主人公故事，在收放之間北京城的面貌得到了全方位展
現。第二十五回，楊杏園在逛陶然亭的時候，遇見了李冬青。兩人於此正式
結交。陶然亭位於北京城南，「處煩囂鬧市中，另具幽趣，爲燕京名勝之一。
蘆葦環繞，清幽淡遠。每至春秋佳日，夏雨初霽之後，飛鳥穿林，閒花落水，
頗饒詩意，令人心曠神怡」。「亭高於城堞數尺，座對西山蓮花寺。亭址即遼
之慈悲院，遺幢猶存。」〔註27〕這樣一個所在，非清雅人士不能識之趣。所
以當楊杏園來到陶然亭，聽到李冬青的一番議論後，不由得會有知遇之感。

> 走到陶然亭門口下車，見門口早有一輛馬車停著，大概也是遊
> 客坐了來的。他下了車，走進門，在禪堂上，佛閣下，繞了一個彎
> 兒，也沒有什麼趣味。穿過西邊禪房去，卻聽到走廊外有兩三個婦
> 女的聲音，在那裏說話。有一個人道：「我們從小就聽見人家說，北
> 京的陶然亭，是最有名的一處名勝，原來卻是這樣一所地方，我眞
> 不懂，何以享這麼大一個盛名？」又有一個人道：「我是老聽見你們
> 說，陶然亭沒到過，要來看看，我也以爲不錯。要知是這樣子，我
> 眞不來。」楊杏園一聽此二人說話，有一個人的聲音，十分耳熟，
> 只是想不起來這是誰。又聽見一人說道：「若是秋天呢，遠看城上的
> 一段西山，近看一片蘆葦，雜著幾叢樹，還有點蕭疏的風趣。」楊

〔註27〕 馬芷庠編撰：《老北京旅行指南》，北京：燕山出版社1997年7月版，第92頁。

杏園又想道:「聽這人說話,卻是文人的吐屬,怪不得跑到這個地方
來遊覽名勝。」便也慢慢的踱過禪房。(第二十五回)

李冬青關於陶然亭「風趣」的談論,畢竟還伴有「蕭疏」的意味。這其中彷
彿包含著個人飄零的感傷,也預示著楊李後來的交往既情意坦蕩又鬱鬱不釋
的情形。陶然亭一面之後,兩人常常在中央公園、北海公園、萬牲園……相
遇相會。這些北京特有的風景為小說人物的活動提供了適宜的場所,同時小
說人物的悲喜也為北京風景染上了別樣的情愫。

有學者歸納道:「張恨水的確寫出了北京城中自然的詩情。人物不論出入
於胡同、天橋、戲園子、大雜院,還是『來今雨軒』茶館、『喜相逢』小酒館,
行止隨處,總有『自然』的召喚。故事若不發生在『雲淨天空』『雨霽之後』
的晴爽天氣,就在『海棠開後』『楊柳濃時』的鮮麗季節。他不僅鉅細靡遺地
勾繪北京人的宅院布置用具擺設,還寫天井裏的紫藤花、階前的夾竹桃、胡
同中的月亮、大雜院前的風雨、天橋前先農壇外的蘆葦古柏。他尤其善於經
營空間的情緒,人物活在古城的風中雨裏月下,平凡的聚散悲歡間,竟讓人
感染到一種古城才有的滄桑與情調,傳達出北京文化特有的詩情。」〔註28〕
這種詩情可以看成是作者加諸北京城之上的,正因為張恨水自己在新舊之間
吟詠出一種現代的文人情調,才使得他的北京故事顯得既憂傷又令人眷戀。
《春明外史》第八十六回,楊杏園死後,朋友們決定安葬事宜,小說情感在
此處蘊蓄到了高潮。

何劍塵道:「李女士,我有一件事要和你商量。就是杏園在日,
他和我說過笑話,說他死後,要埋在西山腳下。但是我的意思,埋在
義地裏為宜。因為他還有老太太在堂,保不定是要遷柩回南的。況且
那義地裏,有一位梨雲女士,正好作他九泉的伴侶。論起交情來,我
們都是好友。不過女士和他多一層兄妹之情,還是取決於李女士。」
李冬青道:「當然暫葬在義地裏。萬一不遷回南,我們在他墓上栽些
花木。也有管園的人管理。若葬在西山,日子一久,朋友四散,那就
無人過問了。」吳碧波道:「我也以為葬在義地裏比較葬在香山好。
既然李女士也是說葬在義地裏,我們就決定這樣辦。」(第八十六回)

〔註28〕趙孝萱:《雅人趨俗,俗人卻雅──張恨水北京小說雅俗錯位的文化意涵》,
陳平原、王德威編:《北京:都市想像與文化記憶》,北京:北京大學出版社
2005 年 5 月版,第 192 頁。

西山是北京的著名風景區，義地則是身在他鄉的同鄉人的墓園。朋友們最後決定把楊杏園安葬在義地，即是確定了楊杏園的客居者身份，而北京也以包容的胸懷接納了一個客居者，成爲他永遠的棲息地。

　　張恨水對於北京就像包天笑對於上海一樣熟稔。他後來雖然在上海，南京、重慶及中國西北地區度過一些時日，但生平大部分時間還是居住在北京，在北京生活、工作、寫小說。張恨水的女兒張明明說：「北京，眞是一個有神秘力量的城市，不管你是什麼地方的人，關外的，江南的，只要在這古老的文化城裏住上幾年，你就會被她的魅力所感染，被她的情調所同化。父親不僅愛北京，把北京視爲故鄉，而且酷愛京戲，花光了所有的錢去聽一場好戲，他也不覺得冤。」〔註29〕張恨水最著名的小說《金粉世家》、《啼笑因緣》和《春明外史》中的故事都發生在他「視爲故鄉」的北京，另如《京塵幻影錄》、《斯人記》、《夜深沉》等小說也都是寫北京的。這些作品展示了北京的地方風物，人情世態，其間有高位者的卑劣，勞力者的可憫，閒散的無聊，失意的自遣……張恨水爲後來人保留下了現代北京城活脫脫的身影。在敘寫北京的現代作家中，張恨水是一位大家。

〔註29〕張明明：《回憶我的父親張恨水》，天津：百花文藝出版社 1984 年 11 月版，第 60～61 頁。

第四章　「因時辟利藪名士無虛」：
現代文人的境遇

　　「因時辟利藪名士無虛」出自《春明外史》第四十二回的回目，在這部小說中，張恨水充分道出了文人和一座城市的關係。身爲報館編輯的楊杏園，是一個文人，客居在北京城裏。他耳聞目睹並親身經歷了城市間各種光怪陸離、無可奈何的故事，最終傷感滿懷，離開人世。小說敘述楊杏園去世的場景十分動人：

> 李冬青信以爲眞，就在抽屜裏尋出一包細劈的檀條，在書架上拿下那隻古銅爐焚起來。焚好了，送到床面前茶几上。只見楊杏園掀開薄被，穿了一套白布小衣，靠了疊被，赤著雙腳，打盤坐著。兩手合掌，比在胸前。雙目微閉，面上紅光，完全收盡。見李冬青一過來，他眼睛要睜不睜的，看了一看，於是兩手下垂，人向後靠。李冬青知道他學佛有些心得，不敢亂哭。伸手探一探他的鼻息，已細微得很。不覺肅然起敬，就跪在茶几前，口裏道：「哥哥！願你上西方極樂世界。」再起來時，楊杏園兩目閉上，他已然圓寂了。（第八十五回）

在生趣索然的境地裏，楊杏園學佛參禪，洞明世事。他的死一方面有學佛達成的超脫，另一方面也是傷心至極的心態反應。城市生活抑或塵世生活帶給人的紛擾和憂慮，讓一個貧弱孤獨的文人無法承受，終於棄世而去。這是對文人和城市關係既詩意又現實的解釋。

　　不獨楊杏園，不少敘寫文人城市生活的通俗小說也以文人的挫敗告終。《人海潮》裏，幾個鄉間青年來到上海混世，結果受創歸鄉。在渡船上，主

人公沈衣雲望著「天空飄下一瓣樹葉，徐徐落到波面，一陣迴風又吹了起來，把那瓣樹葉吹得盤旋不定。衣雲對著微微歎口氣，道：『譬如，你瞧那瓣樹葉呢，樹枝上落已落了下來，還要翻飛它則甚。它的翻飛，正見它不自量咧！』譬如也暗暗出神」。（第五十回）這段感慨滿含對景自傷的意味。文人在應對時事變遷時，總帶有幾分黯然失意，卻又不得不勉為自處。

晚清科舉制度廢除，在阻塞了傳統文人走向士大夫的功名之路後，讀書人在很長一段時間內不知如何排遣自己的人生。他們從螢窗耕讀的黃粱美夢中驚醒，被拋擲到城市社會的索索無序裏，也加入了人海潮流的世俗生活。在尋找新的安生立命之所的時間裏，痛苦憂傷的情緒充盈著他們的身心。此時，讀書人的清高姿態不得不向功利的世俗社會屈就。他們所面對的迫切又棘手的問題便是生存。

在程瞻廬的小說《眾醉獨醒》的開頭，一個屈就於生存的腐儒形象被幾筆勾勒出來。

> 且說在那書案旁邊，打橫坐的，正是富翁所說的錦繡炭簍。這人約莫三旬年紀，渾身衣服，簇簇生新，卻生得深眶高顴，黃瘦面皮，好好一隻寬大椅子，他只坐了一小塊，同那坐腳踏車的模樣相似，只因富翁在座，便覺得自己的四體百骸，都不由自己做主，說一句話，兩肩聳得丫叉似的，答一句話，起碼要連說六七個是字。
>
> 這人不是別人，卻是富翁家裏的書記，面前擺著六七封書信，拆一封，念一封，念畢，仰面看著富翁，專等他發號施令。（第一回）

所謂「錦繡炭簍」是小說中的富翁劉邦平的一種見識。他說：「衣服與貧富無關，富人穿得破了宛似敗絮裏著元寶，掩不住金銀氣；貧人穿得好了，宛似炭簍披著錦繡，遮不住寒乞相。」（第一回）說這話的劉邦平固然是為自己的吝嗇找理由，也頗能畫出他的書記徐勉齋和請的西席伍青岩的面目，他們的貧弱和乞憐相。他們對於劉邦平的謹小慎微和趨炎附勢，很能傳達出兩種心態：一是士大夫在舊時官場上遵守的尊卑等級觀念漫延到了普通的讀書人階層，舊時是向權位低頭，此時是向金錢低頭；二是徐、伍等人的姿態實在並不是他們甘心作為的，為了保住生活的飯碗，為了不失業，他們心懷憂懼，不得不討好於給食者。在讀書人尚未找到新的理想職位以前，託身館地，權且安頓，也是在職業之路未開，思想觀念未更新之時的一種限定選擇。一旦有了時機，他們是不會安於仰仗他人施捨的。就像當幕僚者，終有做官的希

圖。小說中的徐、伍二人就並非如他們在劉邦平面前表現的那樣惟命是從，徐勉齋最後在教會醫院裏當事務員，可謂得其所哉，伍青岩則暗藏算計，捲逃而去。

程瞻廬敘述這類腐儒形象時，較少關注於在時代變遷、社會嬗替中讀書人的艱難處境，而是對那些不能與時俱進且自以爲是者作了挖苦和嘲諷的描畫。在《眾醉獨醒》中，西席先生伍青岩被塑造成了一個十足的反面人物。他不但學問差，而且道德敗壞。他貪財好色，詭計多端，趕走了同僚徐勉齋，獲取了東家的完全信任，勾結地痞，一次次的圖謀才貌雙全的女學生陸慧姑，算計劉邦平的錢財，通姦他的丫鬟，最後在南京路上被汽車壓死。這是作者程瞻廬爲惡人安排的應有結局，不合時代的狗苟鑽營者終被撤棄，其敘述不亦快哉。

程瞻廬的另一部小說《茶僚小史》，同樣對一班腐儒作了諷刺描述，只是沒有像對伍青岩那樣顯露出深惡痛絕之態。「它所描寫的是辛亥革命廢了科舉之後，一些從政無門斷了進身之階，及溷跡在教育界中的知識分子的庸蠹生活，諷刺他們沽名竊利、懶散鄙吝、蠅營狗苟的精神狀態。小說對這類知識分子猥瑣心理的刻畫是生動的」，「其所表達的思想也代表了當時對社會現狀不滿又苦於找不到正確出路的一部分知識分子的惶惑心理」。〔註 1〕小說第六回寫兩個教書先生的生活景況道：

> 子彝做了幾年學務科長，學校裏的流弊，自然洞若觀火。一時矯枉過正，竟把向年提倡新教育的宗旨，一齊改變。一個簇新的人物，重複守舊起來。曉得彬甫是個癩皮秀才，冬烘學究，撐腸挂腹都是破爛經書，嚼字咬文無非陳腐帖括。學問雖是平常，然而比著胸無點墨的教員，已覺稍勝一籌。所以把他延聘在家，教授幼子。好在彬甫失館多年，急於謀一位置，並不計論束脩多寡，且又是個謙謙君子，對於居停主人，唯唯諾諾，百順千依，所以賓主感情，頗覺不惡。一位先生姓巫，表字蘭人。本習商業，後因賦閒已久，沒奈何設個私塾，訓蒙度日。每月紅紙包裹的束脩，雖屬無多，好在巫先生是個多材多藝的人物，教書以外搧搧地皮，看看風水，人家搖會他去做司證，人家禮斗他去做宣卷。他雖是個冬烘學究，然

〔註 1〕 劉揚體：《鴛鴦蝴蝶派作品選評》，成都：四川文藝出版社 1987 年 6 月版，第 221、222 頁。

而有此種種生財之道，一月的入款差不多也有三四十元，比著金絲
鏡白篷鞋的學校教員所入，竟不相上下。彬甫見了，未免十分羨慕。
因思同做塾師，怎麼蘭人的入款，比我竟加倍蓰，我是個秀才先生，
他是個火刀先生，論起學問他不如我，論起財運我不如他。我不妨
低首下心，向他隨時請教，也可得著些生財秘訣。主意已定，便時
時同蘭人往來，異常莫逆。（第六回）

教書先生而捐地皮、看風水……是頗能謀取生活之道的。在這段文字中間，
有批語曰：「文豪秘訣方剪斷生財秘訣又開端」，足見讀書人已不把學問作為
立身之本，旁門左道之「秘訣」，三教九流之機緣，都可成為他們賺錢獲利的
途徑。這干人等的醜態一方面被小說描摹畢現，另一方面也在時事變遷中暴
露出了一類文人的窘況。

　　和徐勉齋、伍青岩、巫蘭人相比，楊杏園要更加新進些，至少他沒有這
些人身上的酸氣和陳腐氣。他能在城市中謀得一席安生立命的職位，成為現
代報刊出版行業中的一名職業人，同時又保留了傳統名士的做派，吟風弄月、
作詩參禪。在小說的第一個亮相鏡頭裏，時正「北地春遲，這院子裏的梨花，
正開得堆雪也似的茂盛。窗明几淨，空院無人，對著這一捧寒雪，十分清雅
有趣。楊杏園隨手拿了一本詩集，翻了幾頁，正看到那『惆悵東欄一株雪，
人生看得幾清明』之處，忽聽見有人喊道：『杏園在家嗎？』楊杏園丟了書本
望外一看，卻是他影報館裏的同事何劍塵」（第一回）。這個亮相足把楊杏園
的趣味好尚、氣質人品刻畫了出來，就像院子裏盛開的梨花，自有一副清高
雅潔的神情。同時他又出入塵世間，沾得現代社會的世故人情。就是這樣一
位處在新舊之間的人物，在小說史上留下了生動的形象，成為現代社會中一
類文人的典型代表。

一、文人抑或報人

　　報館文人是現代通俗小說裏常會出現的一個群體。《春明外史》中的楊杏
園能夠集中代表這類人物的氣質神態。另如《人海潮》、《人間地獄》等小說
都以報館文人為主人公，敘述他們的生活情態和人生故事。

　　《人海潮》第二十九回講述了一個報館主筆的風雲故事：

　　　看官，此人上海小有名望，雖姜太公子孫，和蔣門神有緣，酷
　　愛杯中物，名喚作起，山陰人。做過上海很有名的《民氣報》主筆。

那《民氣報》本來是一位周豪先生辦的，缺少一位主筆，那時作起時常投稿到《民氣報》，周豪讀他文字很有才氣，寫信招他到館談談，誰知作起十分清高，不肯應召。周豪連寫三封信，他只顧緩言辭謝。周豪更佩服他氣節不凡，效法劉玄德三顧茅廬，總算作起爲霖雨蒼生起見，出膺重寄。周豪便拜他爲總主筆，月薪貳百元。作起住客堂樓的，頓時住起三上三下房子來，也算爲寒士吐一口氣。誰知不滿一年袁氏當國，摧殘民氣，報紙禁銷內地，頓時一落千尋。周豪因經濟困迫，辭去主筆姜作起先生。哪知昔日招之不來，今日揮之不去。第一個月戀棧著，周豪質去一件灰鼠袍子、一件狐腿馬掛，彌補過去。第二、第三個月，無法應付，只有把姜先生的鋪蓋，送到黃包車上，對著姜先生雙膝跪落，磕下三個響頭。姜先生一時動了惻隱之心，總算無條件下野。（第二十九回）

就這段敘述考察姜作起的主筆生涯，大約是在民國初年。《民氣報》很有些《民權報》的意味。《民權報》創刊於 1912 年，由周浩投資，在當時十分出名，後因言論激烈遭袁世凱查禁。《民氣報》由姜作起充任主筆，當是責任不小。主筆就是爲報紙寫社評的人，常由總編兼任。主筆對於一份報紙來說至關重要。「一份報紙是否有自己的社評，是否有好的社評，一直是評價報紙優劣的一個標準。好的社評內容要新，文字要通俗易懂，最好能就最敏感的話題發表精闢的見解，甚至能引導輿論。但能夠寫出這樣好的社評的人才畢竟很難得」〔註2〕，也即是好的主筆不易求。所以周豪能夠「三顧茅廬」，請出姜作起擔任總主筆，並給予他每月兩百元的高薪。晚清，報人的收入不算很高，即如孫玉聲這樣的著名報人每月「最多時有近百元」的收入。「民國以後，尤其是二三十年代，報人的薪水普遍高起來。一般報館總經理 300元，總編輯、主筆 150～300 元，編輯 80 元。」〔註3〕姜作起的報酬在民國初年屬於高薪，遂能住起三上三下的房子，「也算爲寒士吐一口氣」。

仕途無門的寒士在晚清民國年間要想尋得安身立命的所在，報館書局無疑是最好的選擇。一來文人的才氣可以在報館書局中得到發揮，二來在報館書局工作收入不錯，至少衣食有了保障。「1903 年，時居蘇州的包天笑，因上

〔註2〕 王敏：《上海報人社會生活（1872～1949）》，上海：上海辭書出版社 2008 年12 月版，第 156 頁。
〔註3〕 同上，第 210 頁。

海文明書局出版他的譯著，而觸發『把考書院博取膏火的觀念，改爲投稿譯書的觀念』」，這是「一種全新的生命體驗──以文博資、價值實現感和自由感，取代了傳統士人的『仕途情結』」。〔註4〕另外，晚清民國年間報刊出版業的發展，也爲文人從業提供了更多機會。

據報學名家戈公振統計：「我國報紙之發展，其信而有徵者，據《時事新報》論載，由嘉慶二十年至咸豐十一年之四十六年中，計有報紙八種，均教會發行，至光緒十二年，增至七十八種。」「是二十四年中，較前加至九倍強。又據《第二屆世界報界大會紀事錄》載，民國十年全國共有報紙一千一百三十四種」，「是四十年中，較前又加至十五倍弱。今據『中外報章類纂社』所調查，最近二年中華文報紙之每日發行者共有六百二十八種」，「若合以華僑報紙、學校報紙、公私政治學術社會團體之報紙、及一切屬於遊藝性質之報紙，不論每日發行或二日以上，其數當在二千種左右」。〔註5〕再把雜誌、書局或出版社加在內，新聞書刊業的發展可謂非常迅速，成爲現代中國十分引人注目的社會文化現象。而這一行業的發展必然需要出色的從業人員的加入，文人無疑是稱職的人選。一方面，「『文學』本來是士大夫的專利，當時主編報刊的也大多是有功名的失意文人，他們在爲百姓平民寫作時，頭腦中的士大夫意識漸漸淡化」，漸漸從傳統的生活方式中擺脫出來，漸漸應和了現代社會的需求。另一方面，「報人與士大夫是相通的」，報刊可以成爲「立言」的理想場所，可以成爲經世治國的有力工具。「『故秉筆之人，不可不甚加遴選。其間或非通材，未免識小而遺大，然猶其細焉者也；至其挾私訐人，自殃其忿，則品斯下矣，士君子當擯之而不齒』。只有優秀的士大夫，才能當報人」。〔註6〕正因爲中國最初的報刊出版業得到了由優秀士大夫轉化成的報人的支持，才會蒸蒸日上，表現出色。但是，報刊終究不是文人舞文弄墨的詩意之地，要求得和保持一份報刊穩固良好的發展，必須考慮市場和讀者的需求。可以說，銷售量的好壞直接決定了一份報刊的命運，也影響到報刊文人的衣食飯碗。於是，利益在報人的職業生涯中愈顯重要，在某種程度上超過

〔註4〕 葉中強：《上海社會與文人生活（1843～1945）》，上海：上海辭書出版社 2010 年 8 月版，第 130 頁。

〔註5〕 戈公振：《中國報學史》，北京：生活・讀書・新知三聯書店 1955 年 3 月版，第 358～359 頁。

〔註6〕 袁進：《中國文學的近代變革》，桂林：廣西師範大學出版社 2006 年 6 月版，第 9、33 頁。

了「立言」的宗旨，由此促成了傳統士大夫向職業文人的轉變。

《人海潮》中就敘述了秉持市場需求而辦刊的幾位文人的苦心經營：

> 一宵易過，第二日晚上幼鳳來滬，空冀請他一蘋香吃大菜，席
> 上商酌出版方針。空冀鑒於市上女性作品很受歡迎，因此囑咐幼鳳，
> 先行著手編輯一種月刊，定名《女子畫報》，圖畫有王川、秦松、唐
> 宗宇等擔任，文稿只請幼鳳、衣雲撰著。化個女子芳名，已夠哄動
> 一般遊蜂浪蝶。幼鳳、衣雲答應著，從第二日起，便勾心鬥角的趕
> 撰畫報文字：有論文、有小說、有小品，做得篇篇淒馨動人。一個
> 月後《創刊號》出版，博得一般青年閱者個個心裏熱辣辣地……引
> 得幼鳳、衣雲等，笑口常開。（第三十三回）

「笑口常開」的原因除了因為「一般青年閱者」上了當，把刊物上文章的作者真當成了女子，遂引來很多可笑的「讀者回應」，使衣雲他們感覺非常有趣，還因為「讀者回應」多了，刊物的銷量也就不少，這些辦刊人的收入也就可觀了。此外，這段辦刊經歷至少還可以說明兩方面內容：其一，當時創辦刊物並不受到很大限制，在資金充足、人員不缺的情況下，要辦起一個刊物是沒有很大困難的，這也是中國現代期刊發展迅速卻又良莠不齊的一個重要原因；其二，女性類期刊在當時能佔有一定的市場份額，因此勢頭不弱。例如《婦女雜誌》（1915年）、《女鐸》（1927年）、《女作家雜誌》（1929年）、《婦女生活》（1932年）、《婦女》（1945年）等等，這些雜誌的創辦既可反映出婦女解放、女性話語權的訴求，也應和了男性讀者的閱讀心理。編輯這類期刊的有女性也有男性，他們在贏得社會效益的同時也達成了經濟利潤。

報刊出版業對經濟利潤的追求，使文人面臨難以解決的矛盾困境。文人確實希望自己執業的報館書局能夠盈利，以維持自己和家人的生活，卻又不甘心於整天在利潤的干擾中做些不關痛癢、無病呻吟的文章。在讀書人的清高和良心的驅使下，痛苦感在緊張的職業生涯和喧嚷的日常生活中越發無處藏匿。於是有了楊杏園（《春明外史》）的哀傷禮佛，也有了柯蓮蓀、姚嘯秋（《人間地獄》）的縱情聲色，其間的情懷很容易感動人心。

通俗小說講述文人的報刊生涯或報人的社會生活時，都能做到繪影繪形、曲徑通幽，究其原因，作家的切身經驗是最主要的促成因素。不能說通俗小說家都兼有報人身份，但很多作家都從事報刊出版業，並且還聲名不小，這為他們把報人作為他們小說的主人公帶來了方便。因為平常經歷滿是書報

營生，落之於筆不免自如揮灑。有學者把這些人稱爲「報館作家」。「如在晚清：創辦於 1872 年的《申報》，先後聘蔣芷湘、吳子讓、錢昕伯（1832～？）、何桂笙（1841～1894）、蔡爾康、王韜、黃協塤（1851～1924）等爲總編纂、主筆。創辦於 1893 年的《新聞報》，先後延蔡爾康、袁祖志、孫玉聲等爲總編纂。創辦於 1897 年的《字林滬報》副刊《消閒報》，先後邀吳趼人、高太癡（1863～1920）、周病鴛、孫玉聲爲主編。創辦於 1904 年的《時報》，先後攬馮挺之、陳景韓、雷奮（1871～1919）、包天笑爲主筆。晚清文人亦自辦報紙，如黃遵憲、汪康年於 1896 年辦《時務報》，聘梁啓超爲主筆，章太炎爲撰述；李伯元於 1897 年辦《遊戲報》，1901 年辦《世界繁華報》；吳趼人於 1898 年辦《采風報》；孫玉聲於 1901 年辦《笑林報》。至民初，『報館作家』又有長足發展。如畢倚虹託跡《時報》，葉楚傖、柳亞子、蘇曼殊、胡樸安（1878～1947）、胡寄塵、姚鵷雛等投身《太平洋報》（1912 年創辦），徐枕亞、徐天嘯（1886～1941）、李定夷（1889～1964）、吳雙熱（1884～1934）、何海鳴、蔣箸超、劉鐵冷（1881～1961）等廁身《民權報》（1912 年創辦），王鈍根、陳蝶仙、周瘦鵑等先後主編《申報》副刊《自由談》（1911 年創辦），嚴獨鶴主政《新聞報》副刊《快活林》（前身爲創刊於清末的《莊諧叢錄》，1914 年改此名），邵力子（1882～1967）、葉楚傖、聞野鶴等立足《民國日報》（1916 年創辦）。此外，另有大批文人存身於名目繁多的大小報刊。」他們構成了「一個蔚爲壯觀的『報館作家』群體」。〔註 7〕他們編輯書報、撰寫小說，是自食其力的一代文人。

在這些「報館作家」中間，包天笑的資歷和成就是可令人推崇的。他編輯過《時報》、《小說時報》、《小說大觀》、《小說畫報》、《星期》、《婦女時報》等刊物，具有豐富的辦刊經驗，同時又是一位出色的通俗小說家，《上海春秋》、《甲子絮譚》等小說寫時人生活故事都異常生動。包天笑著有《釧影樓回憶錄》回憶他在《時報》的工作經歷：「在編輯部（從前叫主筆房），我與景韓同一室，每人同樣一張寫字臺。臺上亂七八糟堆得滿滿的，都是各方通信、投稿、報紙（有些與外埠交換的），雜件等等，有尺許高，從不清理。館中僕役也不敢來清理（狄楚青另外一個房，名曰總理室，他的桌子上，堆得比我們的還要高，有許多書畫、碑帖、古董之類，通常房門鎖起來，要等

〔註 7〕 葉中強：《上海社會與文人生活（1843～1945）》，上海：上海辭書出版社 2010 年 8 月版，第 147～148 頁。

他來了才開門）。」〔註8〕編輯室裏堆滿書報信函，在這樣的環境中間工作，想來十分忙亂。在畢倚虹和包天笑合著的小說《人間地獄》裏，即描述了主人公姚嘯秋報館工作的情景：「只見嘯秋坐在那裏，靠在寫字臺上，右手搦著一柄東洋鍍鎳的長剪刀，左手卻按著一張報紙不動。兩隻眼睛從厚厚的托力克眼鏡裏透出光來，直向攤在面前的一張報紙上，上下亂射，好像是尋找一段什麼新聞似的。」（第二十九回）小說裏的姚嘯秋有現實中包天笑的影子，而另一位主人公柯蓮蓀則影射了畢倚虹。

包天笑和畢倚虹的交情很好，他們是時報館的同事，共事攜遊，頗為相得。包天笑回憶道：「當倚虹未來時，我在報館裏，每晚八九點鐘至十二點鐘這一段時間，最為無聊。因為所有新聞稿以及論文等都已發齊了，專電卻還沒有來。從前息樓那班朋友，時常來此聚首，有時出去吃個小館子，有時在息樓裏打起小麻雀。現在好似人去樓空，我一人覺得很是孤寂，除非是出去訪問友朋，否則是對著電燈枯坐而已。自倚虹來後，兩人便不覺得寂寞，講故事，說笑話，那時他家眷不在上海，他們那個大家庭，卻在杭州，因此他常常和我同去吃夜飯，也每至深夜，然後回去。」〔註9〕畢倚虹來到時報館，包天笑的編輯生涯更添樂趣。在《人間地獄》中，也有柯蓮蓀到姚嘯秋報館供事的一段敘述：

> 蓮蓀問嘯秋道：「稿子有了一齊發呢？還是陸續的發？」嘯秋這時正在那裏看電報，因為有幾個不可解的字，皺著眉頭翻著電報書，一字一字的核對。聽蓮蓀問他，隨口答道：「陸續的發，可以叫他們陸續的排。」忙撳了一下鈴，喚排字房工人進來。嘯秋向蓮蓀坐位那裏一指，排字工人走過去，蓮蓀便將稿子交給他。那排字工人伸出一隻五指墨黑的手來接了過去，一路翻著稿子瞧，一路走著下樓去了。蓮蓀腦筋清楚，手筆敏捷，不到一個鐘頭，早將應發的稿子發齊，又做了一個批評。做好了卻不敢自信，遞給嘯秋過目。嘯秋一看忙道：「很好，很好，這種不擔干係的論調最合我們報上的口胃。」當時便發了下去。蓮蓀一看已早敲過十二點鐘，忙對嘯秋道：「庖代事完了，我要去了。」嘯秋道：「明天還請你早點來幫忙，就不致像

〔註8〕 包天笑：《釧影樓回憶錄・時報懷舊記（上）》，香港：大華出版社 1971 年 6 月版，第 409 頁。

〔註9〕 包天笑：《釧影樓回憶錄・時報懷舊記（下）》，香港：大華出版社 1971 年 6 月版，第 417 頁。

今天這樣手忙腳亂了。」柯蓮蓀本來除學校擔任功課以外並無多事，晚上更是閒空。姚嘯秋既託他在報館裏庖代幾天編輯，與他性子也甚相近，自然沒有不依之理。姚嘯秋也甚欣然。當晚散後一宿無話。到了次日，蓮蓀果然依時到館處理一切，很爲裕如。如此接連庖代了一星期。誰知事有湊巧，那原來的一位編輯魏先生家中的病人好了，自家卻另外有了高就，嘯秋報館這一席不能兼顧，便寫信來告退。嘯秋見挽留不住，便和館裏經理一說，順水推舟的薦了柯蓮蓀。經理也甚贊成，便聘請蓮蓀由庖代而永遠擔任了。別樣不打緊，嘯秋卻十分高興。因爲嘯秋在館裏每天散得極遲，其餘幾位同事走得極早，往往燈昏人靜只有嘯秋一個人枯坐，埋頭在故紙堆中好生氣悶。如今來了一個蓮蓀，他向來也是喜歡熬夜的。兩人一邊做事一邊還可閒話很不寂寞，自然愈加親密。（第二十九回）

小說的這段敘述頗能和包天笑的回憶相合。這些報館編輯通常是下午四五點鐘到辦公室裏，開始寫稿發稿，到晚上八點鐘左右基本完事，只有「專電卻還沒有來」。等專電的時間通常用於休息玩樂。除了聊天、打牌、叫外賣或上街吃飯外，還會到青樓歌館中消遣，直到報館夥計前來報告公務已到，方回去發稿了事。興之所至，工作完畢還會接著上青樓歌館狎妓吃酒，通宵達旦，至凌晨入睡中午起床，稍事料理便又到了去報館辦公的時間。小說裏的柯蓮蓀、姚嘯秋過的就是這樣的生活。包天笑序《人間地獄》道：「歡天狂海之中，情障愁羅之里，又何一日無我。處己以昏昏而引人於惘惘，流轉迴旋，徒多局地蹐天之歲月，是豈二三語言所能懺悔者耶！」「抑知哀樂中年不堪回首。我心之衰惟自知耳」。〔註10〕現代報人或者文人的哀樂感懷只有歷此情境者方能領受，而小說抑或能道出一二。

二、舊貌新顏話學校

柯蓮蓀進報館工作之前在學校擔任教習。小說第三回「杏花小酌慨說校風」，敘述幾個人在杏花樓吃廣東夜宵，閒聊時談到柯蓮蓀所在學校的教育問題。

姚嘯秋道：「蓮蓀，其實你當的是專門學堂教員，比那中小學

〔註10〕包天笑：《人間地獄序二》，娑婆生：《人間地獄》（第一集），上海：自由雜誌社 1924 年 10 月版，第 3 頁。

堂教員應該比較上容易些了。學生全是有程度的，無理取鬧的事體應該不會有的。怎麼你還怨呢？」柯蓮蓀搖搖頭道：「正因為學生有些程度，教員更不好對付。我對你說一件事，便可以想像其餘。我們學堂裏開學開了五個月，不久將要放年假了。單是一個講民法的教員已經換了十一個半。」說得大家俱呆了。程二少爺道：「這是怎樣弄的？想必是學生程度真高了，所以教習更難做了。」柯蓮蓀道：「不然，不然。我們學堂裏的學生雖然良莠不齊，但是真有根底的也不上十個人，其餘的不過夾在裏面胡鬧混混。試問，上海之大，人文淵藪，尋一位教民法的教員也沒有？那真是欺人之談。……你猜，他們反對的資料在哪裏？不是說口音不同，難於聽受，便是說聲音太低，聽不清楚。有時故意提出幾條問題，猝不及防的質問教員。教員有時被他懵住了，回答不出或則回答稍遲些，他們便說這教員的學術不能信仰。一聲口號，眾學生一齊立個正，便算開歡送大會，一哄而散。你想，真有學問的人，見著這種無理取鬧的情形，誰還肯來？」（第三回）

當教員難，因為學生無理取鬧不好對付。這是學校的一種混亂情形。柯蓮蓀為「專門學堂教員」，所謂「專門學堂」據民國教育部1912年10月頒佈的「專門學校令」稱：「專門學校以教授高等學術、養成專門人才為宗旨」，其第七條說：「專門學校學生入學之資格，須在中學校畢業或經試驗有同等學力者」。〔註11〕所以姚嘯秋會說專門學校的學生要比中小學校的學生「有程度」，專門學校具有高等學校的資質，相當於今天的大專院校，所聘請的教員也不是平常之輩。「西洋畢業的黃博士、東洋畢業的李振明，前清的法政進士季公衡以及久充法官的曹一鶚，赫赫有名的律師朱致祥」（第三回），當柯蓮蓀在歷數這些留學生和專家名流的時候，自己便也成了高等知識分子中的一員。小說沒有交代柯蓮蓀的專長，從他的敘述中大致可以推測這個專門學堂是教授法政或商業的。據規定，當時的專門學校分為「法政專門學校、醫學專門學校、藥學專門學校、農業專門學校、工業專門學校、商業專門學校、美術專門學校、音樂專門學校、商船專門學校、外國語專門學校」〔註12〕。這些學校有公立、私立兩類。民國年間，特別是民初，學制管理不甚完備，創辦學校並

〔註11〕潘懋元、劉海峰編：《中國近代教育史資料彙編・高等教育》，上海：上海教育出版社1993年12月版，第461頁。

〔註12〕同上，第461頁。

不十分複雜，於是私立學校爭相設立，除了爲了實現辦學者的教育理想外，牟利也是題中之義。因爲招生才能得利，所以這類學校不敢隨便得罪學生，即便學生無理，也只能屈就了事。於是才出現柯蓮蓀學校民法課接二連三換教員的奇事。

學生不認眞上課，不把學校當成求學問的地方，而看成嬉鬧的場所，究其原因無如蔡元培先生指出的：「大學學生，當以研究學術爲天職，不當以大學爲陞官發財之階梯」〔註13〕。正因爲學生把學校當成了做官的階梯，把畢業文憑當成了發財的憑證，因此不好好讀書，嬉鬧曠課，只求畢業了事。這是傳統的進仕觀念留存的影響，借鑒西方而來的新式學校教育在中國的發展歷經曲折。「中國的科舉制度，將學校教育與選官制度合而爲一，它不僅維繫著封建王朝龐大的官僚系統，而且維繫著整個封建社會的精神支柱。在封建專制主義的社會結構中，幾乎所有統治者和官員，都是依靠舊學權威而強化政治及獲取名位的。因而，在近代中國改革教育制度與科舉制度，勢必激化新學與舊學之爭，並由新舊學之爭而觸及最敏感的各個不同社會集團既得利益的再分配。」〔註14〕學校教育與選官制度的結合，不僅使學生把學校當成了「陞官發財之階梯」，也讓教員把教職當成了官位的候補。在新教育尚未深入人心得到普遍接受的時候，無論是學生還是教員都對學校存在歧解。

嚴獨鶴《人海夢》中的一段對話即能說明些問題：

童千里見方觀雲批評他的辦法不妥，便從鼻子裏哼了一聲道：「老哥今天在監督那裏發了一番議論，到底碰了釘子。現在卻還有些固執，我也不解老哥何以定要和萬壽作對？（和萬壽作對，奇語。）老哥的意思無非說學校和官場不能相提並論，其實這個見解也就有些差了。我們這裡本來是個官辦學校，既然是官辦學校，便也是官場之一。況且這位監督是個堂堂觀察公，（觀察公上，加以堂堂二字，鄙夫口角如畫。）難道說不是官？其餘教職員都按月支著官家薪俸，也說不得不是官。至於學生畢了業之後就有官階獎勵，至少也要得個從九品，更說不得不是官。便在目前先盡些做官的義務，舉行一個官場應有的祝典，也不算委屈他們呀。老哥說須顧全學生

〔註13〕蔡元培：《我在北京大學的經歷》，歐陽哲生編：《中國現代學術經典·蔡元培卷》，石家莊：河北教育出版社1996年8月版，第440頁。

〔註14〕李華興主編：《民國教育史》，上海：上海教育出版社1997年8月版，第37頁。

的人格；我這種辦法倒是先培養學生的官格哩。」（無數官字，熱
鬧已極。）方觀雲聽他口裏連珠價的「官」字，喊得一片聲響，便
憤然答道：「足下自命為官，又強認教員、學生為官，固然別有意
見，但是小弟卻只自認為教員，斷不敢濫充官派。」童千里又微微
的笑道：「這其間又有個分別了。老哥一介生員，不欲以官自居，
原也不敢相強。至於小弟，卻現成是個候選未入流，況且新近蒙王
監督允許，列入保案，將來便有個典史的希望，就不得不在官言官
了。」（第四回）

括號中的話為小說刊發時加的評語，既點明了說話人的性情，也道出了小說
的妙處。童千里是上海一所官辦學校正誼學校的監學，方觀雲是地理教員，
二人為慈禧萬壽學校開慶典的事意見不同，幾乎發生爭執。童千里開口閉口
把學校、教員、學生都與「官」相連，強要開祝典慶萬壽。方觀雲很不以為
然，表現出新學家的風範。《人海夢》作於 1920 年代左右，記述的卻是晚清
至辛亥革命那段年月圍繞學界發生的種種故事。小說主人公華國雄和表兄鍾
溫如同到上海求學，之後又出國留洋。正誼學校是他們在上海進的一所學校，
由他們守舊的叔父壽卿替他們介紹的。

　　清末學制改革的呼聲異常強烈。洋務運動開設洋務學堂，民間進步人士
嘗試創辦新學堂，在華教會紛紛擴展自己的教育機構……西學傳入，觀念更
新，科舉取士的教育體制已為越來越多的人所病詬。迫於各方面壓力，1902
年清政府頒佈《欽定學堂章程》，確立了近代學校體制。1904 年，在《欽定學
堂章程》的基礎上頒佈「癸卯學制」，這是晚清最重要的教育變革舉措，為引
進西學開通了道路，培養了一批現代思想人才。但是「在制訂和頒行癸卯學
制時，清朝統治集團規定了明確的辦學宗旨，即：『無論何等學堂，均以忠孝
為本，以中國經史之學為基。俾學生心術壹歸於純正，而後以西學淪其智識，
練其藝能，務期他日成材，各適實用，以仰副國家造就通才，愼防流弊之意。』
說到底，仍然是『中學為體，西學為用』，堅持封建傳統思想和三綱五常的不
可動搖性，力圖將新教育納入舊體制的軌道」〔註15〕。小說《人海夢》對晚
清學堂的這種辦學宗旨詮釋得十分生動，為慈禧萬壽開慶典即是一例。儘管
有地理教員方觀雲等人的反對，但慶典還是照樣舉行，然而得不到學生擁護，

〔註15〕李華興主編：《民國教育史》，上海：上海教育出版社 1997 年 8 月版，第 83 頁。

並被學生鬧騰得不太像樣。另外，對經學教員葛天民的上課表現，小說也有生動敘述：

> 這天上午，溫如國雄二人按著課程表，上的是經學課。一到課堂見了高據師席的，又不是那位葛天民先生，竟換了這樣一個人，自然十分奇怪。卻也知道這樣打扮這副情景，決不是個教員，私下問了問那些舊學生。果然有人告訴他，這不是教員，卻是教員的代表，又可稱得是教員的先鋒。溫如聽了越發不解，那人又笑道：「每逢葛天民的經學課，必定先要令這個僕人到課堂上來整理煙茶，三小時的功課，大約好算此人上了一半，葛天民也只上得一半。溫如二人聽著，卻搖頭道：「真是向所未見的怪現象！」……

> 這裡葛天民坐了下來，先捧起那把茶壺來，壺嘴套著人嘴咕都都一口氣喝了好久，又咳嗽了兩聲，吐出幾口痰來。他桌子旁邊明明放著個痰盂，他卻不去光顧，只向地板上接二連三亂吐。吐了一會，又用手在胸口摩了幾摩，才開言道：「今天……」才說了兩個字，倒又喘起氣來了。喘了半天，又斷斷續續的說道：「今天第一天，且不必講書。我知道本班裏添了好幾個新學生，倒要考察一番。」說著將那點名表看了一看，按著名字，把些新學生一個個喊上去。眾人只當他要考察程度了，誰知等這些人走到面前，他又並不考問，只摘下眼鏡來，向他們臉上一個個仔細端詳。有幾個相貌醜的，他看了只管搖頭，有相貌好的，他便十分讚歎，不是說器宇不凡，就是說儀表不俗。末了一個看到溫如，忽又肅然起敬，鄭重其事的說道：「鍾生氣度安詳，神情秀逸，將來必成大器。勉哉，勉哉，勿負老夫所望。」說完揮了揮手，說道：「各歸坐位吧。」大家依言歸坐，都嘻嘻哈哈笑聲不絕。葛天民卻正言屬色的說道：「你們不要笑我迂拘，我向來於經史學問而外，專好研究相法。因為一個人的賢奸善惡，壽夭窮通，在相上一定逃不過去的。孟夫子說：『胸中正，則眸子瞭焉，胸中不正，則眸子眊焉。』這就是孟子的相法。後來歷史上所載的如蠶目豺聲，凶人之相；龍姿鳳表帝王之相，都是絲毫不錯。所以我向來收學生一定要先注意相貌。相貌好，可造就的，我便施以化雨，蔚為英才。相貌陋，沒出息的，我卻也要被以春風，變化氣質。這就是我栽培後進的一片苦心。你們這些舊學生，從學

日久，早已心領神會了。新學生入門伊始，諒難深曉，我便不得不開宗明義，向你們表白一番。（只算是開場白。）說完了這幾句，便又拎起茶壺來呼茶，呼得夠了，又放下茶壺，擦了根火柴，點著紙煤，大抽水煙。一時課堂內煙氣氤氳。只是葛先生正吸得高興，那下課鐘卻又響起來了。學生便紛紛退課，葛天民也就捧著水煙袋一路吸著，一路踱出課堂。（第八回）

一堂經學課，只上了半堂，而這半堂課又給教員喝茶、咳嗽、抽煙、看相占去了。葛天民為新來的學生看相，還有一番理論。課後溫如說道：「這位葛先生不知他學問究竟如何？至於今天這副情景，真是糟不可言。論他的排場，好像是個說書先生，論他的談吐，倒又像是個相面先生。」（第八回）把經學先生比成「說書先生」和「相面先生」，真是極盡諷刺。

在學堂「以忠孝為本，以中國經史之學為基」的年代裏，新舊衝突分外明顯。「舊的一面要求學生循規蹈矩，思不出位；新的一面要求學生獨立思維，實現自我」。舊的一面「讀經修身的封建教育一以貫之」；新的一面「西方民主思想、國家學說、法制體系、哲學意識和科學精神，也在新學制、新教育中無所不有」。〔註16〕新舊衝突之中，必然有舊學不滿新學，新學嘲笑舊學的種種情態。華國雄的叔父壽卿就屬於「舊學不滿新學」者。他對國雄、溫如到上海進學校讀書很不贊成，無奈間只能為他們找一所穩妥的學校。小說第三回壽卿道：「你們要知道上海的學校雖多，不是學生囂張，便是教師放浪。還竟有昌言革命的，這種學校如何去得？」「有個正誼學校，是官辦學校。學校裏的監學王吉甫，是個候補道，在上海當著很闊的差使，這學校監督一席，也是兼差。這位王觀察我也久已聞名，是科甲出身，學問極好。平日專講究保存國粹，提倡風雅，所以他這個學校，脫盡時下的惡習，專重國學，旁參西籍，聲光化電無所不包，算得是體用俱備的了。我想你們二人若進得這樣的學校，不愁沒有進步」。壽卿之所以同意國雄、溫如進正誼學校讀書，是因為這所學校保存舊學十分得力，特別是主事王觀察是個品學之士。然而就國雄、溫如入學後所見，種種均與壽卿看法相左。王觀察實在是個貪色好利之徒，一面在外狎妓吃酒，一面在校口稱道德。而經學教員葛天民的相面課更是把「保存國粹」玷污了。就小說的敘事傾向來看，無疑表現出了新學對舊學的嘲笑。當然這個「舊學」已不再是國粹，而是在時代社會變遷發展過程

〔註16〕李華興主編：《民國教育史》，上海：上海教育出版社1997年8月版，第96頁。

中的一切腐朽衰頹的事物。通俗小說能在具體的故事裏展現這些新舊迹象，並呈示新舊代謝的曲折歷程。

《人海夢》中壽卿能為國雄、溫如選擇官辦學校，卻不能在女兒的讀書問題上有所作為。在晚清，可供女孩子讀書的除私塾外只有女學堂，壽卿是反對女學堂的。小說第二回壽卿對國雄道：

> 「你這芷芬姊姊近來很染了些文明習氣，一切言語舉動未免就失了舊家風範。從去年起，還一定向我鬧著要進女學堂，我再三不允，禁不得你嬸娘也幫著攛掇，我被她纏得沒法，才把她送到附近毓秀女學校裏去讀書。這一讀書，便更不好了，好好的一個閨秀，完全變成個女學生的派頭。有時還講究什麼唱歌體操。聽說年底放假的時候，開了個什麼遊藝會，她還夾在裏面演說。演說還不算到後來竟又使起刀來，你們看這還成何體統？回家後被我著實的教訓了一頓，說你這個樣兒拿刀弄杖，難道要去做武旦麼？她倒格外回得我好笑，她說古來女人也有習武的，梁紅玉桴鼓助戰，花木蘭代父從軍，難道不是個榜樣麼？……總之，現在男學堂裏已經是個規越矩，卻還要鬧出什麼女學堂來，真是不可為訓者也。」（第二回）

壽卿守舊迂執，對女學堂不滿自不必說。單從壽卿的話中可對當時女學堂的情況略有所得。女學堂教授的有音樂、體操等怡情修身的科目，課餘開展有遊藝會、學生演說、習武等活動。一改傳統閨閣女子家政女紅的訓練，成為能拋頭露面、出入公眾場合的現代女性，用壽卿的話說「完全變成個女學生的派頭」。1870 年代，興女學的呼聲既已出現。1897 年，經元善在上海開辦了第一所中國人自辦的中國女學堂。「首批學生 20 餘人，『內有不纏足者數人』，次年學生增至 70 餘人。女學堂課程『中西並重』，除開設傳統的儒學課程外，還開設西文、工藝、音樂、體操、醫學、繪畫各課」〔註 17〕，以充分挖掘和培養女子才能。《人海夢》中進了女學的芷芬便出落成為德才兼備的女子。溫如見到她的印象是：「淡淡的眉兒，圓圓的臉兒，穿著一件淡藍花緞灰鼠襖；繫著一條玄色花緞的長裙，纖腰天足，丰韻自然。」（第二回）後來溫如患了喉痧，病情嚴重，芷芬住到醫院中親自為他看護，溫如轉危為安，芷芬成了他的救命恩人，這令溫如對芷芬的情感無法釋懷。芷芬能把溫如看護

〔註17〕 閔傑：《近代中國社會文化變遷錄》（第二卷），杭州：浙江人民出版社 1998
年 3 月版，第 94 頁。

好，除了她的全心全意外，還在於她在學校中得到的那些護理知識。雖然小說沒有交代芷芬究竟在學校裏學到了什麼，但聯繫當時的女學教育，不難理解和想像這位女主人公的靈氣和才秀。

女學堂的興起爲女子教育和女子步入社會、從事工作開啓了門戶，也爲後來的男女同校、男女社交公開以及自由婚姻創造了必要的條件。因此開通女學，在社會文化史上顯得異常重要。據清朝學部 1907 年的調查：「女學堂已有 428 所，學生 15496 人」。「雖然這不是兩組對應的數字，女子教育進步的足跡仍清晰可見。只要將在學人數最多的江蘇省 3395 人，與 1902 年的基督教教會學校女生總和比較，二者的比例約爲 3.5：4.5，即是明證。」〔註18〕如此顯著的社會現象，使涉及到女子問題的通俗小說，常會談到女學話題。還是在《人海夢》中，第三十一回和第三十二回插敘了一位女子明珠的可悲身世。她因家計窘迫，不得已墮入平康。後經好友介紹，到萃英女校去讀書。女校的校長是這位好友的姨母，是信教的，對於窮人家的孩子可以不收學費的。明珠讀書非常用功，成績優異，卻被同學嫉妒，只得退學。在這段故事裏，明珠的可悲身世固然是敘述的重點，但女校長的苦衷也著實令人同情。學生威脅校長，要明珠退學。女校長無法，流著淚對明珠說：「好孩子，你去吧。千萬不要傷心，只要你從此念著聖經上的話，不要走錯路，總還有好日子。」（第三十二回）這是教會學校女校長的無奈。程瞻盧小說《衆醉獨醒》更詳細敘述了一位女校長的無奈。這位校長所在的學校叫「平江女學校」。

> 這所女校，原是私立性質，開辦了十餘年，曾經舉行多次畢業，倒也栽培了好幾個人才。向來辦理私立學校，最困難的便是經濟兩個字，一切設備，樣樣需錢，就算辦學的肯解慳囊，職教員肯盡義務，也只可敷衍一時，終不是個長久之計。學校的經常費，全靠著官廳的補助，紳富的捐款，同那學生的學費膳宿費，這幾項不敷周應，學校便不易支持。所以平江女校裏的校長，十餘年來，換過了七八人……現在這位校長，卻是素負盛名的安子盧女士，受事以來，足足的三閱寒暑，比著從前的校長，她可算得最有熱心最有恒心的了。……支持了三年，學額比前擴充，經費也比前充足，她又素與官場接近的，閬公館裏的太太、奶奶，同她很有交情，所以她向官場募捐，憑你吝嗇鬼，也須在這慳囊裏面，破費一二。（第十七回）

〔註18〕夏曉虹：《晚清社會與文化》，武漢：湖北教育出版社 2001 年 3 月版，第 268 頁。

由於需要從各方面籌措經費，官府鄉紳的女孩子們要到平江女校上學，即使資格人品太差，還得照收不誤。只要為學校捐了錢，安校長還會讓不合格的學生成為優等生畢業。因此學校裏經常有不平之事發生。小說在揭示辦學弊端的同時，在某種程度上也表露出辦學的艱難。不能把安子虛女士就看成是一個勢利的校長，她對德才兼備的小說女主人公陸慧姑的嘉賞，說明她還是個明白之人。小說結尾道：「安女士把平江學校，竭力整頓，果然氣象一新」（第六十二回），既使安校長擺脫了無奈，正心治校，還女教育家躊躇滿志的風采，也給了學校以美好的發展前景。這應該是通俗小說作家切盼的理想吧。

三、留學生肖像

學校的興辦，給了中國青年新的人生選擇，不必依循科舉之途汲汲於陞官發財的迷夢。晚清民國的學校一方面引進西學，讓青年學生對西學或新學充滿新鮮感與渴求欲，另一方面，學校自身的不足與弊端，也使青年人對西學或國外教育充滿想往，對國內學校感覺不知足。於是，留學成為當時流行在學生或知識者中間的一種時髦意識或人生追求。

《人海夢》中，主人公華國雄和鍾溫如不滿於正誼學校的課程教學和守舊弊端，想要尋找出國留學的機會。這時他們的朋友國光的出現為他們提供了留學機緣。國光其人很能為當時求時髦的留學生畫一肖像。他給了他的朋友們一張名片：

> 眾人看時，只見小小的一張卡片，正中印著四個字道：「國光太郎」，下首是支那國籍，那上首的銜頭，卻更多了什麼「大同黨總幹事」哩、「國魂社主任」哩、「民視報總編輯」哩、「光華實業公司經理」哩、「興漢教育會會長」哩、「留東同學會駐滬招待員」哩，一排印了六條，密密的幾乎令人看不清楚。溫如笑道：「這位先生，看他的名字，好像個日本人，但是注著支那國籍，又明明是個中國人。又加著這許多光怪陸離的銜頭，簡直猜不透是何等人物？」那少年哈哈大笑道：「你們要問這個人麼？不敢相欺，區區便是。……我在日本留學，雖然為時不久，只有一年半，但是受了些維新的教育，吸了些文明的空氣，這副舊腦筋便完全改變。和你們常住在這腐敗的中國裏面，眼見的都是些腐敗人物，耳聞的都是些腐敗事情，弄得言語舉動，無一不腐氣衝天的，自然迥不相同了。不講別的，你

可記得我出洋的時候，你來送我，我還穿著方袖馬褂，團花袍子，
現在卻早換了這一身嶄新鮮的文明裝束，足見我這個人，已是今非
昔比。你還要將從前的王念劬來看待我今日的國光太郎，那就大大
的不對了！」（第五回）

國光的話雖然堂皇，名片雖然風光，但顯得著實有些可笑。就小說後面的內
容看，名片上印的那些頭銜都華而不實，有些招搖撞騙的意味，國光回國後
幾乎一文不名，還和父親鬧著要接濟。他所謂在日本受到的維新教育，並不
是上學求學問，而是到處遊逛，十分自由愜意，這就是留學的「好處」。而留
學不留學的區別，對國光來說即是裝扮和名字的不同，正如魯迅所言，這是
「假維新」。通俗小說喜歡揭露普通人理解範圍之外的事物，這些事物既能製
造故事性，也不違背現實真相。留學生不是一定都是出類拔萃的人物，其中
有求榮者，有自以為是者，也有投身忘本者。

國光去了趟日本，回來不但對中國不滿，便連本來的中國名字也改成了
日本式的「國光太郎」。這個名字導致了他和父親決裂，這便是不滿的全部表
現，而不似有識之士那樣因不滿而思變革。更為滑稽的是，國光不認自己的
生父卻認了日本使館參贊趙雨卿為父。趙雨卿賞識國光，緣於當年在日本時，
雨卿「上了一個取締學生的條陳，激起留學界的大風潮」（第七回），國光在
這件事情上為雨卿解了圍，所以雨卿對國光另眼相待，分外照顧。這件事情
的前後因果小說沒有詳細交代，只是作為人物際會的背景，但這一事件確有
它的現實指涉。「對清朝而言，派遣學生留日雖屬必要，但留日學生又是革命
的原動力，成為朝廷的心腹大患。因此，清廷一方面獎勵留學，同時又不得
不加以戒備。最使她擔憂的三股革命勢力——興中會、華興會、光復會居然
在一九○五年夏天團結起來，組成中國革命同盟會。這樣一來，一向對留日學
生革命運動神經過敏的清廷，請求日本對留日學生，特別是自費留日學生，
加以監督管束」。「一九○六年，適逢日俄戰爭結束，在北京進行中日協約的交
涉。當時，由於清廷強烈要求取締留日學生」，日本文部省就頒佈了《關於准
許清國人入學之公私立學校之規程》，對中國留學生進行取締管束。〔註19〕中
國留學生進行了大規模激烈的反對運動，影響甚大。晚清官員雨卿對這次事
件記憶尤深，十分感念國光的幫助，國光在這次事件中充當的角色亦可想見。

〔註19〕〔日〕實藤惠秀著，譚汝謙、林啓彥譯：《中國人留學日本史》，香港：香港
中文大學出版社1982年版，第273頁。

所以《人海夢》中首先出現的這個留學生形象是一個不著調的浪蕩子，雖高呼維新，實爲投機者。

不過，國光儘管可鄙，對朋友還十分重情義。他隨雨卿第二次去日本時，把國雄、懷仁也帶上了，還爲國雄爭取了一個官費留學的名額。於是小說主人公國雄開始了他在日留學的生涯。國雄在日本，耳聞目睹了一些留日中國學生的可笑故事，這些故事在平江不肖生的小說《留東外史》裏有更詳細的記述。它們成爲取締留日中國學生的最大藉口。國雄是一個出色青年，沒有像國光一樣成爲混跡留學界的浪蕩子。他除了讀書外，加入了同盟會，進行革命活動。小說結尾，辛亥那年，留日中國學生佔領了中國駐日使館，雨卿倉皇逃走，革命勝利，留日學生競相回國。國雄回到上海，在滬軍都督府裏當上了科長。小說道：「他們都在青年，振作精神辦事，自覺另有一番新氣象」（第三十三回），既預設了有志青年的好前程，也爲留學生回國後的境遇作了交代。

「1905 年 6 月 4 日，清政府對 14 名畢業歸國留學生進行考試，並授予進士、舉人出身，分發各衙門任用。這是中國自 1872 年首次派遣學生留學以來，33 年間，第一次由中央政府出面考察、任用留學生。」「至 1911 年，清政府共舉行這類考試 7 次，合格者共 1388 人，其中留日學生 1252 人，留歐美學生 136 人。由於 20 世紀初中國留學生的主流是赴日本，同時留日學生參加革命活動和社會活動較多，且程度參差不齊，故考試合格者雖大大多於留歐美者，但最優等者，多屬留學歐美者」。〔註20〕雖然這類考試的合理性在當時遭到質疑，但也反映出清政府對留學生非常看重，它選擇在它看來優秀的留學生進行任用，對留學生而言不失爲一條好出路。不僅在晚清，民國年間，學有所成的留學生也總是能得到更多機會，立足社會，成就其人生理想。這是眾多青年學生選擇留學的重大理由。其實這是一個十分簡單的觀念，即便是鄉村老嫗也明白其中道理。《人海夢》中，國雄衣錦還鄉，家中一個老娘姨說隔壁王家好婆對她說：「如今是革命黨得勢，以前的官府，反而倒楣了。你家少爺幸虧以前見識好，早早的投在革命黨中，眼前已在上海做了大官。不但你家太太以後可以享福，便是你這老太婆，既是向來得著太太的重用，將來也多少好占著些光哩。我聽了她的話心中自是歡喜，我也並不要沾太太和少爺什麼光。只是老爺這樣一個好人，雖然他自己壽命不長，一病死了，天也

〔註20〕閭傑：《近代中國社會文化變遷錄》（第二卷），杭州：浙江人民出版社 1998 年 3 月版，第 413、418～419 頁。

總要叫他有個好兒子，才算是好有好報。」（第三十三回）在鄉村老嫗的談話和想法裏，國雄是個有出息的人，家裏人因此可以享福了。小說借用老嫗之口道出了重大的時代訊息。在她們樸實的觀念背後有青年人的留學之路及附著其上的宏大理想。

晚清民國的青年人留學大致有兩種選擇，一是赴日本，二是到歐美。雖然因為日本離中國近，學費較便宜，留學日本的人數比較多，但是中國最早派遣的留學生卻是到歐美去的。從 1847 年容閎等人赴美國留學，到 1896 年第一批中國留學生到日本學習，間隔有近五十年，這是甲午海戰給中國向西方學習帶來的新認識。日本可以成為中國輸入西學的捷徑。很多中國學生紛紛趕赴日本，同時也有懷揣著政治抱負的人到日本運籌帷幄。他們集結並發動中國的青年學生，增強革命實力。所以日本的讀書氛圍比不上革命氛圍那麼濃鬱。想要認真讀書、學有所成的青年人往往不惜路途遙遠，到歐美學習第一手的西學知識，而不要日本的轉手。《人海夢》中的兩個主人公國雄和溫如就分別選擇了兩種留學道路。國雄到日本，雖然最初一心向學，無如周圍同伴和戀人的影響，也加入了革命事業，開會謀劃、集會演說，忙得不亦樂乎。最後因為革命成功中止學業，回國治事去了。溫如卻不想到日本去。他說：「人各有志，我總覺得日本去，只怕學不著什麼真實學問。我的志願想竭力研究英文，把英文的程度造就得高些，就直接到美國去學些實業。將來或者還可在社會上做一點兒事情。至於國雄如果決意要去，我也並不勸阻。」（第十七回）言語間，溫如對去日本留學並不贊成。

離開正誼學校後，溫如便一心學習英文等待赴美留學的機會。這種狀態可參照胡適當年去美國之前的情景。終於機會來了。胡適考取了庚款留美的資格，而溫如的留學則另有一番內情。他的同學性初也是願意留學歐美的，性初為溫如提供了詳細的留學信息：

「恰巧江蘇省內度支項下，又多了一筆款子，他便鄭重其事的，打了一個電報到北京去。請把這筆款子指定為留學經費，選派學生出洋。如今政府裏面，聽見派學生出洋，當然是贊同的，便覆准了。教他擬定名額，就本省選派。方制軍於是便定出三條選派出洋學生的標準來。第一條留學的國度，以歐洲各國和美國為限，決不派日本留學生。他的理由，說日本留學界，是個革命黨的窩子。多派一個日本留學生，便是多製造一名黨人，斷斷不可。第二條，此後舉

行留學考試，只准省內道員以上各官特保學生送考，卻不許各學堂學生自由與試。這大約也是防製革命黨的意思。他的眼光，總以為各學堂學生，也都免不了有革命黨夾在中間，所以要由職官保送投考，就不怕來歷不明。第三條，考試的時節，重國文不必重西文。這一條初擬出來的時候，有幾位幕府先生也以為不妥。說既然要出洋留學，怎好不注重西文？他卻自有主張，對那些幕府先生說：『你們都是小儒之見，只知其一，不知其二。一個人假使連本國的文理都不通，就派他去出洋留學，那麼將來回國以後，便簡直成了一個洋人。要他何用？所以非國文有根底的不可。至於西文，倒不妨差些。西文差了，到了外國天天見的是外國人，看的是外國字，自然可以補習。倒不比國文程度太低的，一到了外洋，滿口愛皮西第，再也不會看中國書，勢必格外拋荒了。』」

溫如笑道：「他這番話倒也有些似是而非，不能說是完全無理由。不過到了外洋，還要補習西文，豈不費事？而且就經濟上講，也很不合算。花了許多留學費，轉送些不通西文的學生出去，到了外國，再補習起語言文字來。西文又不是一學便可以成功的，要造就到直接談話，直接聽講，已經至少要補習兩三年。這兩三年的留學費，豈非花得冤枉？（前清派學生出洋，有時確犯此病。）性初道：「橫豎官費，冤枉花的又不是你自己的錢。幸而方制軍不講究西文，如果以英文為重，就和你方才所說的話一樣，你我兩人那裏還有出洋的分兒呢？」

……溫如道：「考選學生出洋，何所用其秘密呢？」性初道：「你這句話就是不明世故之談了。考選出洋，如果是秉公去取，自然可以從容辦理。非但用不著秘密，也用不著十分迅速。然而這一回的考試，不過是個門面話，實際上全靠保送。萬一鬧得大家都知道了，全省許多官員，這個也來保送，那個也來請託，原定的名額有限，教我姑丈去敷衍哪一個的好？因此之故，只得趕快辦理。等到學生派定了，大家便知道也就無可奈何了。」溫如點點頭道：「官場辦事，真是別有手腕。既然如此，大概南京之行，是為期不遠了。……」
（第二十四回）

兩江總督方制軍順應時潮，想要選派學生出洋，以顯示自己政績。但規定了

幾個條件，頗體現出他的見解來。一是不派留日學生，以防製造革命分子。二是需要官員保送，防止革命黨混跡留學生中。這條政策史書中敘述不詳，小說裏卻有分析交代。因爲官員保送必然會牽涉到各種關係，所以只能從速辦理。留學問題也就成了官場問題。溫如的點評「官場辦事，眞是別有手腕」，一語道出其中內幕。這些史書中不便細說，小說卻能予以諷刺。第三個條件是中文水平要好，選拔考試是要考國學的。方制軍自有他的一番道理，但出洋重中文考試卻不是他的獨出心裁。胡適當年考官費，即以中文考試贏得考官賞識，被錄取。溫如到南京應考，「考的是一篇中文，一篇由漢譯英的翻譯。中文自不必說，那英文翻譯也頗爲簡易」（第二十四回），結果被錄取了。

溫如遠赴美國求學的經歷，小說沒有寫出便終止了。可能因爲作者嚴獨鶴沒有留美經歷，不能妄加臆造，而日本情形在國內卻多有報導，小說也就編排大略。《人海夢》的精彩處還是在於敘述國內知識界的種種動態：學校教育的新舊並蓄，女學的興起，青年學生的留學志向，留學選拔的規則，青年的革命思潮等等。知識界處在風起雲湧的時代，必然會帶來令人振奮的故事。

四、知識者與革命

還是在國內讀書的時候，正誼學校主事爲了防範學生有革命傾向，連夜搜檢學生宿舍。搜到國雄、溫如的宿舍時，「進得房去，亮了燈一看，頓時將個童千里驚得目瞪口呆。原來也不必搜，也不必查，在那書案上面，縱橫亂放著的就都是些宣傳革命的書籍和雜誌，而且不必審閱內容，只那些封面上，已明明標著什麼『黨人魂』、『革命軍』、『自由血』，都是很大的字」（第十三回）。強制的禁令阻止不了潮流的趨勢。如果說革命是新舊更替的一種激進推動力，那麼它也是潮流的標識和時新的價值觀。對它的嚮往和追求是充滿求知欲和好奇心的青年人的時尚，不可抗拒。而青年人也即是汲取知識與活躍思想的主導者。所以青年、革命、知識者之間有著天然聯繫。在《人海夢》中，革命是處於社會風潮中的青年知識者充實自身和尋求發展的活動，而在1940 年代出現的一部小說中，革命則成了知識者實現自我認知的一種促成因素。這部小說便是徐訏的《風蕭蕭》。

作爲後期浪漫派的代表作家，徐訏早期的小說充滿了異域情調，他完全是在一片只適合愛情生長的淨土中培植愛情的根苗，這根苗只開花不結果，在把最燦爛與誘人的一瞬展現出來後就閉合起來，令人不無遺憾但卻保留了

柏拉圖式的精神純粹。待到《風蕭蕭》在重慶《掃蕩報》上連載的時候，引起的是比《鬼戀》這類小說更大的轟動，以致1943年被稱為「徐訏年」。《風蕭蕭》寫的是發生在戰時上海的故事，與徐訏早期小說的不同處在於它把大時代的背景引入了文本敘事，或者說革命已經成為小說中的重要角色，為革命而生成了支撐小說人物的生命理念。《風蕭蕭》裏偉大而艱巨的民族革命事業使得人物再無暇去談情說愛，雖然抱著「獨身」信念的哲學家「我」依然身不由己地牽掛著那些美麗可愛的女性。時代提供了小說敘事的向心法度，《風蕭蕭》不是談情說愛的通俗故事，為革命獻身使愛情的失落獲得了現實的理由，這是小說取得社會價值的保證。

現實是徐訏在四十年代功成名就的重要基石，沒有《風蕭蕭》徐訏不會在文學史上取得他現今的地位。《風蕭蕭》現實性的敘事理路使得小說第一人稱的敘述形式只是增添了故事的真實性，沒有投上五四傳統中的個人價值觀，小說因此保有了它的通俗性質。事實上，《風蕭蕭》像許多四十年代的通俗小說一樣，希圖盡可能脫離趣味傾向，盡量摻進一些民族或者民族革命的氣節。

表面上看，《風蕭蕭》講述了三位美女和一位哲學家糾結難捨的故事。這三位美女，「一個是『銀色的』，『令人起淡淡的哀愁的潛在淒涼』，另一個『不僅是鮮紅的玫瑰，而且也是潔白的水蓮』，第三個『像穩定平直勻整的河流』。小說人物對愛的追求，實際是對人生境界的追求。他們的小說不涉肉欲，歌頌純情，這一點倒是與言情小說傳統一脈相承的」〔註21〕。然而小說把故事發生的時間設置在了抗戰，因此它的言情模式「隱約透露出化『兒女』為『英雄』的信息。男女主人公普遍增加了令人感動的道德行為。女性則增強了主動性，有時比男性更加勇敢、更加『進步』。當然，比起『十七年文學』中的女英雄形象，還相差甚遠。陳順馨指出：『在「十七年」的男性話語變體中，女性人物以追隨革命之名臣服於男性的權威底下。』而在抗戰時期的社會言情小說中，男性的權威還沒有那麼大，他們不是引導女性走向革命，而往往是通過女性來提升自己的人生價值的」〔註22〕。這樣，《風蕭蕭》不是單純的愛情小說，它敘述了一位男性知識者在時代風雲中的一段奇特經歷，從而描畫出知識者處在革命境遇裏的可能狀態。

〔註21〕孔慶東：《論抗戰時期的社會言情小說》，《中國現代文學研究叢刊》1997年第1期。

〔註22〕同上。

　　小說第二節開頭道：「是太平洋戰爭爆發以前，上海雖然很早就淪陷了，但租界還保持著特殊的地位。那時維持租界秩序的有英、美、法、意的駐兵，這些駐兵雖都有他們的防區，但在休息的假期，在酒吧與舞場中不免碰到，而因國際戰事與政治的態度，常有衝突與爭鬥的事情發生。」這是一個不安定的年月，地點是洋場社會。主人公「我」被白蘋和梅瀛子從艱深閉塞的哲學研究中帶上了革命道路或者更恰切地說是間諜的社交圈中，一去不復返。在「我」還沒有知道她們真實身份的時候，看著那種迷醉的生活，「我」對自己原來的生活方式竟也有了些迷惑，甚至於幻滅。原本高尚的精神開始與下層污濁的生活方式取得認同，戰爭年代的一切都彷彿沒有了區別，即使是最高貴的生命也能在旦夕之間消逝得如同最卑微的生命一樣，美麗女性的迷醉生活又能算得了什麼，「我」只為那種美麗所感化。當「我」正式加入到美麗女子的冒險行動中去執行任務時，「我」的情緒又變得有些複雜：當遠離實際時渴望著行動，而當真正的考驗到來時又不免畏縮。「我」是那樣決斷地加入到間諜組織中，但常常留戀著自己安寧思索的園地。不過「我」還是勇敢地以一種赴死的方式來換取瞭解自我的途徑，「因為愛好哲學」還是「因為懦弱怕死」，「我」希望得到答案。答案是用白蘋美麗的生命換來的，「我」雖免遭劫難，但不會再回到研究哲學的書齋裏去了。小說結尾處，「我」「在蒼茫的天色下，踏上了征途」。

　　從書齋到革命，戰時知識者的道路選擇沒有比這更加理想的了，所謂「提升自己的人生價值」也是通過或者只能通過這樣的方式體現出來。從文學的主流敘事來看，《風蕭蕭》完全做到了對知識者人生的合理引導，只不過這種引導不是灌輸革命理論，而是用女色誘惑與間諜冒險的雙重刺激去完成知識者對自我的重新定位。彷彿是經歷了一場奇譎的夢魘，被風吹散後，醒來的「我」開始了全新的生活。徐訏說：「我是一個企慕於美，企慕於真，企慕於善的人，在藝術與人生上，我有同樣的企慕；但是在工作與生活上，我能有的並不能如我所想有，我想有的並不能如我所能有。限於時，限於地，限於環境與對象，我寂寞，我孤獨，在黑暗裏摸索，把蛇睛當作星光，把瘴霧當作雲彩，把地下霜當作天上月，我勇敢過，大膽過，暗彈痛苦的淚，用帶鏽的小刀，割去我身上的瘡毒與腐肉。於是我露著傲慢的笑，走過通衢大道，我憫憐萬千以臃腫為肥胖的人，踏進黯淡的墓地，致祭於因我同樣的瘡毒而傷生的青年。我想到她們流於顛沛呻吟於黑暗中，頹廢消沉，為人人所不齒，而無人知道其心中與腦中的烙刑，這烙刑，可以來自一個詔媚的妓女，一場

激烈的戰役，一個微小的失望。」〔註23〕當這種深沉痛苦的自省與感悟融化進《風蕭蕭》裏，融化進那個從書齋走向革命的知識者生命中時，一切似乎都變得簡單與明朗起來，至少那些「流於顛沛呻吟於黑暗中」的「她們」有了自己別樣的人生傳奇。現實中的悲哀在進入小說的言情敘說中時被淨化得只剩下一個知識者的書齋哲學與一份難得的人生機緣，兩者被界限分明地區分開來。正如想有的不是能有的，分明的敘事純化了深沉的感悟，它以一種可讀的方式被圈進大眾接受能力的限度之中。

通俗小說少有第一人稱敘事。《風蕭蕭》的第一人稱敘事是一個可以使小說被收容進現代性的憑據，小說裏的敘述自我與經驗自我是兩個分離的角色，甚至可以說他們分離得有些互不相關。當經驗自我從書齋走向革命的時候，敘述自我卻仍然躲在書齋中寫著他的小說，敘述那段驚險刺激而又香豔曼妙的浪漫故事。在引用白蘋日記之前，敘述者「我」說：

> 這是一部有興趣有價值的日記，尤其在我，我在以後幾天就不禁把它抄摘一些下來，但在這裏，仍很難把我抄下的全部引用，這因為在我這個故事中，它的關聯只是很小一部分，而這裏的故事，對她生活的關聯也只是很小一部分。……天下實際的事情，與小說之不同也常在這種地方，當小說家從一件小事裏看到一個永恒的真理時，他必須把這小事放到中心的地位。而在實際生活上，它也許是常常忽略的。每種事件決定於另一事件的幾乎都是使我們感到渺茫。……

> 我想讀這本書的朋友，除了它裏面很少部分以外，一定也有興趣來讀它，但是，我在此並不能把我現在所有的部分都附在這裏，而為幫助我故事的發展，填充我愚笨之中所漏下的故事的殘缺，我又不得不抄一點在下面。（第四十一節）

「我」所摘抄的白蘋日記確實對故事來說關聯很小，它不像日記體小說那樣妄圖深入一個人的內心世界，通過它本身的悖論形態與外部世界形成對話。白蘋日記對小說的敘事幾乎沒有任何實在的功能，雖然換了眼光與聲音重複了故事，但白蘋的所寫已經被「我」在事先猜到或者知道了，因此在事後日記並沒能真正有助於「故事的發展」。它在文本中存在的唯一可能性意義就是在第一人稱的敘述中添加進更多的現代性裝潢。不過在引用日記之前，敘述者

〔註23〕徐訏：《〈風蕭蕭〉後記》，《風蕭蕭》，上海：懷正文化社 1946 年 10 月版。

的一番話自我揭破了這種偽飾，他告訴他的讀者他寫的是小說，是故事，儘管他為摘抄白蘋日記找出了理由，但其「蠢笨」之處也正在對理由的陳述行為上，因為行為暴露了小說的製作過程。這樣小說也就成為了現實的一部分，並能和現實進行比照。而講述故事的敘述者「我」便與那個哲學研究家的經驗自我分離開了，他的角色就像是通俗小說第三人稱敘事中的傳統說書人，在敘述他人故事的時候隨心所欲地穿插進他的評論、他的解釋以及他認為應該被穿插的枝節，從而使故事時時停頓下來，雖然故事的經驗者是以與說書人的「我」相似的面目出現的。如此繁複的敘事，恰好與主人公或敘述者的哲學家身份相一致。在那樣一個迷離的時代，正需要哲學家的深度思考才能分析出道理。歷經一番痛苦體驗之後，哲學家得出的道理很簡單，那就是革命。

在整個故事的敘述構架裏，徐訏使用了他慣用的吸引讀者的技巧——懸念。在《風蕭蕭》中，懸念不光是「我」對那些女子身份與她們事業的不知情，更是「我」無法預算自己在一系列行動中的生死命運。在每次執行任務之前，死亡的陰影總在四周盤旋，到底後事如何，「我」是成功還是失敗，這些問題是吸引閱讀興趣的關鍵，通俗小說的常規技巧正是在這裏表現了出來。然而因為是第一人稱敘事，經驗自我不可能輕易死去，否則敘述自我就不會依然存活著並且是那麼泰然地去講述自身的故事。只要翻閱後來的文本，就可以知道那個顯眼的「我」到底保持到了小說的末尾，生死問題的答案也是顯而易見的了。用「我」來製造自我故事的懸念，這其實是並不高明的手法，故事的懸念色彩被敘述自我的始終存在減弱了。由此，第一人稱敘事屈服了小說的通俗性原則。雖然敘述自我可以與通俗小說中的說書人無限接近，但同時又無法割斷與經驗自我的生命聯繫，因為他們畢竟擁有同樣一個自我的稱謂。

對於《風蕭蕭》的整體敘述形式來說，它有著自身無法解決的矛盾，這也是它希望在雅俗之間獲取雙向收益時遇到的意想不到的負面缺陷，即「『雅』與『俗』的相容與相斥。於是，有『雅俗共賞』的理想形態（預設）的提出。儘管其現實實現不能不是在『雅』與『俗』的互相補充與互相拒斥中取得某種動態的平衡，但這畢竟提出了一種新的思路，是具有某種『史』的意義的」〔註24〕。就小說本身而言，這個「史的意義」不僅體現在小說的文學史價值上，也體現在小說對於歷史現實的講述與講述方式上。

〔註24〕錢理群：《「言」與「不言」之間——論兩難中的「淪陷區」文學》，《中國現代文學研究叢刊》1996 年第 1 期。

第五章 「鳳泊鸞飄青樓淪落」：
情愛生活的幻夢

　　晚清民國時期文人的社會活動，除了編報作文、辦學革命之外，狎妓飲酒亦是他們的樂爲之事。無論是包天笑、畢倚虹還是胡適、郁達夫，都有尋花問柳的經歷。對文人來說，冶遊行爲關乎道德者少，涉及風雅者多。這是「從晚明文人發展下來的一個脈絡。那是由晚明慧業文人、多情才子、山人處士形態，經才子佳人小說戲曲、清初淫豔詩詞、《紅樓夢》、袁枚，一直到晚清才情小說、狎邪文學等等的發展。公子多情，才藻豔發，然後直入情天，遍歷花叢，以品花爲事、以憐花爲志、以護花爲業。這樣一種娘娘腔且樂於與女人廝混、以多情自喜的才子文人心態與形象，事實上，直到民國」〔註1〕其風不衰。這條脈絡還可以再往前追溯，至少唐代的詩文傳奇已經不乏士人情事的記載。

　　現代通俗小說對文人和妓女故事的敘述依然持續著歷來傳統，「公子多情，才藻豔發」之態還是清晰可見。《人間地獄》第三十二回「羅衫半裁雅客步平康」描述了柯蓮蓀一班人在妓女碧嫣房裏挑燈寫詩的情景：

　　　　今天碧嫣房間裏電燈已接了，不似昨天汽油燈的機聲軋軋，加之昨夜大雨，氣候更涼爽得多了。蓮蓀一進門來，只見華稚鳳和姚嘯秋兩人靠著一張方桌對坐，華稚鳳翻轉局票提筆在那裏起什麼草稿，姚嘯秋在一旁參與，見了柯蓮蓀忙道：「快來快來，你那第三句

〔註1〕　龔鵬程：《中國文人階層史論·憐花意識：文人才子的心態與詩學》，蘭州：
　　　　蘭州大學出版社 2003 年 8 月版，第 250～251 頁。

我有兩個字記不清了，稚鳳要抄了去登報呢！」……蓮蓀一頭寫著，
稚鳳和嘯秋一頭談著。稚鳳道：「這一首不是泛泛之作，這其中一定
有些本事，不然不會這般宛轉悲涼。」姚嘯秋對蓮蓀道：「我先來問
你，你這詩是幾時做的？」蓮蓀歎口氣道：「不瞞你說，今天一早在
車上信口謅成的。」華稚鳳道：「那麼昨天夜裏那場大雨正助了你的
詩料，吳奴是誰？雪涕何人？你爽性和我說個明白。我久不做傳奇
了，你告訴我，我可以替你譜一二，披之管絃，也足寫一時的哀
怨。」……正說之間，簾外又走進一個人，姚嘯秋見了，先高興起
來歡呼道：「我聽說你不能來，你竟能光臨，真是難得。」蓮蓀、稚
鳳定眼看時，原來是趙棲梧。穿一件月白熟羅長衫，禿著頭，飄然
入座，和大家招呼了一遍。碧嫣是向來聽見嘯秋說起欽佩棲梧的文
采斐然，江東獨步。今日見了，果然是落拓不羈，自成馨逸，忙自
走過來招呼，請棲梧寬寬長衫。（第三十二回）

三五好友一道探豔作詩，如此情趣盎然的事情自然會讓人沉湎。青樓生活幾
乎成了這些文人日常生活不可或缺的部分。

不過，文人的青樓情結在現代社會畢竟顯現出了變化與不同。《人間地獄》
第一回的回目「鳳泊鸞飄青樓淪落」多少可以描繪出這樣的變化和不同。李
樹青道：「科舉制度的廢除，使新興的知識分子在生活上雖則許多方面還是繼
承士大夫的傳統，可是本質上已經發生了劇烈的改變。他們不再吟風弄月了。
他們的興趣也不是尋花問柳，而在如何物色到一個女友。他們的求學與任事，
都是要在大都市裏面，這一點與舊式的士大夫有些相像；但是，因為交通的
改進與平面移動的增加，有家小的也就容易接取（假如尚未發生問題的話）。
沒有家室的因為人與人間的接觸增加也就容易組織起來。男女的關係已經從
授受不親轉到社交公開上來了。」〔註2〕歌樓妓館成為社交公開的最初場所。
因為在這裡男女交往不受限制，文人與妓女的故事或者說男女情愛故事可以
得到合法化書寫。在現代通俗小說中，文人於花街柳巷尋找心儀女子的故事
是很多的。例如謝幼安和桂天香的故事（《海上繁華夢》）、章秋谷和陳文仙的
故事（《九尾龜》）、柯蓮蓀和秋波的故事（《人間地獄》）、楊杏園和梨雲的故
事（《春明外史》）……儘管不脫才子佳人的老套，卻也不盡尋花問柳的行為。

〔註2〕 李樹青：《蛻變中的中國社會》，上海：商務印書館1947年8月版，第136～
137頁。

可以說，文人的這種雅好在現代社會有了新的表現方式。

　　《海上繁華夢》第二集第二十五回說到《遊戲報》開榜，金菊仙被選爲「狀元」。謝幼安聽了說：「遊戲主人賞識不虛」。杜少甫也道：「《遊戲報》果然取得公允。」這既是對金菊仙的肯定，也是對同爲文人的報刊主持者眼光的肯定。1897 年在李伯元創辦的《遊戲報》上開出花榜選舉的消息，在此之後《花天日報》、《娛閒日報》、《閒情報》等小報也紛紛召開花榜。1917 年《新世界報》舉辦「群芳選舉大會」，1920 年《申報》爲新世界的第三次選舉作廣告，聲勢極爲浩大。〔註3〕選中的妓女被冠上「狀元」、「榜眼」、「探花」的頭銜，頓時身價高漲。選花榜可以看成是文人把自身失不可得的進仕夢想轉嫁在了青樓女子身上，也算是一種畫餅充饑的遊戲。他們把自己喜歡的妓女從私人懷抱引向公共空間，讓眾人去品鑒，一方面開啓了公眾時尚的形象表率，另一方面不無是找到了一種尋歡作樂的新方式。

　　民國以後，花榜的頭銜發生變化，「原來的『狀元』變成了『總統』、『首相』或『大將軍』」〔註4〕。《人海潮》第十九回「大寶初登萬花齊俯首」敘道：

> 　　新益公司將辦一次大規模的花選。上海堂子裏倌人，從前《繁
> 花報》等，往往把他們出一張花榜，誰是狀元、誰是探花、誰是舉
> 人，只是這種辦法，憑個人私意定定，不免帶著專制手段。現在政
> 體共和，當然不能照此做去，要把花政公諸輿論，依照約法辦理。
> 憑兩院投票選舉，誰任「大總統」、誰任「副總統」，正副「總統」
> 選出之後，再推定交際手腕闊綽的倌人組閣，一切「閣員」、「都督」
> 等，由「國務總理」選派。如此可以說到大公無私。（第十九回）

把花選當成政選，煞有介事，依然不過是文人閒來無事的白日夢而已。然而被憧憬的「大公無私」的政界選舉，在花界也並非純粹以才貌爲標準。《歇浦潮》中徵選花榜的故事就很能說明問題。這個故事發生在一家小報的主筆王石顚、報館主人許鐵仙與妓女解珮仙館之間。

> 　　在先他們因報紙銷暢不旺，由鐵仙出主意，發起花界選舉，每
> 天報上印著一張選舉票，投票者須將此紙裁下，填上名字，送到報

〔註3〕　參見孫國群：《舊上海娼妓秘史》第三部分，鄭州：河南人民出版社 1988 年 8
　　　　月版。
〔註4〕　劉慧英：《遭遇解放：1890～1930 年代的中國女性》，北京：中央編譯出版社
　　　　2005 年 1 月版，第 79 頁。

館中去，限一個月爲期，到期開票，以最多數者爲總統，次多數爲副總統，再次多者爲各省都督，便是改頭換面的花榜。他們本爲報紙銷路起見，不料有許多登徒子，聞得此事，都欲盡忠於所歡的妓女，天天買了報紙，裁下選舉票，填上妓女的名字送去。還有些妓界中人，挽人前去運動做總統做都督的不一而足。因此鐵仙、石顚二人，便把這事當作一件好買賣，並不注重選舉票的多寡，卻在價目上論高低了。這天他二人到了解珮仙館院中……石顚道：「固然有這句話，不過目下很有些人要運動做大總統。西安坊秦可卿，情願出五十塊洋錢，買一個總統做。我們因你這裡有言在先，所以特來與你講一聲。你若能也照樣的拿出一份，我們便把總統給你，不知你意下如何？」……解珮仙館聽説，抿著嘴一笑道：「許大少的話，原是照應我們的。不過我也不在乎這紙上浮名，好在許大少王大少都是老客人了，若念我們平日待你們不錯，照應照應我們，眞是再好也沒有。倘若有人願意化錢，買什麼總統狀元做，只好隨他們的便，我也犯不著和他們爭奪，省得傷了小姊妹們的和氣，這些事都聽二位大裁便了。」（第六回）

遊戲雅事變成了商業行爲，現代商業運作、生活市場的規約對此起到決定性作用。文人通過這樣的活動可以獲利，而妓女們也對徵選花榜的「浮名」並不十分在意，她們看重的是花榜帶來的實實在在的生意經。文人和花榜，只是她們青樓營生可能的遭遇而已。

一、品花飲酒與歡場營生

青樓業在晚清民國是一大社會問題。當時有人撰文道：「將來中國的大都市必逐年的發達，娼妓的數量亦必逐年的增多，而一般小地方，所謂綽號『土匪』的土娼，正復有加無已。最可怕的是社會上養成了一種心理與習慣，彷彿開窰子是一種正當職業……似此國民道德的墮落，心理的變遷，大有『生兒不用識文字，鬥雞走馬勝讀書』，『遂令天下父母心，不重生男重生女』之慨」。﹝註5﹞青樓業儼然成爲一項公開的平常職業。據上海工部局 1920 年統計，上海妓女人數爲 60141 人；廣州社會局 1926 年統計，共有妓女 1362 人（另

﹝註5﹞ 易家鉞：《中國婦女問題》，《學燈》第 6 卷第 9 冊第 5 號，1924 年 9 月。

有私娼約 2600 人）；1929 年北京妓院共 332 家，3752 人。〔註6〕這些數據當然還不足以說明問題的嚴重程度，因爲娼妓業的盛行實際還關係到衛生、疾病、道德、風氣乃至經濟等諸多方面，並不僅僅是妓女本身的問題。於是「廢娼」的呼聲也就相當強烈。1920 年上海工部局要求各妓院必須註冊領取執照後方能開張營業，這也就意味著政府有弔銷執照的權力，此舉實是廢娼的一種緩和做法。1928 年國民政府遷至南京後明令禁娼，要求南京城所有妓女不准再操妓業。江蘇、浙江、安徽及長江上游等地區也積極響應，廢娼運動可謂如火如荼。可是到 1934 年左右卻開了禁。當時的研究者對此評論道：「娼妓產生的根本，是經濟的原因。此外人口繁多。都市中性的不平衡，男子貧困不能及時結婚。女子未受教育無生活知識技能，鄉間女子羨都市繁華，因奢侈放佚而墮落。都是製造娼妓的原素。所以社會經濟制度，一日不改，而言廢娼禁娼，是緣木求魚而已」。〔註7〕

　　社會經濟制度不改，娼妓業不能廢除。另加上反對禁娼者大有人在，娼妓也就活躍於北里青樓之中，構成了晚清民國年間社會生活的一道顯眼圖景。現代通俗小說述及這類題材的非常多，《海上花列傳》、《海上繁華夢》、《九尾龜》、《人間地獄》、《十里鶯花夢》、《新山海經》、《海上活地獄》、《春風回夢記》等等，這些小說都會讓千嬌百媚的妓女們出場亮相，顯出聲色盎然之態。韓邦慶在爲《海上花列傳》寫的《例言》中說道：「或謂書中專敘妓家，不及他事，未免令閱者生厭否？僕謂不然，小說做法與制藝同：連章題要包括，如《三國》演說漢、魏間事，興亡掌故瞭如指掌，而不嫌其簡略；枯窘題要生發，如《水滸》之強盜，《儒林》之文士，《紅樓》之閨娃，一意到底，顛倒敷陳，而不嫌其瑣碎。彼有以忠孝，神仙，英雄，兒女，贓官，劇盜，惡鬼，妖狐，以至琴棋書畫，醫卜星相，萃於一書，自謂五花八門，貫通淹博，不知正見其才之窘耳。」〔註8〕把《海上花列傳》和《三國演義》、《水滸傳》等小說相比，後者固然寫得出色，但內容「五花八門，貫通淹博」，這既可說是作者博學多識，也可說是用旁枝側葉來裝點豐厚主要題材，而不

〔註6〕　參見王書奴編著：《中國娼妓史》第六章第四節《民國以後之娼妓》，北京：生活·讀書·新知三聯書店 1988 年 2 月版。

〔註7〕　王書奴編著：《中國娼妓史》，北京：生活·讀書·新知三聯書店 1988 年 2 月版，第 339 頁。

〔註8〕　韓邦慶：《海上花列傳·例言》，北京：人民文學出版社 1982 年 2 月版，第 3 頁。

能僅以主要題材來支撐小説敘事，此正是作者才能不足處。《海上花列傳》則不然。這部小説專敘妓家生活，以一種題材鋪展全書，可見作者才華之不凡。韓邦慶對這樣的寫法十分誇耀，同時也説明妓家故事的豐富性，妓女在當時社會生活中的顯在位置使她們有能力擔當一部小説的主角。

《海上花列傳》於 1892 年開始登載於韓邦慶自辦的刊物《海上奇書》上，1894 年出版單行本，共六十四回。這部小説講述了很多妓女的生動故事，小説結束時頗有意猶未盡之感，為此作者不得不給出補充解釋。《海上花列傳‧跋》中道：「客又舉沈小紅、黃翠鳳兩傳為問。花也憐儂曰：王、沈、羅、黃前已備詳，後不復贅。若夫姚、馬之始合終離，朱、林之始離終合，洪、周、馬、衛之始終不離不合，以至吳雪香之招夫教子，蔣月琴之創業成家，諸金花之淫賤下流，文君玉之寒酸苦命，小贊、小青之挾資遠遁，潘三、匡二之衣錦榮歸，黃金鳳之孀居，不若黃珠鳳儼然命婦，周雙玉之貴騰，不若周雙寶兒女成行，金巧珍背夫捲逃，而金愛珍則戀戀不去，陸秀寶夫死改嫁，而陸秀林則從一而終：屈指悉數，不勝其勞。」〔註 9〕由於小説沒有把這些人物的結局都一個個交代清楚，容易引起讀者疑問，所以在《跋》中簡單了結，然都屬於「後傳」了。事實上，娼家故事説不完，一部小説如何能完全窮盡。《海上花列傳》只是肇始者而已。韓邦慶似乎深知自己這部作品的意義，《海上花列傳》一出，其他作品便紛至沓來。

小説故事的發生地是上海。第一回中敘述者花也憐儂做了一個夢，夢見「一大片浩淼蒼茫、無邊無際的花海」。這些花都沒有根，漂浮在海面上。花也憐儂「便從那花縫裏陷溺下去，竟跌在花海中」。「待要掙扎，早已一落千丈，直墜至地。卻正墜在一處，睜眼看時，乃是上海地面，華洋交界的陸家石橋」。陸家石橋過去即是上海租界，眾多青樓的聚集地就在那裏。所以小説題名「海上花」既取自花也憐儂所做的那個花海之夢，也指上海花界，而前者正是後者的隱喻。

上海是當時中國娼妓最盛之地。據統計，「30 年代上海的公娼、私娼、咖啡館、遊戲場、茶館女招待、按摩院侍女等變相娼妓，總計有 12 萬人左右。直到 1949 年臨近解放時，許多妓院主逃的逃，散的散，就是在這種情況下，還有 800 多家公開營業的妓院，公娼、私娼、變相妓女達 4 萬人次」

〔註 9〕 韓邦慶：《海上花列傳‧跋》，北京：人民文學出版社 1982 年 2 月版，第 553
　　　 ～554 頁。

〔註10〕。《海上花列傳》講述的是晚清妓女的故事，她們開始了這一龐大群體在現代社會的諸種生活情態。有學者為小說裏的這些人物描畫了一張生活地域圖：「五馬路南側的東、西棋盤街乃小說『中心舞臺』之邊緣，是『麼二』倌人的聚集地，那裏有聚秀堂的陸秀寶、陸秀林（西棋盤街），繪春堂的金愛珍，得仙堂的諸金花（東棋盤街）。由五馬路轉石路（今福建中路，為小說中一條穿越南北的主乾道），始見『長三』住家。那裏有兆富里的文君玉和兆貴里的孫素蘭。沿石路北上，即是晚清上海最繁華的四馬路（文本空間結構的核心）。小說中的長三『紅倌人』多居於此，如西薈芳里的沈小紅，尚仁里的衛霞仙、黃翠鳳、林素芬、林翠芬、趙桂林、楊媛媛，東合興里的吳雪香、張蕙貞、姚文君，東興里的李漱芳、李浣芳，東公和里的蔣月琴，西公和里的覃麗娟、張秀英，清和坊的袁三寶，同安里的金巧珍。沿石路繼續北行（或從四馬路北穿『同安里』）至三馬路，則有公陽里的周雙珠、周玉珠、尤如意，以及鼎豐里的屠明珠、趙二寶（均為長三）。在這三橫（東西向）一豎（南北向）的街路和成片連排的里弄架構起來的空間中，人們聽見是：走馬燈般來回的轎子、馬車、東洋車，在娘姨、大姐陪伴下頻頻『出局』、『轉局』的紅倌人的身影，以及狂蜂浪蝶般穿街走巷、叩門訪豔的冶遊客。『中心舞臺』的兩個重要外圍，一是洋涇浜南側的法租界新街，二是四馬路西首（英界之邊緣）的居安里和大興里，前者是『花煙間』妓女王阿二的棲處，後者乃『臺基』妓女潘三和『流鶯』褚十全的居停。四馬路冶客的下人，往往趁服侍主人的間歇，或沿石路南下過五馬路，度鄭家木橋（洋涇浜之渡橋）進新街，或過石路至四馬路西首。這些沿街而聚，逐路排列的曲院青樓，在向人們打開一扇扇眺望城市欲望的窗口的同時，亦牽繫著小說人物命運的進退。」〔註11〕

　　在這幅上海青樓的地域圖中，位於四馬路和五馬路、三馬路上的「長三住家」是妓女中之高等者，五馬路南側棋盤街上的「麼二」則次於「長三」等級。《海上花列傳》主要敘述的是長三和麼二妓女的故事，較少述及「花煙間」、「臺基」這類低等妓女。小說雖寫的是娼家卻沒有色欲描述，而是極盡長三和她們恩客之間的往來酬酢之態。這也是大部分敘述青樓故事的通俗小

〔註10〕孫國群：《舊上海娼妓秘史》，鄭州：河南人民出版社 1988 年 8 月版，第 20 頁。

〔註11〕葉中強：《上海社會與文人生活（1843～1945）》，上海：上海辭書出版社 2010 年 8 月版，第 31～32 頁。

說都遵循的尺度。小說的社會認知價值因此得到了凸顯。

　　　實夫出了大興里，由四馬路緩步東行，剛經過尚仁里口，恰遇
　　一班熟識朋友從東踅來，係是羅子富、王蓮生、朱藹人及姚季蓴四
　　位。李實夫不及招呼，早被姚季蓴一把拉住，說：「妙極哉，一淘
　　去！」

　　　李實夫固辭不獲，被姚季蓴拉進尚仁里，直往衛霞仙家來。只
　　見客堂中掛一軸神模，四眾道流，對坐宣卷，香煙繚繞，鐘鼓悠揚，
　　李實夫就猜著幾分。姚季蓴讓眾人上樓，到了房裏，衛霞仙接見坐
　　定，姚季蓴即令大姐阿巧：「喊下去，臺面擺起來。」李實夫乃道：
　　「我坎坎吃飯，陸裏吃得落。」姚季蓴道：「啥人勿是坎坎吃飯！
　　耐吃勿落末，請坐歇，談談。」朱藹人道：「實翁阿是要緊用筒煙？」
　　衛霞仙道：「煙末該搭有來裏哉。」李實夫讓別人先吸，王蓮生道：
　　「倪是才吃過歇哉，耐請罷。」

　　　實夫知道不能脫身，只得向榻床上吸起煙來。姚季蓴去開局
　　票，先開了羅子富、朱藹人兩個局，問王蓮生：「阿是兩個一淘叫？」
　　蓮生忙搖手道：「叫仔小紅末哉。」問到李實夫叫啥人，實夫尚未
　　說出，眾人齊道：「生來屠明珠哉唩。」實夫要阻擋時，姚季蓴已
　　將局票寫畢發下，又連聲催「起手巾」。……

　　　酒過三巡，黃翠鳳、沈小紅、林素芬陸續齊來，惟屠明珠後至。
　　朱藹人手指李實夫告訴屠明珠道：「俚乃搭黎大人來裏吃醋哉，勿
　　肯叫耐。」屠明珠道：「俚乃搭黎大人末吃啥醋嗄？俚乃勿肯叫，
　　勿是個吃醋，總尋著仔頭寸來浪哉，想叫別人，阿曉得？」李實夫
　　問：「想叫啥人？」屠明珠道：「怎曉得耐。」李實夫只是訕笑，王
　　蓮生也笑道：「做客人倒也勿好做；耐三日天勿去叫俚個局，俚噪
　　就瞎說，總說是叫仔別人哉，才實概個。」沈小紅坐在背後，冷接
　　一句道：「倒勿是瞎說哩。」羅子富大笑道：「啥勿是瞎說嗄！客人
　　末也來裏瞎說，倌人末也來裏瞎說！故歇末吃酒，瞎說個多花啥。」
　　姚季蓴喝聲采，叫阿巧取大杯來。當下擺莊豁拳，鬧了一陣。及至
　　酒闌局散，已日色沉西矣。（第二十一回）

這頓飯直吃了一個下午。李實夫、羅子富這些人才剛吃過午飯，又在妓女衛
霞仙家裏擺臺面吃花酒，到了晚間又各有活動。這些人中有商人、官員也有

世家子弟，《海上花列傳》在敘寫妓家生活的時候必然會描述到這群冶遊客終日混跡青樓的情形。他們經常會做的一件事就是「擺臺面」，也即是置酒席，要和妓女熟識的狎客方有資格在妓女房裏擺臺面請客。在上述段落裏，姚季蓴是衛霞仙的常客，十分要好，故在衛霞仙房裏請吃酒，給她撐場面。在等候擺臺面的時候，客人們往往吸煙閒聊，自有妓女在一旁點煙、端茶、進小吃。吃酒之前要「起手巾」，酒吃罷了還要上乾稀飯來吃。長三書寓裏是有一套規矩的，不知規矩的客人會被笑話。姚季蓴等人終日昏天黑地於青樓妓館，自然對一切駕輕就熟。他們吃花酒，要叫妓女來相陪，姚季蓴替所請客人寫了局票，請他們各自的相好前來陪酒。不料這場酒卻吃得有些慪氣，屠明珠和沈小紅對她們各自的情人李實夫和王蓮生懷著怨恨，因為李、王二人還去捧了別的妓女。這是小說寫得很有情味的地方。本來妓女和狎客之間只存在交易關係，但長三書寓的妓女卻很看重她們與狎客之間的情意，不願意她們相好的客人移情別戀。她們的嗔怨之中多了幾分女兒家的嬌氣，少了幾分妓女的作態和寡情。所以與其說《海上花列傳》寫了妓家故事，不如說是寫了男女在交際場中的情意交流。

《海上花列傳》裏的男女並不把娼妓看成一個社會問題。他們對之安然接受，並把出局侑酒看得稀鬆平常。小說的線索人物趙樸齋的妹妹趙二寶，因哥哥到了上海不回家，同母親從鄉下尋到上海來，沒有了錢，竟也掛起牌子做生意。小說第三十五回「落煙花療貧無上策」中寫道：

> 樸齋摸不著頭腦，呆了一會。二寶始向樸齋道：「耐有洋錢開消，倪開消仔原到鄉下去，勿轉去個，索性爽爽氣氣貼仔條子做生意。隨便耐個主意，來裏該搭做啥？」樸齋囁嚅道：「我陸裏有啥主意，妹妹說末哉。」二寶道：「故歇推我一干子，停兩日動說我害仔耐。」樸齋陪笑道：「故是無價事個。」樸齋退下，自思更無別法，只好將計就計。

> 過了數日，二寶自去說定鼎豐里包房間，要了三百洋錢帶擋回來，才與張秀英說知。秀英知不可留，聽憑自便。選得十六日搬場，租了全副紅木家生先往鋪設，復趕辦些應用對象。大姐阿巧隨帶過去，另添一個娘姨，名喚阿虎，連個相幫，各搯二百洋錢。樸齋自取紅箋，親筆寫了「趙二寶寓」四個大字，黏在門首。當晚施瑞生來吃開臺酒，請的客即係陳小雲、莊荔甫一班，因此傳入洪善卿耳

中。善卿付之浩歎，全然不睬。

　　趙二寶一落堂子，生意興隆，接二連三的碰和吃酒，做得十分
興頭。趙樸齋也趾高氣揚，安心樂業。（第三十五回）

趙二寶可以不落堂子回到鄉間安居，也沒有人強迫她入青樓。她到了上海，
得見花花世界的魅力，自己選擇了這個營生。她的哥哥趙樸齋親自給她寫了
標牌，還「趾高氣揚，安心樂業」，可以靠著妹妹過生活了。二寶的母親沒有
阻攔。她的舅舅洪善卿在上海開著參店當老闆，對此只是「付之浩歎，全然
不睬」。他也終日混跡娼家，又怎能多責備之辭。

　　把青樓業當成一項營生來從事，確是當日不少人的想法，但畢竟出於下
策，名聲不佳。有研究者把趙二寶入青樓看成是作者對現實人物不滿而在書
中泄憤。魯迅《中國小說史略》道：「書中人物，亦多實有，而悉隱其真姓名，
惟不為趙樸齋諱。相傳趙本作者摯友，時濟以金，久而厭絕，韓遂撰此書以
謗之，印賣至第二十八回，趙急致重賂，始輟筆，而書已風行；已而趙死，
乃續作貿利，且放筆至寫其妹為倡云。然二寶淪落，實作者豫定之局，故當
開篇趙樸齋初見洪善卿時，即敘洪問『耐有個令妹，……阿曾受茶？』答則
曰，『勿曾。今年也十五歲哉。』已為後文伏線也。」〔註12〕韓邦慶寫趙樸齋
和趙二寶的淪落是為了謗其友，然這個說法只是「相傳」，姑且聽之而已。所
可注意的是，既然說是「謗友」，那麼青樓在當時雖是一項公開乃至正當的營
生，但還是與一般道德相牴觸。韓邦慶儘管用整部小說聲色俱佳的描述了裙
釵麗姝觥籌交錯的故事，卻不忘在小說開頭處鄭重申明：此書是「過來人」
的「現身說法」，「總不離警覺提撕之旨」，「也算得是欲覺晨鐘，發人深省者
矣」。（第一回）這個申明延續了傳統通俗小說「有功於世道人心」的題旨，
可謂不僅僅專為寫妓家故事而作。

　　范伯群分析《海上花列傳》得出了六點意義：「一、《海上花列傳》是率
先將頻道鎖定、將鏡頭對準『現代大都會』的小說，不僅都市的外觀在向著
現代化模式建構，而且人們的思想觀念也在發生深刻的變異。……在男女禁
隔的社會中，她們『扮演』的是一種大眾情人或紅粉知己角色。她們的生活
起居是作為一種『時尚』與都市現代生活方式同步演進，甚至是起著『領跑』
的作用。二、在上海開埠後成為一個『萬商之海』，小說以商人為主角，也以

〔註12〕魯迅：《中國小說史略》，《魯迅全集》（第九卷），北京：人民文學出版社2005
　　　　年11月版，第274～275頁。

商人爲貫穿人物。在封建社會中，商人爲『士農工商』的『四民之末』，而在這個工商發達的大都市中，商人的社會地位迅速飆升，一切以『錢袋』大小去衡量個人的身份。在這部小說中已初步看到資本社會帶來的階級與階層的升沉浮降。魯迅的《中國小說史略》裏提到的幾部著名的狹邪小說中，它率先打破了該類題材『才子佳人』的定式，才子在這部小說中不過是扮演『清客』的陪襯角色。三、……《海上花列傳》率先選擇『鄉下人』進城這一視角，反映了現代生活的一個重要側面：農村的式微，使貧者湧向上海；即使是內地的富者，也看好上海，將資本投向這塊資本的『活地』。作品以此爲切入點，反映了上海這個新興移民城市的巨大吸引力，以及形形色色的移民到上海後的最初生活動態。四、《海上花列傳》是吳語文學的第一部傑作，胡適曾認爲其在語言上是『有計劃的文學革命』，吳語當時是上海民間社會的流通語言……這部書成了當時想擠入上層社會的外鄉人學習和研究吳方言的『語言教科書』。五、作者曾『自報』他的小說的結構藝術——首先使用了『穿插藏閃』結構法，小說行文貌似鬆散，但讀到最後，會深感它的渾然一體。在藝術上它也是一部上乘、甚至是冒尖之作。六、韓邦慶是自辦個人文學期刊第一人，連載他的《海上花列傳》的《海上奇書》期刊又利用現代新聞傳媒《申報》爲他代印代售，他用一種現代化的運作方式從中取得腦力勞動的報酬。」〔註13〕《海上花列傳》達到的這些重大的社會史和文學史意義，恐怕是作者韓邦慶始料未及的，儘管他創作這部小說時相當自負。小說的價值已超出了青樓生活的範圍，延伸到更廣闊與更複雜的人情世態領域。

二、尋愛之地春風夢回

　　《海上花列傳》敘寫的世間情態由男女之間的悲歡離合構成。妓女和狎客的交往被小說寫得情趣生動，如果忽略他們各自的社會身份，把他們的故事單純看成是「男人和女人」的故事，也是可行的。事實上，晚清民國時期出入青樓的狎客，單是尋求生理滿足的不多，找心理安慰的倒是不少。他們或者對自己的婚姻不滿，或者出門在外寂寞無所依，於是到風月場中尋歡作樂，消耗無聊的時光。美麗且懂得如何討人歡喜的妓女給他們帶來了無限樂趣，同時妓女也在她們的客人中間尋找能夠託付終身的可靠之人。久而久之，

〔註13〕范伯群：〈《海上花列傳》：現代通俗小說開山之作〉，《中國現代文學研究叢刊》2006 年第 3 期。

虛情假意便化得幾分真情實感，令彼此都難分難捨。

在《海上花列傳》中，固然有歡場作態和金錢交易，卻也不乏男女情愛的真切流露。王蓮生和沈小紅愛怨交錯，羅子富和黃翠鳳情同家人，都不是妓女和狎客之間的逢場作戲。小說敘述得最動人的要數陶玉甫和李漱芳之間的愛情了。李漱芳和陶玉甫情投意合，兩人均有嫁娶之意，且是非爾不嫁或不娶的。但玉甫家中絕對不允許娶個妓女作正室，這令二人十分痛苦，漱芳因此纏綿病榻，悲哀過世。玉甫傷痛欲絕，親自為漱芳下葬。可以說，此二人的故事和一般社會上男女的感人情事沒有區別。現代通俗小說的狹邪敘事，為男女間諸種可能的浪漫情事的上演提供了自由空間。

在青樓裏尋找愛情，有當事人的暗藏初衷，也有在旁者的一力慫恿。對妓院經營者來說，狎客迷戀妓女，他們可以從中多得利益。像陶玉甫對李漱芳那樣，屬於「將妓女『包』下來的做法」，「嫖客向老鴇支付包妓女的月租，便可時常來看妓女或者乾脆住在妓院裏」。〔註14〕這是幾方面都樂意做的事情。在結伴冶遊者看來，他們慫恿同伴和妓女相戀，可以在品花飲酒時得到更多談資和樂趣。《人間地獄》中柯蓮蓀和秋波的一段因緣便是朋友蘇玄曼促成的：

> 正說之間，門簾外邊有一片嚦嚦鶯聲問：「十三號在哪裏？」姚嘯秋忙道：「誰在外邊問呢？」說著立起來走到門邊往外瞧，恰巧那外邊的人聽了堂倌的指點，也往裏走，兩人幾乎一撞。蘇玄曼瞧得清楚，忙道：「秋波來了。」往外一招手道：「這裡來。」棲梧、蓮蓀聽了玄曼的話，一齊往外邊瞧，果然見一個十三四歲窈窕流麗的女郎，臉上含著笑容，帶一半矜持，一半嬌羞的樣子走了進來。一雙晶瑩如露如電的眼波向四座一射，盈盈地向玄曼身旁一坐，叫了一聲蘇老。……蘇玄曼道：「有這塊和尚招牌好得多呢，頂多不過吃吃花酒叫兩個局罷了，別樣念頭，我們做和尚的不會轉的。」說著指指隔座的柯蓮蓀道：「秋波你瞧瞧，像柯三少這樣漂亮的人，白相起來一肚皮的念頭要轉不清爽呢，不能像我們做和尚的這般規矩了。」秋波聽蘇玄曼這一說，忙對柯蓮蓀仔細一瞧，這時候柯蓮蓀也正目不轉睛的餐那秋波的秀色。四目相對，忽地一碰，柯蓮蓀頓

〔註14〕〔美〕賀蕭著，韓敏中、盛寧譯：《危險的愉悅：20世紀上海的娼妓問題與現代性》，南京：江蘇人民出版社2003年6月版，第114頁。

時覺得秋波光豔逼人，不敢平視。秋波也覺得蓮蓀豐神瀟灑，剛雋獨標，這一瞧事小，不知不覺粉靨微紅，輕輕的拍了蘇玄曼肩上一下道：「你自家做和尚還要管到別人家的閒事，你怎麼曉得人家肚皮裏轉念頭。」蘇玄曼忙道：「咦，奇怪極了！你與柯三少沒有一些瓜葛，我說他，他並沒開口，怎麼你倒這樣的幫著他派我的不是？」蓮蓀插嘴道：「這叫做不平則鳴。」趙棲梧笑道：「不是不平之鳴，恐怕是有為而發。」蘇玄曼點頭道：「老僧明白了，我來撮合你們的姻緣吧。」說著，回過頭來向茶几上取過紙筆來，替蓮蓀寫了一張轉秋波的局票，寫好了交給秋波。蓮蓀瞧見忙立起來，隔著桌子假意要來搶這張局票。誰知早給姚嘯秋攔住道：「這是大師的慈悲，你莫辜負了。」那邊秋波心意也並不拒絕，但是一時也不好伸手接過來。（第二十回）

柯蓮蓀和秋波第一次見面，便生情愫。蘇玄曼有意促成二人好事，又有一班朋友在旁起哄，二人很快就相戀了。秋波十三四歲，是個小先生，「梳著未嫁姑娘的髮式，從不一人外出」〔註15〕。秋波和柯蓮蓀的戀情因此是「純精神之戀」〔註16〕，顯得分外真摯和美好，然而終究沒有結果。小說第七十回柯蓮蓀離開上海時說道：「我想不走便怎麼樣呢？我是一個無能力者，她也沒有自主之權，所以我硬著頭皮走了」。「此後為禍為福，一聽蒼蒼之天。」柯蓮蓀沒有能力為秋波贖身，秋波又被看得緊，不得自由。男女情愛雖然在青樓中可以抒發無礙，卻因種種限制出不了青樓的範圍。悲劇便由此產生。「畢倚虹採取的是非常含蓄而深沉的刻畫。不是寫物質生活的匱乏，皮肉的痛楚，而著重寫『人情』的被扼殺，『終身』的無依託，人生歸宿的渺茫無際」。〔註17〕

　　青樓裏的愛情緣於男女兩性相吸、情投意合，卻終免不了悲劇收場。狎客滿足不了鴇母的饕餮貪婪，沒有足夠的錢財為妓女贖身，或者他們的父母、妻室不願意他們收納妓女，亦或者他們本身的冶遊心態使他們不能堅持自己的感情，最終放棄了。妓女方面，也是以品貌取人，並不把貧富權勢放

〔註15〕〔美〕賀蕭著，韓敏中、盛寧譯：《危險的愉悅：20世紀上海的娼妓問題與現代性》，南京：江蘇人民出版社2003年6月版，第101頁。
〔註16〕范伯群：《中國現代通俗文學史（插圖本）》，北京：北京大學出版社2007年1月版，第276頁。
〔註17〕同上。

在第一位，然而受著鴇母的逼迫、青樓規矩的束縛，不能和心上人廝守一處。所以倘若妓女和狎客之間產生眞情，想得到圓滿結果，往往非常困難。小說中敘述這類情事，也就顯得眞切悲傷，分外感人。

不過在青樓裏發生愛情還不稀罕，因爲相愛才進青樓卻是不多，劉雲若小說《春風回夢記》就敘述了一個因愛而進青樓的悲劇故事。《春風回夢記》連載於1930年的《天風報》，是劉雲若的成名作，其中的故事發生在天津。「賣唱女如蓮與舊家公子陸驚寰相思已久，她爲能同陸經常親近，遂自甘賣身妓院。陸在新婚之夜棄新娘，而同如蓮幽會。事泄，釀成大波。新娘含淚容忍了陸的移情，委屈求全，卻因終日憂苦，以至疾病纏身。在新娘病重時，如蓮聽從陸的表兄何若愚的勸告，爲成全陸夫妻和好，忍痛施計斷絕了同陸的關係。後來，陸得知如蓮的苦心，舊情再燃，毅然將其娶回家中。如蓮不忍因此破壞陸的家庭，氣絕身死。陸妻就在此時也因病故去。」〔註18〕小說第八回「一殯出雙棺懺業冤春風回舊夢」寫如蓮和陸妻死時情景，凄慘哀絕，達到了震撼人心的程度。這是小說在當時受到熱烈反響的重要原因。

簡單說來，《春風回夢記》就是一部三角戀愛小說。它之所以能夠強烈打動人心，是因爲三位主人公都十分癡情和善良，他們既對自己的愛情滿懷虔誠又寧可犧牲自己來成全對方的幸福，結果都深受傷害以至於身死。如蓮進青樓即出於這個原因。她和驚寰定情時說明了自己的打算：「我將來跟你一走，把我娘放在哪裏？即使你家裏有錢，也不見肯拿出來辦這宗事，你肯旁人也未必肯。還不如我早給她賺出些養老的費用，到那時乾乾淨淨的一走，我不算沒良心，也省得你爲難，也免得你家裏人輕看我是花錢買來的」。「再說我有地方安身，咱們也好時常見面，省得你天天在園子裏對著我活受罪。」（第一回）雖然驚寰不讚同，如蓮還是決定進青樓，因爲這樣做可以解決幾個問題。首先，兩人不必熬上幾年相思之苦。由於門第相差懸殊，驚寰父母不可能同意二人的婚事，驚寰也不可能在短時間內就說服父母，只可等待機會。然而兩三年時間對熱戀之人來說太漫長，如蓮雖在戲園唱曲，卻不能無所顧忌地和驚寰交往，青樓卻可爲他們盡情地公開幽會提供方便場所。

其次，如蓮想到自己倘若出嫁了，母親憐寶的生活恐怕沒有著落。憐寶

〔註18〕 張元卿：《劉雲若論》，張元卿：《民國北派通俗小說論叢》，太原：山西古籍出版社2001年2月版，第97～98頁。

一直靠女兒賣唱過活，以後又該何以爲生。進青樓多賺些錢，可對母親有個
交代。如蓮會有這層想法，除了因爲她是個孝順孩子外，還因爲她料到母親
不會反對，並且以她的美貌進青樓一定可以成爲紅姑娘。憐寶的確沒有反對
女兒的決定。她「聽了如蓮的話，心裏悲喜交集。悲的是女兒賺上三年錢就
要走了，喜的卻是早知道自己女兒的容貌，若下了窯子，不愁不紅。就是只
混三年，萬兒八千也穩穩拿在手裏。又後悔若早曉得她肯這樣，何必等她自
己說？我早就富裕了」（第一回）。憐寶不是一般貧窮人家的母親，她有過青
樓經驗，甚至可以推斷她曾經是個紅倌人。所以女兒如蓮的決定不讓她感到
吃驚羞憤，甚至還有些竊竊歡喜，她可以「富裕」了。因此《春風回夢記》
還涉及到母女兩代人的風塵生涯，同樣題材的故事在其他現代小說中也有出
現，但表意不同。憐寶和如蓮的故事不在控訴風塵女子的不幸，而在呈現一
種生活狀態，在這種生活狀態裏女子有哪些追求和企盼，又能得到哪些滿足
和結果。如蓮進到班子裏，果然如她所料，身價很高。她的屋子就很能說明
問題。小說敘道：

> 如蓮到底是小孩脾氣，急於要看自己的新房，便第一個走進去，
> 只見這屋裏新裱糊的和雪洞相似，是三間一通連的屋子，寬闊非常；
> 對面放著兩張床，東邊是掛白胡綢帳子的鐵床，兩邊是一張三面帶
> 圓鏡子的新式大銅床，沒掛帳子，床前卻斜放著一副玻璃絲的小風
> 擋；迎面大桌上嵌著個大玻璃磚的壁鏡，擦抹的淨無纖塵，上面排
> 著七個電燈，四個臥在鏡上，那三個探出有半尺多長；幾張大小桌
> 子上，都擺滿了鐘瓶魚缸等類的陳設；那銅床旁立著個大玻璃櫃，
> 櫃的左上方小空窠裏，放著許多嶄新的化妝品，其餘一切器具，也
> 無不講究。郭大娘進房來，一屁股就坐在床上道：「如蓮，我的兒，
> 這間屋子你可合意？」如蓮笑著點了點頭。憐寶道：「你幹甚麼給她
> 這們講究的屋子？倘若事由兒不好，別說對不住你，連屋子也對不
> 住了。」（第二回）

如蓮入青樓住的是上等的屋子，說明如蓮的身份亦是高等妓女，平日裏只是
出局侑酒，並不隨意委身於人。這就實踐了如蓮當初對驚寶的承諾：「只要我
的心向著你，他們誰能沾我一下？也不過只有進貢的份兒罷了。」（第一回）
高等妓女不是容易親近的。要和她們結交「首先要考慮的是讓她所在的妓家
多進賬，讓她有面子；但接下來還有一件不可少的事情，即多贈財物，饋贈

會落到妓女自己的腰包裏而不是妓家的錢櫃中」〔註19〕。妓女越是不讓狎客親近，迷戀她們的狎客給的財物就會越多，妓女的身價也顯得越高。只有妓女鍾情，狎客才有機會一親芳澤，而這種情況的出現並不取決於所給財物的多少。因此高等妓女對客人有她們的自主權。如蓮作出進青樓的決定，是因爲她對自己高等妓女的身份很有把握，既可以賺到錢，又可以想法保住自己的純潔之身。

除了這些原因以外，如蓮還考慮到驚寰家裏要爲他娶妻。娶了妻子再到外面和其他女人談情說愛，有損驚寰的名譽，而出入青樓卻不會被人見怪，這是當時世家子弟常幹的事情。另外，既然不能阻止驚寰娶妻，那麼如蓮嫁與驚寰也只能作妾，從青樓裏娶一個女子回家作妾，在當時屢見不鮮，想來如此做法受到驚寰父母的阻礙會少些。在當時，「男人的大老婆往往是奉父母之命討進家來，對方必是門當戶對，可以爲男家增加資產、提高地位的人家。娼妓在這些方面均無能爲力。小老婆則相反，她們是男人自己挑選的，後者看中的是其性感、羅曼蒂克的吸引力、對談的能力，以及能否帶來子嗣。妓女就其背景和經歷看，想攀上大老婆的地位是不大可能的，但是納妾的一套語彙實際上同婚姻的語彙並無二致」〔註20〕。從青樓到納妾，如蓮選擇的其實是一條通行之路，她把自己和驚寰自由相戀的艱難轉化爲這條通行之路，希望能由此順利成就兩人的婚姻。但結果事與願違。

驚寰的家人找到如蓮，告訴她驚寰的婚姻因爲她而不幸，新婦終日憂愁傷懷，遂使疾病纏身。如蓮決定成全驚寰和新婦的婚姻，終於忍痛放棄了自己的幸福。在這一至關重要的情節轉折和命運轉折中，青樓依然起到了顯在的作用。驚寰家人把如蓮當成一個平常的青樓女子看待，認爲她放棄驚寰還可以有其他選擇出路。如蓮則借青樓在驚寰眼前演出了移情別戀的一幕，讓驚寰自動放棄對她的念想。她自己也萬念俱灰，身死玉殞。可以說，《春風回夢記》的悲劇是三角戀愛和門第婚姻鑄成的，也可以說是青樓觀念催化的。青樓可以被當成是賺得錢財、尋求愛情和謀取婚姻的地方，也可以讓這些如意的打算終成泡影，到頭來還是現形爲一座「人間地獄」。

〔註19〕〔美〕賀蕭著，韓敏中、盛寧譯：《危險的愉悅：20世紀上海的娼妓問題與現代性》，南京：江蘇人民出版社2003年6月版，第105頁。

〔註20〕同上，第114頁。

三、「快快自己救自己」

1926 年上海大東書局出版了一冊周瘦鵑編輯的《倡門小說集》，收錄了十一篇短篇小說，敘述的都是關於倡門的不幸故事。

第一篇是周瘦鵑寫的《天堂與地獄》，講述一個貧窮女孩林金寶，因為想穿漂亮衣服，又看到青樓裏的姑娘們打扮得珠光寶氣，十分羨慕，於是也入了倡門。「金寶也像別的姑娘一樣，有非常鮮豔的好衣服穿了，有租來的鑽耳環鑽約指戴了。伊志得意滿，好像真的進了天堂一樣。夜半無人，獨自對著著衣鏡笑道：『金寶，金寶，你以前的日子是在地獄中過的，從今天起可已到了天堂中了。以後可要幹一番事業，讓大家都知道我林金寶。』」不多幾時，她果然成了紅倌人，可卻染病上身，還欠了債，被趕出長三群落，混到雉妓院中，直到病毒已深被送回家中。「伊回家後又捱了一個多禮拜，便死了。臨死時抱著伊先前做活計的針線籃，做出戀戀不捨的樣子。又哭著對伊母親說道：『唉母親，我錯了。我怎麼把地獄錯認做天堂啊！』」這篇小說既寫出了一個女孩子的無知和虛榮心，也為整本小說集奠定了主調，倡門是座害人的地獄。金寶的悔恨是創痛之鑒。

第二篇《倡門之父》，作者是許廑父。小說一開始講述黃元生十分窮困，還每天吃鴉片煙。女兒彩花只能賣身青樓。黃元生無奈離家出走。彩花在青樓求生活，逐漸「忘卻本真」。到了中年色衰，染了煙癮，生活日益艱難，最後淪落成一個沿街丐婆，朝不保夕。一日她上街賣唱，看到一部包車上坐著的男子正是自己的父親。這時黃元生已從商，今非昔比，父女相認，「彩花從此脫離了苦海」。在這個故事裏，父親黃元生既是陷彩花於不幸又是救出彩花的人。但這個父親不是小說的主人公，他只是彩花落入倡門的由頭。小說主要敘述的是彩花入倡門後經歷的一系列不幸，旨在抨擊倡門對人的殺戮。

第三篇是包天笑寫的《從政與從良》。小說開篇道：「趙春圃生平有兩位好友，一位是政界中人，一位是娼門中人，都和他非常莫逆」，平日裏也是往來甚密。後來政界朋友陳大任出任要職，趙春圃見他一面都十分煩難，更別說像往常一樣品茗談心了。娼門知己張翠筠也幾乎同時出嫁了，雖然往常很交心，一旦要出嫁就對他形同陌路。幾個月之後，政界風雲，陳大任下臺，又和趙春圃品茗談心了。張翠筠也下堂而去，同趙春圃往來如初。趙春圃不明白其中道理，問縹緲生。縹緲生道：「你要知道陳大任的從政，他是抱一個

淴浴主義，張翠筠的從良，也是抱一個淴浴主義。一個人在淴浴的時候，無論怎樣尊敬的人、親密的人，都只好暫時離開一離開，便是要招待你，也要等淴好了浴再說。」對妓女來說，嫁人結婚就是「淴浴」，所嫁的丈夫會幫她還清欠債款，從而以自由身出嫁。妓女往往通過嫁人的方式來清還日用開銷的債務，而從政者也會在得勢的時候賺上一大筆資財。小說中張翠筠道：「嫁了這五個月，只算是受了五個月的罪，但是經濟上倒比前寬裕一點，宿負也一清了。」小說重在從政與從良的比較，兩者的相似性道出了共同的卑污。現代通俗小說在故事敘述中，常會把政治官場和青樓妓院放在一起，談論兩者的相似性，可見出時人的態度來。

第四篇小說是《老琴師》，作者「求幸福齋主人」即何海鳴。何海鳴曾是辛亥時期的共和革命者，1920 年代開始以寫作為生，抗戰時變節投敵。嚴芙孫評何海鳴道：「海鳴的短篇小說，另闢蹊徑，專門撰述倡門中的作品，自出心裁，不去拾人牙慧，真是難能可貴。在《半月》上所刊的《老琴師》、《星期》上所刊的《倡門送嫁錄》這兩篇小說，可算得是海鳴一生心血的結晶品。描寫之入微，情詞之懇摯，為自有小說以來，難有如此動人的。瘦鵑推他這兩篇小說，是一九二二年中國小說界中唯一的傑作，有永久流傳的價值，這兩句批評，卻非虛譽。」〔註21〕周瘦鵑對何海鳴的倡門小說是很推崇的，在他編的這部《倡門小說集》中共收錄了何海鳴五篇作品，其他除收了包天笑的兩篇小說外，均是一位作者一篇。《老琴師》的主人公老琴師在八大胡同收風塵女子當徒弟學唱戲。其中有一位徒弟叫阿媛，學戲很有天賦，阿媛自己也十分喜歡唱戲，「覺著唱曲子唱得好，是人生最娛快的事」。等到阿媛戲學成了，人也長大了，必須從事娼妓的營生。阿媛因為戲唱得好，有了名氣，終於被老鴇出賣了處女之身。然而「只隔了一夜的工夫，她的嗓音就變了」，「可憐她人生問題中兩個重大部分，貞操和藝術，都被萬惡的金錢斷送給那軍官大爺了」。阿媛漸漸不再能唱歌，最後吐血倒地，老琴師也斷弦棄琴，不再為倡女操琴了。這是一個十分慘痛的故事，老琴師培育了美，也目睹了美的消亡。倡門是個殺人的地方。小說結尾歎道：「橫豎造物不仁，以萬物為芻狗」，倡門中死了人並不算件稀罕事。

第五篇包天笑的《雲霞出海記》講述了兩個妓女出嫁後的結果。小說是

〔註21〕嚴芙孫等：《民國舊派小說名家小史》，魏紹昌編：《鴛鴦蝴蝶派研究資料》，
上海：上海文藝出版社 1984 年 7 月版，第 538 頁。

從一個狎客的角度來敘述這兩個妓女的故事的。周憶英到上海喚了兩個妓女湘雲和靈霞來侍酒，三年過後，周憶英又來到上海，得知湘雲和靈霞都嫁了人。他想同樣邀兩個妓女來侍酒以探問湘雲和靈霞的情況。等候的時候，看到外面街上有兩起出喪，都是姨太太死了。一個十分鋪張，一個十分簡率。後來得知鋪張的是爲靈霞出殯，簡率的是爲湘雲出殯。靈霞嫁後不規矩還得了一個風光的葬禮，湘雲嫁後安分守己，卻不容於大婦，在照料大婦得爛喉痧的兒子時，自己被傳染了，結果死去。雖然出殯排場有別，但都是出殯，都是一死。小說敘述的其實是妓女出嫁的問題。出嫁是妓女爲自己找歸宿的一種方式，大部分的情況是給人當妾，「但是爲妾之路實在不好走。妓女往往厭煩小妾生活的封閉和感情生活的苦澀。如果男人將新討的小老婆安置在大老婆的屋檐下，則大老婆很可能不許男人去小老婆的房間。在這種居住安排中，男人、大老婆、小老婆之間每天起摩擦是司空見慣的，長此以往，原先再甜蜜的關係也會變得酸澀無趣。有些人發現當妾在一些方面還不如當妓女有保障，因爲妾必須靠一個男人始終寵她才行。妓女過慣了熱鬧的社交生活，有時覺得家庭生活過於與世隔絕，遂離開新婚的丈夫去尋求不怎麼受拘束的生活」〔註22〕。妓女婚後的生活大致有兩種情況，一種是受到丈夫正妻的排斥，家庭關係不和諧，另一種是難耐寂寞，不盡妻子的責任，在外尋歡作樂。當然也有婚後夫妻恩愛、幸福生活的情況，但很難得。包天笑的這篇小說即是安排了兩個妓女的兩種婚後生活，起到以個別代表一般的作用。小說開頭對「出喪」發了一番議論，爲小說的主體情節湘雲和靈霞的出殯作了鋪排。這意味著，妓女婚後雖可能遭遇到不同情形，但在大部分情況下她們還是得不到幸福，死亡是其中最悲哀的結局。

第六篇是何海鳴寫的《從良的教訓》，依然是談妓女嫁人的問題。狎客老秉對妓女金美一見鍾情，要娶她，遂以一千元身價把金美迎到新房裏。新房是借朋友的一間屋子臨時布置的，金美迷迷糊糊被帶了來，不知就裏。老秉對她說道：「我是另有家的，只因我家還有原配太太，凶得很。從前我討過幾個小老婆，都被伊趕跑了。我愛你，怕你吃伊的苦，故將你寄居在這裏。至於叫你做『小孩子』，一來你年紀委實是小，二來你身份本也是小老婆，從倡門裏討個人回來，都是這樣隨隨便便的。」隨隨便便的嫁娶，這是當時社會

〔註22〕〔美〕賀蕭著，韓敏中、盛寧譯：《危險的愉悅：20世紀上海的娼妓問題與現代性》，南京：江蘇人民出版社2003年6月版，第116頁。

對妓女從良的一般觀念,也就決定了結婚並不是拯救她們命運的好出路。對婚姻懷有憧憬的金美順從地接受了老秉的安排。但老秉太太還是知道了這件事,親自找到了金美,帶她回家,把她當丫頭使喚,並且不許老秉和金美見面。金美忍辱生活,而老秉又在外面尋樂去了。小說敘道:「金美對於太太的刻苦雖能忍受,對於老秉的無情卻甚是傷心。想想這回從良是百無希望的了。辛辛苦苦能得著一個丈夫的憐愛,還多少有些後望,如今有丈夫和沒有丈夫一樣,這還有什麼良人可從,徒然苦了自己。做這丫頭都還不如的人,等到死一天也是白死。於是金美終於煎熬不住,又仍然氣忿忿地私自走出良家,仍尋伊從前的倡門生活去了。」妓女不甘婚姻生活,再度落風塵的事不知凡幾。金美的再落風塵不是出於自己的原因,而在於大婦的兇狠和丈夫的薄情。有著倡門履歷的人要想開始新的生活,談何容易。

第七篇《倡門之女》署「林碧瑤口述姚民哀筆錄」,小說是以第一人稱敘述的,「我」的身份是「倡門之女」,當為口述者林碧瑤。林碧瑤可能實有其人,亦可能是作者姚民哀的杜撰,用以增加小說的真實可信度。小說由「我」敘述在倡門裏的種種苦境:遭鴇母虐待,學唱曲挨打,受小報記者誣陷,被狎客欺辱,沒有自主權等等。敘述過程中還講到王凌波的故事。王凌波在盛時聲勢顯赫,與達官要人交情深厚,不料晚年臥病在床無人看護,死後草草入殮。像這樣風光的妓女都晚景淒慘,不用說其他人了。小說最後歎道:「『倡門之女』的痛苦,我一時說不了許多,現在不過大略說上一些。希望二萬萬女同胞從自身覺悟,力自解放,不勞他們男子來解放我們。『倡門之女』四個字可以望無形消滅了。若是偏面的廢倡運動,公倡沒有廢盡,平空添了無數私倡,把罪名移到經濟壓迫上頭去,我們『倡門之女』就永遠沒有超昇的日子。女同胞呀,快快自己救自己啊!」這樣的呼籲,恐怕是要非常有見識的倡女才能說出來,越發可見「林碧瑤」其人之虛。不管怎樣,這個呼籲是女性的覺醒之聲。「婦女解放」的觀念在小說出版的 1920 年代已經不為普通人陌生了。小說是在婦女解放的浪潮中為妓女這一特殊的婦女群體申請解放的權利。在遍數了妓女可能遭受到的各種不幸之後,喊出了「自己救自己」的聲音。女性不能自甘淪落。

第八篇是何海鳴寫的《娼門之母》。戚大少爺戚子歙初入青樓,被妓女紅寶玉捉弄。住在隔壁的三小姐有些憐憫戚子歙,後來發現他竟是自己的親生兒子。原來三小姐曾嫁過人,也是在青樓裏出嫁的。出嫁後生下戚子歙。但

在懷孕的時候，子歡父親竟然另娶了一個姨太太。三小姐十分生氣，生下孩子後便捲逃而去，重墜風塵。如今母子相認，後來夫妻又和好，一家團圓。子歡也不再涉足倡門。小說的結局很好，因為主人公，無論是三小姐還是戚子歡，都棄別了倡門。這說明，倡門是罪惡之地，離開它就有可能獲得倖福。

第九篇《倡門之子》，作者依然是何海鳴。小說講述妓女阿珍被王一庸買得貞操，兩人本來情投意合，他們的結合「更像是自由結婚，是文明的舉動」。倡門裏為他們張燈結綵，就像平常人家出嫁女兒、舉行婚禮一樣。這是妓女由小先生變成大先生的儀式，對妓女而言，是她一生的重要時刻。新婚之夜，王一庸給了阿珍很多許諾，答應要娶她，認阿珍為他的妻子。阿珍感動萬分，並且信以為真。然而王一庸只是一時的玩笑，把妓女當成了玩物。阿珍卻懷孕了，一心等著嫁給王一庸。王一庸殘酷地表達了他的真實想法，另一方面阿珍又受著老鴇的逼迫，在極度傷心和艱難之下生下了一個男嬰。這時王一庸又想來要孩子，阿珍氣極，帶著孩子流落天涯。二十年後，王一庸成為一場死刑的執法官，沒想到受刑的少年強盜竟是自己和阿珍的兒子。兒子和阿珍在這場刑罰中死去，王一庸則發了瘋。小說設計了一椿巧合，用受害者的死懲罰了施害人。現實中，這樣的巧合可能十分少見，但生育卻是妓女們都會面臨的問題。這個問題顯得棘手又可怕，它關涉到妓女的營業生涯，也影響到孩子的人生命運。

第十篇是徐卓呆寫的《倡門之衣》。「我」在吃花酒的時候，結識了妓女香雯。後來竟在檢察廳中再次遇見了她，她成了被告。接著小說追述了香雯的經歷。香雯不是她父母的親生女兒，是抱養來的，但一家人生活得還很幸福。不料父親生意破了產，母親因此發了瘋。香雯出於孝心，賣身救助父母，進了青樓。為了給父親還債，給母親治病，香雯節衣縮食，卻被旁的妓女笑話她沒有行頭。香雯不肯丟臉，想給自己弄套新衣服。實在無法，就偷偷拿了同伴妓女的衣服上當鋪去換錢。結果事發，被拒捕起來。「我」以新聞記者的資格觀看了審判。大家都同情香雯的遭遇，香雯被判了緩刑。她入不了青樓，「跟著貧父癡母暫時往鄉下去咧」。妓女光鮮的表面下隱藏著艱難和悲哀。她們時髦的衣服、講究的髮型、高價的首飾，不是輕而易舉就能得來的。小說以香雯的故事講述了妓女光鮮靚麗背後的灰暗生活。

第十一篇還是何海鳴的小說《溫文派的嫖客》。徐百川羈旅無聊，認識了妓女香蘭，她勉強能寫幾個字，作半句詩。徐百川「只覺得這是千古以來難

有的佳遇，三生中莫大的幸事。因有這種佳人出來，才陪襯出他是個才子；因有這種遇合，才使香豔詞典中那些風流佳話風流韻事的話頭得有著落。不然英雄無用武之地，天涯無同病之人，既不能為人生無益之事，又何以遣客中有涯之生咧。惟如此的片面發癡起來。一念既生，群靈盡蔽，即使伊不是詩妓，也非硬派伊做詩妓不可了」。徐百川對香蘭極盡關懷之能事，讓伊對他動了真心。然而「他只是按著向來出沒於倡門中的習慣，賣弄他溫文派的手段，在朋友面前誇顯他有特長之處，能容易討著妓女們的喜歡。再進一步說，是他客中無可消遣，有意騙妓女拿出真心來待他。大家親熱一回，供他一時的愉快」。香蘭回去探望母親的病，徐百川竟不斷有情書寄給她，讓她懷著癡念，一直等著他。當得知他負心的消息後，香蘭萬念俱灰，再入青樓，已是一具豔麗的軀殼。這篇小說不僅說明青樓裏真愛難得，也痛斥了狎客的無恥，而那些文人狎客更是殘酷的盜心者。作為文人的何海鳴寫這篇小說也有自省的意味。

十一個短篇幾乎講到了倡門中各方面的問題。入青樓的女子家庭大都貧困（《天堂與地獄》、《倡門之父》、《倡門之衣》），她們進青樓首先要學會唱曲（《老琴師》、《倡門之女》），然後就要接觸狎客，開始倡女生涯。狎客對她們很少有真心（《從良的教訓》、《倡門之女》、《倡門之子》、《溫文派的嫖客》），但她們還是想抓住可能的機會嫁人從良，逃離苦海（《從政與從良》、《雲霞出海記》、《從良的教訓》、《倡門之母》、《倡門之子》、《溫文派的嫖客》），因為倡門中的虐待（《老琴師》、《倡門之女》）、生育（《倡門之子》）、疾病（《天堂與地獄》）、債務（《倡門之衣》）、年老色衰（《倡門之父》、《倡門之女》）等等都摧殘著她們的生命。然而從良就是一個好的可靠的選擇嗎？不是（《從政與從良》、《雲霞出海記》、《從良的教訓》）。妓女的出路在哪裏？

整部小說集中的每一篇都在傾訴倡門的罪惡。要想解決這一社會問題，不是靠男人的垂憐，也不是靠廢娼運動的強制，而是要婦女們「自己救自己」。這是這部小說集喊出的強烈聲音，它回響在現代中國社會的上空，激發女性改變命運，創造新生活。

第六章　「哀音動絃索滿座悲秋」： 戲劇人生的甘苦

如果說狹妓飲酒是有錢有閒者的一種享樂行為，那麼戲園觀劇則是更為大眾化的娛樂形式。特別是清代徽班進京，聽戲成為宮廷裏皇族生活的重要好尚，民眾受到這種風習的濡染，嗜戲之人愈益普遍。在電影還沒有成為公眾都能接受的觀演形式之前，看戲是晚清民國時期由北到南的中國人主要享有的既價廉又有趣的娛樂方式。對於那些少有資格涉足青樓酒館的販夫走卒來說，戲園子可以容納他們和達官富商一起觀看同樣的演出，而那些露天的說唱表演更為平民俗眾喜聞樂見。

「哀音動絃索滿座悲秋」是《啼笑因緣》第一回的回目。在這一回中，小說描述了北京平民娛樂場所天橋的唱書情景：

> 那姑娘唱得既然婉轉，加上那三弦子，音調又彈得悽楚，四圍聽的人，都低了頭，一聲不響的向下聽去。唱完之後，有幾個人卻站起來撲著身上的土，搭訕著走開去。那彈三弦子的，連忙放下樂器，在臺階上拿了一個小柳條盤子分向大家要錢。有給一個大子的，有給兩個子的，收完之後，也不過十多個子兒。他因為家樹站得遠一點，剛才又給了兩吊錢，原不好意思過來再要，現在將柳條盤子一搖，覺得錢太少，又遙遙對著他一笑，跟著也就走上前來。
>
> （第一回）

在露天聽唱，可以白聽不花錢，也可以象徵性的給一兩個子，破費少又能聽到好唱段，是很實惠的事。樊家樹卻不太好意思，給了一塊錢，這使表演的

人受寵若驚，小說主人公的愛情遭遇就此發端。《海上繁華夢》的開頭描述的是去戲園看戲的情景。主人公謝幼安和杜少牧初到上海，被請到丹桂戲園看戲。

> 到得園門，冶之馬車甚快，先已來了。五個人挽手進內，早有案目動問：「五位是看正桌，還是包廂？」冶之道：「包廂可有全間的麼？」案目道：「全間的俱定去了，只有末包裏頭尚可坐得三四位人。」志和道：「既然沒有全間，不如就是正廳上罷，五個人恰好一桌。」案目道：「正廳前三排桌子，也已坐滿的了。爺們今日不曾早來定個座兒，只好對不住些，第四排上可好？」志和皺眉道：「前邊當真沒有，就是第四排將就些些，只要是一張全桌子兒。」案目答應，領至裏頭，向座客千央萬懇，央得一張桌兒，讓五人坐下，泡上茶來；另外裝了四隻玻璃盆子，盆中無非瓜子、蜜橘、橄欖等物。案目隨手送上戲單，各人接來一看，見是小九齡的《定軍山》，飛來鳳、滿天飛的《雙跑馬》，三盞燈、四盞燈《少華山》，汪笑儂、何家聲《狀元譜》，周鳳林、邱鳳翔《跪池三怕》，七盞燈《珍珠衫》，賽活猴《全本血濺鴛鴦樓》。
>
> 其時已是八點半鐘，臺上三盞燈、四盞燈正演《少華山》，那種悲歡離合情形，難為他年紀雖小，偏是描摹盡致。接下《狀元譜》，演陳員外的汪笑儂，出身本是個直隸舉人，佯狂玩世，隸入梨園，與前在寶善街留春園、後在六馬路天福戲園的老生汪桂芬即汪大頭，同出京伶陳長庚門下。雖喉音略低，而吐屬名雋，舉止大方，自與別的伶人不同。況演墳丁的小丑何家聲，演陳大觀的巾生小金紅，演安人的老旦羊長喜，皆是第一等做工。臺下邊的看客，無一個不齊聲喝采。只有冶之與志和兩個，因老生戲不甚愛看，舉手對隨來的馬夫招招，取過一個千里鏡來，向樓下四面瞧看。（第四回）

沒有預定座位，就難找到好座，可見戲園生意十分興隆。案目是戲園裏看座位的人，他們不僅幫助看客找座位，而且和戲園的經營有很大關係。「劇場老闆要到外地邀請名角、名劇社來演出，往往就讓案目給想辦法墊款。」〔註1〕所以案目和戲園經理不是簡單的雇傭關係，而是一定程度上的合作經營者。

〔註1〕 李向民：《中國藝術經濟史》，南京：江蘇教育出版社 1995 年 11 月版，第 687 頁。

案目和伶人、看客都有密切聯繫。

　　謝幼安他們來到丹桂戲園看戲，案目把他們領到座上，正值三盞燈張錦峰和四盞燈周泳棠的戲份。「三盞燈綺年玉貌，演刀馬旦、頑笑旦各戲，十分精工。四盞燈擅長悲戲，武工也是不凡」。〔註2〕之後演出的是著名京劇藝人汪笑儂，他生於北京，也在上海唱過戲。丹桂戲園為這些名伶提供了展示才能的舞臺，它是當時上海最著名的戲園之一。謝幼安、杜少牧初到上海，得進丹桂看戲，可謂是領略了上乘的休閒樂趣。他們的上海歷程由此開始，貪戀享樂便成為其中最大的魅惑。值得注意的是，不僅小說所描述的看戲情景可作當時戲園觀劇的寫照，小說中提到的伶人姓名、戲名、戲園名也是從現實中挪移來的。因此，通過小說來瞭解晚清民國時期民眾的觀劇演劇生活是一條十分暢通的途徑。

　　現代通俗小說述及的觀劇形式除了露天、戲園的公共演出外，還有專為私家演出的堂會。在一些節慶日子，大戶人家常常邀請戲班、伶人到家中唱戲，或選一適宜場所登臺演出，親朋好友齊聚一堂，其樂融融。《金粉世家》第三十回「粉墨登場難為賢伉儷」就描述了燕西生日那天金家演堂會戲，燕西的三哥和三嫂也登臺湊熱鬧：

　　　　玉芬穿上了衣服，場面已經打上，鵬振因為看玉芬看出了神，外面胡琴，拉上了倒板，拖得挺長，玉芬跺腳道：「哎喲，快唱呀。」鵬振聽說，連忙戴上口面，也不抓住門簾子了，就這樣糊裏糊塗地唱了一句：「一馬離了西涼界。」鵬振定了一定神，這才走出臺去。他們兄弟姊妹見著，倒也罷了。惟有這些男女僕人，都當著奇新聞，笑嘻嘻地看著。鵬振掀簾走出臺來唱完了，又說了幾句白。玉芬在臺裏只唱了一句倒板，聽戲的人早轟天轟地的一陣鼓掌，表示歡迎。簾子一掀，玉芬一個搶步出臺，電燈又一亮，一陣光彩奪人。金太太也是高興起來了。她坐在臺口上，先看鵬振出臺，她已樂不可支。這時趕緊戴上老光眼鏡，便對身邊二姨太太笑道：「這小倆口兒，真是一對怪物。你瞧玉芬這孩子，穿起戲裝來更俊了。我想當年真有一個王寶釧，也不過這樣子漂亮吧？」玉芬在臺上，眼睛一溜，早見臺下人都眯眯地笑著，她就不敢向臺下瞧。玉芬唱完了這一段，

〔註2〕　曹聚仁：《上海春秋》，北京：生活·讀書·新知三聯書店2007年1月版，第336頁。

便跪在臺上，作採菜之狀，這又該薛平貴唱了。鵬振他是有心開玩笑，把轍改了。他唱的是：「這大嫂傳話太遲鈍，武家坡前站得我兩腿疼，下得坡來用目看定，見一個大嫂跪在地埃塵，前面好像他們的王三姐，後面好像我的妻王玉芬……。」他只唱到這裡，臺上臺下的人，已經笑成了一片。原來燕西和梅麗，有時候叫玉芬也叫三姐。現在鵬振這一改轍，正是合巧，大家怎樣不笑？玉芬出臺，原已忍不住笑，這時鵬振一開玩笑，她極力地把牙齒咬著舌尖，不讓笑出來，好容易忍住了。那邊鵬振已道過了「大嫂前來見禮」。玉芬想著，趕忙站起來，一時心慌，把「有禮相還，軍爺莫非迷失路途？」幾句話忘了。鵬振見她站著發愣，便悄悄地告訴了她，玉芬這才恍然，趕緊往下念，可是臺下的人又轟然笑起來。後來鵬振說到「我若有心，還不失落你的書信囉」，照例是要拍王寶釧一下的。鵬振在這個時候，在玉芬肩上眞拍了一下。玉芬嫌他開玩笑，她那一拂袖，也使勁一摔。偏是袖子上的水鑽，掛住了鬍子，這一下，把鬍子向下一扯，扯過了下嘴唇，露出鵬振的嘴來。鳳舉也在臺面前坐著，對他母親笑道：「眞胡鬧，該打！」這一下，笑聲又起來了。臺上兩個，一頓亂扯，才把衫袖和鬍子扯開，要唱什麼，都想不起來，對站著發愣。玉芬急著把話也說出來了，說道：「我不幹了，我不幹了。」說著轉身就下場去。這一來，笑得大家前仰後合，金太太取下老光眼鏡子，笑著掏出手絹去擦眼淚，那臺上的鵬振，見玉芬向臺後跑，舞著手上的馬鞭，就追了來，牽著她的衣服，笑道：「沒完沒完，不能走不能走。」這時，不但玉芬不知身在何所，就是場面上的人，也笑得東倒西歪，鑼鼓絃索，一概是不成調了。（第三十回）

鵬振和玉芬唱的是著名的《武家坡》。票友登臺是常事，可他們倆的合作竟笑料百出。張恨水把這段堂會戲寫得神形具肖，十分精彩，顯示出金家在盛勢期的欣悅景象。

然而演戲觀劇的生活並非總是愉快的。伶人的身份和自古以來人們對唱戲行當的偏見，使得無論是演戲還是觀劇在取樂的同時也蘊蓄著無窮悲哀。樊家樹自與沈鳳喜結識後就擔負起了她一家的生活用度，鳳喜一家受之若素，這不僅僅是愛情的作用，在愛情表象下還有著歷來「捧伶」之風的促動。正是因為鳳喜一家對自己伶人身份的認識，所以當劉將軍以更豐厚的資財來

追捧鳳喜時，鳳喜一家便在樊劉二人之間作出了取捨，這一取捨帶來了故事人物之後的悲劇命運。通俗小說中描述的戲劇生活大部分是悲哀的，儘管登臺唱演的中國傳統戲曲的大團圓結局令人舒心暢快，但是演戲看戲之人的現實生活畢竟沒有那樣理想。以敘述戲劇人生爲主體的通俗小說便紛紛用悲劇收場，爲一個時代娛樂業的過度消費作出了警示。

一、戲園的空間和時間

陳愼言《故都秘錄》、汪仲賢《歌場冶史》、秦瘦鷗《秋海棠》三部小說都是現代著名的講述戲劇人生故事的作品。前兩部作品創作於三十年代，《秋海棠》則成於四十年代初，更爲家喻戶曉。《故都秘錄》記錄的是「滿貴族」、「清遺老」和「闊伶官」之間糾纏不清的故事。《歌場冶史》寫的是楊氏姊弟演藝生涯的曲折經歷。《秋海棠》敘述了極具才華的伶人秋海棠的悲劇一生。幾部小說的作者都很熟識民國演劇活動，秦瘦鷗還寫了一部《戲迷自傳》講述他的戲劇經歷。其中說道：「一個眞正的戲迷，做到無戲不看、久看不厭還不夠，至少應對各種戲劇曲藝都有一定的瞭解，還得下些鑽研和摸索的工夫。否則，戲也會看不下去，更不可能進入如癡如醉的境界。至於如何鑽研摸索，也有不少渠道。長期以來我本人所採取的方法是：一方面盡可能廣泛地閱讀有關各種戲曲、影劇的史料和專著，包括報刊上發表的新聞、評論之類；另一方面則是以最眞摯的感情向內行靠攏，從中選擇良師益友，傾誠結交。」〔註 3〕此處所說的「內行」即指唱戲的人，而如汪仲賢自身就有豐富的戲臺經驗。這些作家的作品就是在他們出入戲園的過程中記載下的眞情體驗。

戲園是小說故事的生成空間，也是小說人物演戲觀劇、相互交往的主要活動場所。《故都秘錄》中，主人公陶靜芬在天祥戲園搭班唱戲，十分叫座，惹起邢旅長的注意，靜芬的生活從此有了一大轉折。《秋海棠》裏，年少的秋海棠在戲園唱戲，被袁師長另眼相待，秋海棠後來的人生經歷於此大有影響。《歌場冶史》開頭戲園老闆爲了重整戲園，請來楊柳青和楊小紅姐倆登臺唱戲。他們第一天由洪大奎陪著進到天霓茶園：

> 只見池子裏三四排桌子上都鋪著白布臺毯，每個桌上都放著一個蠟梅花紮成的大花籃，四盆子水果，幾張大紅戲單，用蓋碗壓著，

〔註 3〕 秦瘦鷗：《戲迷自傳》，北京：人民文學出版社 2009 年 7 月版，第 2 頁。

> 顏色甚是鮮明。抬頭一看包廂裏、欄杆上也都圍著白布，連上層包
> 廂裏也有幾處供著花籃水果，足見幾個案目的魄力著實不小。白桌
> 布範圍以外的座位，看客已有不少加了椅位坐著，預定的座兒卻稀
> 稀的只有幾個僕役模樣的人坐著看守。（第五回）

清代以後茶園的一大功能就是演戲。「因為茶園裏僅僅備有清茶和點心，供客
人消閒磨牙，沒有酒桌上那種喧鬧聲，比較適於人們觀賞戲曲演唱，所以成
為更受歡迎的觀劇場所。」〔註4〕在茶園劇場之前，人們觀劇的重要場所是酒
樓。在酒樓邊吃飯邊看戲，以戲曲助吃飯，這種形式對於愛看戲的人和演戲
的人都不理想。茶園劇場興起，使人們有了一個專門的觀劇演劇環境，以清
茶助戲曲，更加悠閒愜意。「茶園建築的整體構造為一座方形或長方形全封閉
式的大廳，廳中靠裏的一面建有戲臺，廳的中心為空場，牆的三面甚至四面
都建有二層樓廊，有樓梯上下。」〔註5〕廳中空場即「池子」裏設有桌椅，普
通平民可以入座看戲。樓上為包廂，常為達官富商所預定。他們常在戲開場
後才來，戲未終場時已去，所以楊氏姊弟到戲園時只看到幾個僕役在看座。
二層的包廂有三面也有四面的，那第四面包廂設在戲臺後部左右兩側。還是
《歌場冶史》第五回說道：

> 原來舊式戲院的所謂花樓，就是戲臺後面的兩個包廂，平常只
> 看見唱戲人背後形，直要等演員下場或回過臉來的時候，才能看見
> 他們的面孔。不過那些時候，他們的面容都不像臉衝著正廳那麼莊
> 嚴，哪怕是要哭的戲，偷偷的笑一笑也不要緊，就是唱戲的坐在臺
> 上，只要用袍袖一擋，與花樓上遞個眼色演個手勢，外面的看客也
> 無從覷破。所以凡是有特別用意的人，卻不怕冒看戲屁股之嫌，都
> 愛佔據這座花樓。（第五回）

小說裏的這段說明，既描述了茶園劇場的佈局，也揭示了佈局中的奧妙。《歌
場冶史》中就有一些美麗的看客定下花樓包廂，專為楊小紅捧場。楊小紅也
就沉醉迷失在了這些美麗的看客中。

　　廣德樓、吉祥園、三慶園這些著名的茶園是為了演戲而開，然而它們所
構築的劇場空間並非只是單純的為了看戲和演戲。除了看演戲曲之外，這些
晚清民國的戲園還行使著兩項重要職能，一是消閒，二是社交。戲園是公共

〔註4〕 廖奔：《中國古代劇場史》，鄭州：中州古籍出版社1997年5月版，第86頁。
〔註5〕 同上，第92頁。

娛樂場所，本身就是用來消閒的。那些達官富商、太太小姐、負販走卒，閒來無事常進戲園消遣他們的光陰。《故都秘錄》中那些和「闊伶官」交纏在一處的「滿貴族」、「清遺老」就是坐享家中基業，整天不務正業，有著最多的消閒時間的人。另一方面，社會勞動工作制度的實行，使得人們享有了支配休息日的自由。「大商業或大工業的組織方式，改變了人們在自然經濟狀態中，作息時間的分配受制於自然節氣、生態條件等不定因素的混沌狀態，使勞動時間和閑暇時間的區分明晰化、固定化，如定時工作制的出現和禮拜天休息等。人們的收入，也大多不再與勞動時間投入的長短直接掛鈎，這使得休閒娛樂活動有可能成爲人們日常生活的一個組成部分。此外，城市化過程中的市政建設、能源利用，也直接影響了人們休閒娛樂活動的時間分配和便利程度，如路燈的設置、煤氣燈及後來電燈的普及，使人們的社會生活不再受晝夜的約束，由此延長了人們的休閒時間。而馬路的開闢、交通工具的改進與增多，使人們的休閒活動不再受距離的限制。這種時間分配和空間安排上的『合理化』過程」〔註6〕，都能讓戲園分擔起消閒的職能。

　　然而，人們在戲園中舒散身心，卻有些顧不得戲園的整體環境。鄭振鐸就懷著不滿態度描述了當時戲園的消閒場景：首先，「賣座太好了連舞臺上也要坐滿了看客呢。不止一次，劇臺的兩旁，是密密的高高低低的排坐了好幾排的人。這些看客卻也混入戲劇的表演中了，未免太是可笑！」《歌場冶史》中楊柳青出臺就有這樣的盛況。盛況和混亂往往不容易截然區分。其次，「中國舞臺戲是演得如何的時間長久！日戲下午十二時半上場，直到六時始散，夜戲約七時上場，直到午夜十二時半才散；一齣緊接著一齣，走馬燈似的不使觀客有一絲一毫的寧神靜思的機會。一口氣坐了六七個小時，聚精會神的仰了頭看著，你想夠多末費力！如此的連看了幾十天，不死也要大病一場！有人說，許多人都要等到好戲上場才來呢。然則何不專做好戲而取消了那些專爲消磨時間計的前軸子的一批戲？」戲園演戲一般分爲「三軸」，開場時觀眾不多，前軸子戲常由一般演員表演，用來等待那些未到的觀眾，又使已到的人不感到寂寞。中軸戲和大軸戲才是每日演出的重點，由優秀演員主唱，很多看戲的人常要等到他們喜愛的演員出場時才來看戲，所以並不用連坐六七個小時。而那些花了幾角小洋到戲園裏來的市井小民卻樂此不疲，常常連

〔註6〕葉中強：《從想像到現場——都市文化的社會生態研究》，上海：學林出版社2005年3月版，第62～63頁。

軸看戲，甚至連臺看戲，要把全本故事看完不可。戲園裏連續演劇，爲觀眾
提供了隨時欣賞和選擇欣賞的便利。臺上演戲，臺下人出出進進、來來去去，
很是隨意。於是產生了令鄭振鐸感到不快的第三個方面：「麻煩不已的便是如
穿梭似的往來著，高舉了貨物籃或盤在頭上的小販子；他們時時擋住了你的
視線，時時的和客人們講價之聲或喊賣之聲，擾亂了你的靜聽」。而觀眾們「隨
時的吐痰，吃東西，隨時的高聲的談話，隨時的進進出出，一點秩序也沒有，
這也將使你的聽戲或觀戲的目的爲之打擾了不少」。如果不把到戲園看戲當作
唯一目的，那麼戲園中的這些情形未嘗不能成爲消閒樂趣。鄭振鐸其實是以
西方劇院的模板來比照中國的戲園子，自然發現件件都不恰合。他提出了改
造中國戲園的幾條意見：「一、樂隊的位置移至臺後或臺下。二、演劇時間減
短，至多以三小時爲限。三、武戲少演爲妙，即演，小婁羅萬不可再在臺上
大獻『好身手』。四、廢除案目制度，改爲直接購票或定座，票上最好印有號
碼。五、不准劇場中往來喊賣食物。六、每齣完畢後，須略有休息的時間。
七、觀客不得於演戲之中段，喊聲叫好。八、觀客不得於演劇之中段，自由
進座或離座。九、後來的觀客，須在門外等候，待一齣演畢時方可進場，就
座。」〔註7〕這些意見固然很好，並在後來的劇場改革和觀劇演劇活動中大都
實現了，然而秩序井然的劇場在很大程度上失落了戲園子文化的獨特風味。
那些進到戲園裏的人們，在看戲之餘能夠享有到那份雜亂熱鬧的樂趣，他們
在這樣的環境裏可以毫無拘束，放任時間在消閒的自在中流淌而過。

　　社交，也是戲園承擔的一項重要功能。戲園爲現代中國人自覺嘗試這種
新興的接觸交往方式提供了充分的機會。「所謂社交從嚴格意義上是指人們
共有某種感情的行爲。間隔一定距離的相互有關的人們，在一定的時間、空
間限制下，逐漸共有受到適度抑制的感情。在社交的場合，人們相互親近但
不親密無間，締結有向心力的關係卻不排除第三者。人們聚集在一起展開社
交活動，雖然他們共同擁有大體一致的目標，但決不狂熱地追求實現其目標」
〔註8〕，而是充分享受追求的過程，享受這一過程中被消費的時間。所以，
即使那些戲曲曲目已經熟悉得不能再熟悉，對於中國戲迷來說，他們依然願
意坐在戲園裏一遍遍的玩味戲曲帶來的快樂。這時，到戲園已不僅僅是爲了

〔註7〕　鄭振鐸：《影戲院與「舞臺」》，《文學周報》1927年第4卷，《鄭振鐸文集》（第
　　　　四卷），北京：人民文學出版社1985年6月版，第70～73頁。
〔註8〕　〔日〕山崎正和著，周保雄譯：《社交的人》，上海：上海譯文出版社2008年
　　　　6月版，第24頁。

看戲，而是咀嚼看戲的經驗。

看戲和演戲是雙向交流的活動，在戲園裏發生的交流活動還包括了那些看戲人之間的互動行為。特別是當女性被容許在公眾場合拋頭露面甚至自由行動之時，戲園真正成為社交的重要場所，想要相互結識的男男女女從各處湧入戲園，在看和被看的樂趣中尋找可趁的時機。《故都秘錄》裏，三小姐、樾二太太她們在第一舞臺看戲。書中說道：「只見三小姐一雙眼睛，只注在右廂上，看了一會，又附在樾二太太耳邊說了幾句話，說完，又看，對臺上的戲一點都不注意」。因為這一專注的看，三小姐的人生出現了大轉折。原來三小姐看見了她昔日所鍾情的人在隔壁包廂看戲。這個人從前是唱青衣的花玲仙，如今成了汪師長的馬弁。三小姐為了接近花玲仙，只能和汪師長認識並同他敷衍周旋。誰知汪師長極力追求三小姐並幾乎是強行地娶了她。可是新婚一夜，汪師長便丟下三小姐自行開拔而去，因為他把失去升任機會的責任完全歸罪於娶了三小姐。後來聽師爺起課，又把三小姐接到軍營以助聲威，可還是打了敗仗，汪師長盛怒之下槍殺了三小姐。這個悲慘的故事起源於三小姐在戲園中的社交行為，在戲園裏她為了花玲仙認識了汪師長，才帶來如此結局。小說最後，花玲仙隻身回到北京，「在馬路上，冒著大雪，信步胡走，一氣走到東安市場後門，聽見牆內吉祥園鑼鼓錚錚聲響，麻木的腦筋為之一震，想起當年，在吉祥園演戲，三小姐和樾二太太排日包廂請客，此時是如何景象，前塵往事，真是不堪回頭」。戲還在一齣齣上演，可是看戲演戲之人都已換過，不是當年情形。戲園裏的故事在那熱鬧的鑼鼓聲中多少含著些悲哀的成分。

二、伶人的身份

花玲仙是演戲行業中能夠清白行事的人。儘管三小姐極力追求他，他終究律於己感其情，在三小姐死後進山出家去了。通俗小說中，花玲仙的結局比較起秋海棠、楊小紅的身亡來說還是令人寬慰的。世俗的態度和生活的艱辛，把很多有才能的伶人都摧殘掉了。

通俗小說裏寫到的一些突出的伶人形象都具有較高的唱演才能。花玲仙、秋海棠都是紅角，楊柳青姊弟也同樣有叫座的能力。《歌場冶史》中，茶園老闆為了挽回經營失敗的危機局面，請來楊柳青姊弟，果然身手不凡：

> 那時臺上正在那裏跑三插花，楊柳青嘴裏唱著，腳底下跑著，

幫工著實有些真工夫。梆子老生都有幾分野氣,唱得過火的人便會像強叫化子叫街。楊小紅雖然年輕,卻能脫盡火氣,在臺上奔跑也自從容不迫,唱幾句也無聲嘶力竭的樣子。尤其面部表情特別豐富,喜怒哀樂都能在眉目間曲曲傳出。今天配他們扮趙子龍的,也是班中的一位頭等武生,三個人在臺上越奔越快,真像穿花蛺蝶一樣飛來飛去,看客又替他們喚好助威,臺上人也格外賣力起來。這時候臺底下正在炸窩,吳、梅二位老闆也正看得出神,忽然案目頭福卿過來,把他們叫到包廂後面說道:「今天有許多看客都要定明天的位子連看下去,明天的座位已經早已支配好賣出去了。這樣好的生意,我們何不請楊柳青再連唱三天呢?」吳、梅二人當然贊成。三人便一路同去找到了天霓的老闆,同他商量續包戲館的事情。(第五回)

楊柳青姊弟在大上海初次登臺,如果沒有過硬的本領,是不可能受到如此歡迎的。戲曲演員的這種才華正是中國傳統藝術光彩照人的表現。潘光旦道:如果中國戲劇「不能不算作一種藝術,並且是一種很複雜的藝術」,那麼中國伶人「不能不算作一種人才,並且也是一種很複雜的人才」。一位出色的戲曲演員應在美術、舞蹈、扮演、音樂、戲劇和做工、唱白等方面都有良好的造詣,所以伶人亦是一種人才。〔註9〕伶人的才能不是所有人都可以具備的,因此當他們在戲臺上充分施展才能的時候,便容易贏得觀眾的注目乃至傾慕。伶人不幸的命運往往由此發端。

《歌場冶史》的主人公是楊柳青姊弟,他們的故事很好地演繹出了晚清民國時期男女伶人通常的命運遭際。小說前半部分主要寫弟弟楊小紅抵制不住誘惑,最終喪命的故事。楊小紅出臺,即大受矚目。對楊小紅十分上心的看客主要是兩類人,一類是妓女,另一類是姨太太。楊小紅終日沉湎在這兩類人中間,以為樂境。不料,妓女們為了楊小紅生出許多事端來,而楊小紅和王純華七姨太太的事被王純華發現,楊小紅鋃鐺入獄,終未獲救死在獄中。在楊小紅的故事裏,妓女和姨太太都是男伶常會遭遇到的兩類誘惑。而妓女與伶人的私情又是青樓業的一項忌諱,因為妓女會拿恩客的錢去貼補她們相好的優伶。這事一旦被發現,妓女營業會大受影響,但多情的妓女卻願意冒這個險。《歌場冶史》中,小霸王莊兄弟的一場鬧亂就由楊小紅和妓女、妓女和嫖客之間的矛盾引發出來,小說的另一個重要人物林少雲便在這場爭端中

〔註9〕 潘光旦:《中國伶人血緣之研究》,上海:商務印書館 1941 年 9 月版,第 3 頁。

走進了楊小紅姊弟的生活裏。楊小紅和老七的故事，或者說伶人和姨太太、太太的故事是伶人演藝生涯中又一個危險的誘惑。楊小紅沒有抵制住這個誘惑，終遭厄運。《秋海棠》中，秋海棠抵制住了這樣的誘惑。在小說第二章，他對王太太道：「假使你想買我的目的是爲了要找快樂的話，那麼我可以告訴你，我是不會使你快樂的，而且還會使你把原有的快樂一起斷送掉！趁你現在還保有你自己的快樂的時候，讓我們把這筆交易根本勾銷了吧！」作爲一個伶人，秋海棠的人格正氣凜然。

楊小紅、秋海棠的不幸源於戲曲史上的狹伶之風。「戲曲藝人，尤其是旦角藝人，沒有人格上的任何尊嚴，世人可以隨意拿他們調笑戲弄。清代形成一種很污濁的社會心理，看戲不是爲了看戲，而是爲了看旦角的色相。」〔註10〕秋海棠是旦角演員，他被袁師長另眼看待，得源於捧旦風習。而當女性被允許進入戲園，成爲捧伶的重要成員時，瀟灑的小生形象便在她們的頭腦中揮之不去。楊小紅遂成了這些女看客的追逐物。這依然是狹伶之風的承襲。

中國戲曲舞臺上，旦角最初是由男人扮演的，「一直到清末民初名優田際雲辦了崇雅女科班訓練女演員，由此，女角流行起來」〔註11〕。旦角可以由女人扮演，坤旦的流行端正了演員的性別角色，不致令人產生曖昧混淆的錯覺。雖然狹旦習氣依然能迷失性別差歧，但是女伶登臺多少使戲劇界的性別困擾有所緩解。女演員的自然柔媚去掉了假扮的造作忸怩。然而男女同臺就如男女同校一樣不是女演員、女學生一出現即會當然被接受的。《歌場冶史》的戲園老闆就因爲沒有得到男女同臺演出的許可而遭受經營挫折。民國時期，男女同臺演戲是幾經反覆才被通過的。楊柳青姊弟能在上海同臺亮相，也是戲園老闆拿到了「照會」才可實現。

> 原來楊柳青以前在北方唱戲，陪他唱配角的，無論戲中是老生小生統由楊小紅一個人扮演。此次到上海來，楊小紅也唱得很紅，洪大奎便代他們出個主意，要維持楊小紅的身份，處處叫他處於好角兒的地位，便不教他再唱小生戲。如演《新安驛》《梵王宮》等戲，另外叫天霓班底裏的一個坤角小生配著楊柳青唱，楊小紅自己單獨唱一齣老生或武生戲。除非花旦與老生並重的戲，才把他們兩

〔註10〕廖奔：《中國戲曲發展史》（第四卷），太原：山西教育出版社 2000 年 10 月版，第 138 頁。
〔註11〕董每戡：《說劇》，上海：文光書店 1951 年 8 月版，第 121 頁。

> 個人合在一起。像《大劈棺》裏的莊子等角色，也都用不著他扮了。
> 這樣一來，楊小紅的戲碼兒常在前面先完，天天要等他姊姊的戲唱
> 完了才一路同坐馬車回家。（第六回）

坤旦比生角更受歡迎。很多戲目都以旦角爲主，生角只是配合唱戲。爲了顯示楊小紅「好角兒的地位」，只在生角戲份重的時候，讓他單獨出演或者與楊柳青同臺合演，不再擔任配角。可是楊小紅雖然走紅，還是不如姐姐的坤旦來得重要。「楊小紅的戲碼兒常在前面先完」，楊柳青的戲碼兒在後，常是壓軸的。戲園安排劇目，越往後的戲越重要，名角兒通常要到最後才登臺以顯示自己的身價。楊柳青唱戲也就處在了這樣的身價位置。

　　然而楊柳青並不總是紅角兒。小說講述了她紅極一時到潦倒慘死的悲劇一生。悲劇的開頭就是弟弟楊小紅被抓入獄。楊柳青沒有辦法可想，只得求助於捧她的看客金八太爺。金八太爺答應幫忙，條件是楊柳青必須嫁給他。楊柳青答應了，雖然金八已有好幾房姨太太。楊柳青嫁給了金八，金八卻沒有幫她救出弟弟，楊小紅死在獄中。隨後母親去世，楊柳青產下的小孩也沒有存活。在金家的欺凌下，楊柳青逃了出來，和林少雲結爲夫妻。林少雲是楊家的朋友，在楊家患難時他出力相救，楊柳青對他十分信任。楊柳青曾想：「唱髦兒戲的最多不過同窯姐兒一樣，嫁給有錢的人家做姨太太罷了。再不然嫁一個唱戲的丈夫，活到八十歲還是要到臺上去受累。像林少雲這樣才貌雙全的丈夫，真是穿了鐵草鞋也無處去尋找，自己能夠嫁著這樣一個人，也算是心滿意足的了」。（第十三回）楊柳青下嫁金八爺，後又與林少雲結合，都出於這個想法。然而林少雲並非「才貌雙全」，他和楊柳青生活在一起後便靠楊柳青唱戲過活。本想著楊柳青的紅角身份可以讓他吃穿不愁，誰知楊柳青復出後唱戲生涯一再受創，已非當年可比，他們的生活出現危機。林少雲離開了楊柳青，楊柳青只得自覓活路。她給人作了外室，又涉足娼門，好不容易找到一個條件好的丈夫當了太太，卻又染上賭隱，把丈夫的家產輸光。於是和人潛逃姘居。沒想到姘居之人竟是匪類，楊柳青牽連入獄。出獄後途窮潦倒，最後凍死街頭。小說這樣敘述在此過程中戲劇界的變遷情形：

> 在這幾年工夫之內，上海的戲館情形也發生大大的變化。髦
> 兒戲館已經絕跡，舞臺裏都是男女合演，所有女演員都是年輕美
> 貌的少女，唱的都是梅派青衣，梆子胡琴的聲音連開鑼戲裏都聽
> 不見了。戲館裏的配角都是男子，絕無女演員插足的餘地。江南

各碼頭的看戲眼光，都以上海的風氣爲轉移，所以楊柳青出獄以
後，戲館裏連跑宮女的位置都找不到一個。她完全被時代所淘汰
了。(第二十九回)

民國時期很多戲曲演員都會遭遇被淘汰的命運。他們雖有出色的唱演技藝，
但無法抵抗時代社會的種種誘惑和脅迫，終於淪落頹敗。只有眞正的藝術家
像梅蘭芳、荀慧生輩才能在那個時代脫穎而出，成爲後人追念的師長與人格
楷模。

楊柳青、楊小紅可以代表當時多數的伶人。他們的不幸遭遇讓人嗟乎哀
歎，也引人對伶人的身份地位問題頗費思量。小說《歌場冶史》採用的是一
個倒敘結構，開頭的「楔子」描述了在天寒地凍的日子裏，楊柳青屍陳街巷
被人發現，正文三十回追述了楊柳青姊弟一生的故事，第三十回與楔子部分
相縫合，講述了楊柳青死前的悲慘境地。可以說，正文部分其實是回答「楔
子」的疑問：楊柳青爲何會慘死？答案的陳述曲折盡致，小說通過楊柳青姊
弟的故事想要傳達出的對伶人身份地位的思考也眉目漸清。

孫玉聲序《歌場冶史》道：小說「純以實地寫眞法出之」，「誠社會小說
中之傑作也」。〔註12〕魏紹昌對此進一步解說道：「作者安徽人，寄籍上海，
原名汪優游，從事寫作外，還能演京戲和文明戲，演京戲受到麒老牌周信芳
的推崇，演文明戲得到電影先驅鄭正秋的稱贊，都很有成就。」《歌場冶史》
的「故事全出於作者的親歷見聞，讀來恍如身臨其境，感受特深」。〔註13〕要
說《歌場冶史》寫的故事眞有其事，還不如說小說描述的主人公命運及其社
會身份地位確能反映出當時多數伶人的狀況。因爲講述故事不可能和現實本
身完全對應，但故事呈現出的問題卻可以概括社會現象的症候。小說作者汪
仲賢以其豐富的經歷和體驗，揭示了中國傳統戲曲藝術遺留於現代社會的創
傷。「伶可訓爲弄，和優一樣是屬於弄臣類」。〔註14〕這一傳統身份給後來的
戲曲演員帶來了不幸。在被娛弄一點上，往往是「倡優並稱」。這「原是一種
很古老的習慣，但稱謂上優既列在娼後，事實上優的地位也並不及娼。據說
以前在相公的風氣很盛的時代，伶人對妓女相見時還得行禮請安。理由是妓
女一旦從良，前途還有受誥封的希望，做戲子的連這一點都沒有，所以就永

〔註12〕 海上漱石生：《序》，汪仲賢：《歌場冶史》，瀋陽：春風文藝出版社1997年4
月版，第321頁。
〔註13〕 魏紹昌：《編餘贅言》，同上，第324頁。
〔註14〕 董每戡：《說劇》，上海：文光書店1951年8月版，第116頁。

遠沒有翻身的日子」。〔註15〕他們一旦從事了這個行當，就注定了卑下的地位。一般有身份的人，即使再對戲曲發生迷戀，也不會輕易涉足此道。《故都秘錄》中，走投無路的貴族小姐陶靜芬不得不登臺唱戲以維持生計。她賺了一些錢後即想到：如「給櫬姑母知道，幹此丟臉的事，一定不答應」。「當下便向天祥戲園辭謝，不再出演。」（第四回）要改變「伶人」的身份，使之成為「戲曲演員」或「表演藝術家」，對於民國年間的伶人來說，還得費些時日。這不僅需要伶人為自己端正態度，還需要社會觀念的更新，需要那些戲迷看客們真正的欣賞。

三、看客的喝彩

陶靜芬是《故都秘錄》中的一個重要角色。她命運多舛，身為簪纓後代，卻自幼失怙，父母早亡，嫁的丈夫又不上進，不得不與夫家離了婚，一個人流落在外，自殺不成，只能靠唱戲維持生計。遇見了邢福林，被苦苦追求，遂嫁給了福林。本望過上安穩的生活，竟發現福林已是有婦之夫。靜芬為大妻所欺，只得離開福林回到北京，靠著私蓄過活。姑母櫬二太太一直憐惜照顧著靜芬，但櫬家後來敗落潦倒，一貧如洗，靜芬又去唱戲掙錢，和櫬二太太相依為命。小說最後，故人花玲仙回北京訪得靜芬和二太太，把自己所有的錢給了她們並勸道：二太太可「和陶小姐同到東陵鄉間去，北京人心險惡，是萬住不得。望二太太陶小姐，聽我最後的勸告，免致淪落」（第十三回）。

悲哀的優伶生涯是易於讓人淪落的，花玲仙便極早離開了這個行當，維持了個人清白。《故都秘錄》中，靜芬是身兼二職的角色，作為貴族小姐，她是個戲迷，認識了唱戲的花玲仙；作為一個不幸者，她是個女伶，以唱戲的賣座率來博得生活的資本。靜芬唱戲很有天賦，扮相也出眾，當她第一次屈降身份登臺演戲時，便有了名氣。

> 演到第二晚，靜芬在臺上演玉堂春，只覺自己唱了一句，臺下
> 便跟著一陣掌聲，那掌聲來得非常清脆，卻又秩序，不論輕重，隨
> 便亂拍，好似有意搗亂，留神向臺下一看，見臺前左邊，第二排椅
> 子上坐著一位三十多歲客人，一身軍裝，兩掌高高舉著，不住亂拍。
> 那清脆無節調的掌聲，便由這客人身上，發生出來。靜芬看那客人，
> 直著一雙油光醉眼，只往自己身上，好似發狂一般，心裏不由好

　　笑。……靜芬才看出那客人，不是來搗亂而是來捧場。（第四回）
爲靜芬極力捧場的這位看客就是出身行伍的邢福林。他力捧靜芬一是出於靜
芬確實唱得好，二也是因爲產生了愛慕之心。「追星」在福林身上體現盡致，
他一次次登門拜訪靜芬，並在靜芬患上白喉險症之後全不顧這一傳染病的嚴
重危害，悉心照料靜芬。麗人起死，感念恩情，以身相嫁。這是看客捧伶贏
得的報償。

　　潘光旦分析捧伶的原因道：「戲劇終究是一種藝術，社會上所謂上流的人
士對於藝術總有幾分愛好，有的並且愛好得很深刻。就在不大懂藝術的人，
至少不能沒有娛樂，不能沒有聲色之好。前者對于伶人，當然能相當的欣賞
以至於欽佩；後者至少也能表示些一般的好感。至於感情用事的觀眾，更不
免揄揚過當，形成一種捧角的風氣。」「捧角的風氣，大率不出兩種表現的方
法。有的是金錢的，浪擲纏頭，動輒鉅萬，以前也頗有其人。有的是文字的。」
〔註16〕用文字來捧角是文人擅長做的事情。邢福林是軍旅出身，他的捧角當
然只能屬於前者。不過他用的是施恩感化、救人於危難的方法，並不純粹是
靠金錢打動靜芬。就對戲劇的欣賞程度來看，福林不是懂戲的那一類，他去
戲園看戲出於尋娛樂，爲靜芬傾倒乃是他所料不及的事。民國時期大都數的
「戲迷」和福林一樣，因爲「當時的娛樂活動實在有限，不聽戲，幹什麼去？」
雖然「戲迷」是當時中國的「一種普遍現象」，〔註17〕但眞正懂戲之人只是「戲
迷」中的一部分而已。

　　有研究者把民國年間的戲曲觀眾分爲四類：「封建官僚政客、滿清貴族遺
老遺少、豪商大賈、普通市民」〔註18〕，幾乎囊括了各個階層。邢福林屬於
官僚政客類，《故都秘錄》中重點敘述的戲曲觀眾是「滿清貴族遺老遺少」，
他們大部分可謂是眞正的懂戲之人，「並且愛好得很深刻」。「由於清王朝最高
統治者的喜好和提倡，王公大臣們將觀劇、聽戲、研習戲曲看成是一件很風
雅的事。」民國年間「有不少人退出政壇後移情於劇壇，或每日以看戲和捧
角爲生涯，或以組織票房、研習戲曲、粉墨登場爲樂趣。如民國三年（1914），
前清達王（竹香）在地安門東皇城根路北4號達王府偏院成立的達王府票房，
參加者多係前清室各王公世家子弟」。「民國七年（1918），前清成親王的曾孫

〔註16〕潘光旦：《中國伶人血緣之研究》，上海：商務印書館1941年9月版，第234頁。
〔註17〕王曉華等編著：《百年娛樂變遷》，南京：江蘇美術出版社2002年1月版，第11頁。
〔註18〕劉文峰：《百年梨園春秋》，北京：中國經濟出版社2000年9月版，第6頁。

溥侗（紅豆館主）與恒詩峰在北海成立言樂會，研習戲曲。」〔註19〕對戲曲的好尚在清遺老遺少中間蔚然成風。這已不僅僅是娛樂，更成爲了一種正業。《故都秘錄》中的樾公爺就是此類中人。

> 原來樾公爺的父親忠厚，原任內務府大臣，饒有資產，生平酷愛戲曲，樾公爺幼受薰陶，當十幾歲時候對於戲劇，文武崑劇，無所不會，後來忠厚故後，又值遜清退位，樾公爺除在小朝廷應值之外，閒中歲月，在府中組織一個懷春社，每逢三六九會期，邀集一般貴介子弟，在府裏演唱。不過他這個懷春社，和五城子弟所組織的票房不同，社員限制極嚴，非有相當劇學，和貴胄出身人物，不得濫行介紹入社。社中社員，只以互相研究戲曲爲限，外面一切堂會，絕對不許應酬，以尊體制。這般貴胄又都是不辨菽麥，不知天日的愛鬧排場的闊大爺，一加入懷春社，一個個都請一個專門琴師，爲他拉弦托腔，有時唱得高興，某句要學某人，某板要學某派，便把某伶召到府內，做臨時顧問……所以樾公爺門下，不斷有優伶出入，無論是何等腳色，要出臺唱戲，博得好評，差不多都要在樾公爺門下伺候討好。樾公爺休休有容，無論你是走運不走運的腳色，只要你肯上我們來，總肯給你一些好處。既仗著祖宗留下不心痛的財產，任意揮霍，在伶界中卻博得一個財神爺名氣。不但樾公爺嗜劇成癖，就是死去的大太太，和現在這位樾二太太，也都有戲癮，文武崑曲，能戲也不下十數場，加之素性放誕，對於出入門下伶人，她差不多沒有一個不認得。（第二回）

樾公爺特地在他的花園中造了一座凝暉樓，來供養懷春社，並和一班梨園子弟相往來。小說對樾公爺的正面描述不多，然而他的厚實資財和在梨園界的威信，使他和樾公府成爲小說人物故事的支撐點，陶靜芬、樾二太太、花玲仙等小說裏的重要人物都與樾公爺或樾公府有關，而當樾公府資財喪盡，呼啦啦似大廈傾時，小說的人物故事也差不多有了了局。

希公爺就和樾府很有一段交情。希公爺潦倒落難，樾公爺臨危救助，希公爺就在樾府東花園住下，以編劇遣興。那天在凝暉樓試演完希公爺親編的《風流棒》，「座上一般內外行的觀眾，都非常滿意，富蓮雲卸裝之後，又特

〔註19〕劉文峰：《百年梨園春秋》，北京：中國經濟出版社 2000 年 9 月版，第 8、7頁。

到希公爺面前請安，請求指正」（第十二回）。可以說，希公爺的好尚戲曲已達到「專家」地步，他的捧伶不像一般人那樣坐在戲園中叫好鼓掌，而是編寫劇本，給演員說戲，指導他們唱戲演出。靜芬就拜希公爺爲師，跟他學戲。作爲昔日貴族，希公爺在嗜賭成性、傾家蕩產之後，終於在戲曲方面找到了用武之地。這些「前清王公貴族和他們的後裔都受過良好的文化教育和戲曲藝術的長期薰陶，有比較好的藝術修養和比較高的審美意識，再加之他們中的許多人還親自參與了藝術實踐」〔註20〕，因此能夠推動中國戲曲藝術的傳承和發展。

　　然而，並不是所有愛好戲曲的人都會用善意的態度對待唱戲的伶人。潘光旦在分析了捧伶風氣之後即指出社會上還存在一種惡意的態度。「這種惡意的態度不但是很普遍，並且也有很長久的歷史。」具體表現爲：「一、一樣寫劇本，伶人寫的，無論怎樣好，總不能和文人寫的比。二、一樣扮演，伶人的不是『生活』，而是『把戲』，沒有本身的價值，只能恣士大夫階級的笑樂。三、不但一般人這樣瞧不起伶人，就是首屈一指的大作劇家關漢卿也未能免俗。四、從古以來，伶人只能有伶人的綽號，不許有正式的名字。」〔註21〕1908 年，潘月樵、夏月珊等人在上海創辦「新舞臺」，改良傳統的戲劇作風和戲劇觀念，演員不用綽號而用本名，充分表達了對戲曲演員的尊重。可是觀念的改進並非一朝一夕的事，也不能僅靠形式面貌上的革新，把看戲當成娛樂乃至於把伶人當成消遣品，這樣的態度或許直到現今還遺留在人們「追星」的時尚中，因爲戲劇承擔的主要職能還是娛樂。這是一個看來無法完全解決的問題，但是過去和現今畢竟已有了非常大的不同，對從事娛樂工作的人的一般觀念得到了改變，伶人已成爲「戲曲演員」和「表演藝術家」。

　　在《故都祕錄》中，伶人還是伶人，他們在多數人眼中仍是消遣品。樾公爺的二太太合著一幫小姐太太們，以出入於戲園酒樓爲日常正務，她們看戲、邀伶人陪酒，三小姐對花玲仙一見傾心，樾二太太便從中大力撮合。希公爺居住樾府花園時看到的一幕場景，令他憤憤不平。

　　　　在玻璃窗簾隙一張，卻嚇了一跳，裏面不是意想中的當差園丁
　　人等，當中一張梨花匡床，床上擺煙燈煙具，煙燈旁橫躺著一個女

─────────────

〔註20〕劉文峰：《百年梨園春秋》，北京：中國經濟出版社 2000 年 9 月版，第 9 頁。
〔註21〕潘光旦：《中國伶人血緣之研究》，上海：商務印書館 1941 年 9 月版，第 235、
　　　　236 頁。

人，脫了鞋，光著襪子，衣襟上摟，露出緊束絲襪的胖腿，不是別
人，乃是樾二太太，手中正拖著煙槍，對著煙燈呼呼吸著，在樾二
太太對面躺著一個年輕的女人，一副嬌臉龐，一雙帶媚的秀目，半
開半閉，似已有倦意，身上穿著玄緞皮袍，整整齊齊，躺著，顯得
身材嬌小玲瓏，只不認得她是樾二太太什麼人。那胡琴聲音，就在
靠門邊發出來，那邊似坐著一個人，給窗簾擋住，在窗外竟看不明
白。希公爺，又略向東邊挪一挪，由簾縫裏，望進去，不由嚇了一
跳，那拉胡琴的，不是別人，乃是唱武生的郭金福……（第十二回）

類似的場景出現在小說第七回，郭金福和樾二太太在煙榻上不拘形跡地密
話，被三小姐在窗外窺得。兩次樾二太太和伶人取樂的猥褻行徑都是通過第
三者的視角敘述出來的，一方面樾二太太的腐朽生活通過第三者的眼光來表
現可以顯得更為客觀，另一方面因為是偷窺得來，所以更顯私密，也更顯示
出狎伶行為的醜陋和不端。

看客的不同性別影響著對伶人的態度。樾二太太和三小姐她們是女客，
對郭金福、花玲仙等男伶偏喜有嘉，樾公爺、邢福林等則對坤伶頗多愛慕，
邢福林追求陶靜芬就是很好的例子，但他們對花玲仙等漂亮男伶亦不乏交好
之意。小說第二回道：「這一般勝朝殘貴遺老，在前清時代，都是顛倒私寓風
月場中的老斗，現在民國梨園子弟，雖無經營私寓陋習，但在這一般斗行名
宿，對漂亮童伶，仍以私寓子弟狎視，所以花玲仙劉碧舫二人一來，立時舉
座談笑風生，觥籌交錯，大家一洗蕭穆矜持態度。」無論是男伶還是女伶，
把他們當成消遣品，在晚清民國年間是司空見慣的事，這是伶人的悲劇。而
小說《故都秘錄》卻著筆於看客的悲劇。伶人花玲仙最後遁跡山門，保全了
自身清白，但那些眾多看客都一個個潦倒收場。昔日捧伶狎伶的聲氣終於消
歇了。小說結尾花玲仙反成了樾二太太和陶靜芬的救助者，顛倒了當初的氣
象。惡意和醜態終究要被揭去，小說以「故都秘錄」為題，意在述說一樁過
去的故事，雖然不足為外人道，但畢竟已經過去了，說說無妨。

四、《秋海棠》的人格

《秋海棠》講述的也是一樁發生在過去的故事。「1926 年底至 1927 年初，
天津發生了一起軍閥殺害京劇藝人的事件。上海新舞臺的兩名年輕京劇藝人

——劉漢臣與高三奎到天津演戲，得與天津的直隸督辦褚玉璞某姨太太結識，發生戀情。褚玉璞是山東土匪出身，隨張宗昌投靠奉系李景林，組成直魯聯軍，由此佔據天津，成為一方土皇帝，他得悉此事時，劉、高二人已轉赴北京獻藝，褚即派人將劉、高抓迴天津。戲班方面託人轉請奉系首領張學良講情，褚置之不理，於十天後（1927 年 1 月 18 日）在津將劉、高二人槍決。此事涉及褚玉璞家醜，自不便公佈原因，當時北伐軍正節節勝利，北洋軍閥的統治已呈敗象，奉系稱北伐軍為『南赤』，稱馮玉祥之國民軍為『北赤』，宣稱『不問敵不敵，只問赤不赤』，藉以聯合各派軍閥共同抗拒北伐軍，常藉口『赤黨』捕殺無辜，褚玉璞即是以『假演戲之名，宣傳赤化』的罪名處死了劉、高。」〔註 22〕這一事件在當時社會上引起很大震動，各報上都報導了此事，並揭示了真相。這件事在作家秦瘦鷗心裏感發的觸動揮之不去，他開始了寫小說的準備。

　　1941 年 2 月，秦瘦鷗的小說《秋海棠》在上海《申報》副刊《春秋》上連載，時任《春秋》編輯的是周瘦鵑。周瘦鵑回憶《秋海棠》發表情形道：「民國八年至三十一年，我除了給申報先後編輯《自由談》《春秋》《兒童》《家庭》等副刊外，兼帶主持長篇小說，成績還算不錯；可是登來登去，無非是幾位老朋友的作品。二十九年秋，為了要發掘新作家起見，特地懸賞徵求，一時應徵的作品，倒有一二百部，無奈都是不合用的。那時老友秦瘦鷗兄恰好開著，手頭有三部小說要寫，我就請他先將故事的節略寫出來看看；不上幾天，他交來三篇節略，我讀過之後，一挑就挑上了《秋海棠》。一則因為那故事曲折動人，描寫男女之愛與骨肉之情，有深入顯出之妙；二則因為我生平愛花，蘇州故園中紫羅蘭盆的窗下，與紫羅蘭並植著的，正是這別號斷腸花的秋海棠，用這淒豔的花名來做書名，自是正中下懷的。為了要使情節熱鬧一些，我向瘦鷗建議，該添上一個俠客型的人物；瘦鷗深以為然，就替我創造了那個好酒任俠行動飄忽的趙玉崑。《秋海棠》刊佈後，因描寫生動，刻畫入微之故，深得讀者們的贊美，可惜為了在申報『一年刊完一部小說』的原則之下，忽忽地結束了。去夏瘦鷗想出單行本，由我向申報無條件的取得了版權，一編問世，不脛而走」。〔註 23〕《秋海棠》在當時受到熱烈歡迎的程度可以和十

〔註22〕張贛生：《民國通俗小說論稿》，重慶：重慶出版社 1991 年 5 月版，第 164～165 頁。

〔註23〕周瘦鵑：《新秋海棠》，上海：正氣書局 1946 年 7 月版，第 1 頁。

年之前張恨水發表《啼笑因緣》前後媲美。這兩部小說有一個共同點，都對當時的一則新聞事件作了改寫。《啼笑因緣》把鼓書姑娘高翠蘭和田旅長的故事化成了小說的核心情節，即沈鳳喜為劉將軍霸佔。張恨水對這則新聞事件是有自己獨到看法的，所以小說在鳳喜嫁進將軍府到底是願意還是不願意這個問題上，給讀者留下了權衡與爭論的空間。這應該是張恨水對「軍閥強佔民女」故事的另一種思考，使得小說對平民的敘述更加複雜也更加生動。需知，無論是高翠蘭還是沈鳳喜，都是鼓書藝人，即都是伶人，張恨水其實是用伶人對待自我和對待看客的慣常態度來解讀高翠蘭和沈鳳喜的行為，從而在一定程度上變化了「軍閥強佔民女」的故事所帶來的批評定式。秦瘦鷗寫《秋海棠》同樣改變了新聞事件帶來的通常的公眾反應，把一個姨太太和伶人偷情被發現的不足為奇的故事重新作了敘述。秦瘦鷗的重新敘述不像張恨水那樣出於對伶人的世俗認識而體貼處置，他對伶人進行了新的構型，讓伶人脫離了世俗污穢，出落成一個有骨氣的獨立的人。

張贛生對《秋海棠》的不同凡響之處作出了十分恰切的分析。他說：「秦氏經十餘年的醞釀，才執筆作《秋海棠》，這為他的成功提供了一個有利的時間距離。就劉、高被殺一事本身而論，原屬於桃色案件，此類戲曲藝人與姨太太之間的桃色新聞，在那個時候屢見不鮮，常常是茶餘飯後的談資，只是傳為話柄，並不引起社會的同情，與姨太太偷情的人至少不能說是行為正當。劉、高被殺之所以引起民眾的公憤，並非因為民眾支持他們去偷情，而是因為殺人者是民眾痛恨的軍閥，且處置過重，手段殘忍。實事求是地說，不過如此而已。如果秦氏在事件發生後立即演為小說，他勢必要受客觀社會氛圍的影響，當人們正熱衷於探聽事實真象之時，小說作者對事實做的任何更變，都會被讀者認為是失真，甚至被視為曲意迴護。而據實演述，則不過是一條桃色新聞而已，絕難獲得《秋海棠》這樣的文學效果。時間的流逝改變了客觀氛圍，昔年轟動一時的新聞已被人們淡忘，人們對那宗桃色案件已失去了探聽內幕的好奇心，只有拉開這一段時間距離之後，社會與作者都由熾熱轉為冷靜，才有利於把一個真人真事的醜聞改造成充滿人道主義精神的《秋海棠》。在秦氏筆下，秋海棠與羅湘綺是同病相憐，女學生出身的羅湘綺，受騙當了軍閥的姨太太，心中蓄積著憤恨，唱旦角的秋海棠也同樣被視為玩物，終日小心堤防，對社會惡勢力也一樣恨之入骨，這兩個被侮辱被損害的人的結合便擺脫了低級趣味，具有了爭取人的地位的精神光彩。特別是

作者只把秋、羅的結合做爲一個引子，點到爲止，沒有在性愛方面糾纏，而把大量篇幅用來描述秋海棠毀容後忍辱偷生撫養愛女的情節。這樣，便使原來的眞實事件脫胎換骨，使作品的主題昇華到很高的境界，有力地震撼著讀者的心靈。《秋海棠》是一部充滿了感情力量的佳作，常常有催人淚下的描寫，從始至終筆力不懈，這在民國通俗社會言情小說中並不多見，確是難能可貴。」〔註24〕從新聞事件的發生到小說發表，十多年的時間間隔並不是秦瘦鷗的自願安排，而其間的各種阻撓因素卻促成了《秋海棠》的成熟與成功。那麼小說到底是如何把一個伶人和姨太太偷情被發現的「屢見不鮮」的桃色故事改造成一部經典的社會言情小說的呢？

首先小說在男女主人公相遇之前分別給他們畫了像，他們的肖像不同於一般的伶人和姨太太。小說第一章和第二章著重寫相遇之前秋海棠的人生經歷。秋海棠學戲勤奮，唱得也好，因此早早的出了名。「從出場起，一直到下場，臺下的彩聲，差不多沒有停過，這還是他每次出臺所常見的情形」。（第一章）這是才藝方面。從德行方面看，秋海棠不僅是個孝順的孩子，更是一個心懷國家憂患的青年。「秋海棠」這個藝名就是從當時中國的地形和所處的危難局勢中得來的。第一、二章爲秋海棠設置了兩次考驗，一個來自於男看客袁寶藩，另一個來自於女看客王大奶奶，這兩個人爲秋海棠的色相所著迷，懷著圖謀不軌的居心，卻都被秋海棠克服了。兩次考驗其實是秋海棠伶人生涯中許多遭遇的代表，其主要作用有二，一是用來說明伶人時時會面對的危險誘惑，這些誘惑很容易導致伶人墮落，秋海棠卻有抗拒誘惑和墮落的堅定意志與能力；二是爲下文秋海棠和羅湘綺的故事鋪墊，兩人相愛是出於眞情相投，並非是秋海棠沒有抗拒誘惑的意志和能力。此外，秋海棠身邊還有幾位協助者，袁紹文、趙玉崑等。趙玉崑是秋海棠同出於戲班的把兄弟，袁紹文是袁寶藩的侄兒，和袁寶藩截然不同，在做人和唱戲方面都給予了秋海棠絕大幫助，也正因此，秋海棠和袁寶藩之間還存有一些正當交往。第三章敘述了羅湘綺嫁給袁寶藩的經過。羅湘綺和一般的姨太太至少有兩點不同，第一，她是一個女學生，第二，她是被騙嫁給袁寶藩的。小說寫道：「事實上，同學中歡喜羅湘綺的委實很多，她對待每一個人都非常和氣，儘管年年考第一，卻比年年留級的人還沒有架子；儘管家裏很窮，卻穿得比最有錢的人還整潔。教師說的話，她都能很適稱地服從，但決不過份的阿諛；四年來從沒

有犯過一件過失，即使是脾氣那麼古怪，事事歡喜挑剔的侯校長，也不能不暗暗承認這是她自己最得意的一個學生。」（第三章）羅湘綺是一個優秀的學生，也是一個高傲的女孩子，她希望自己畢業後能自食其力，贍養父母照顧病兄，沒想到袁寶藩看中了她，借用侄兒袁紹文的名義強娶了羅湘綺。所以羅湘綺不像一般姨太太那樣是一個攀附權貴卑下無恥的女人。

　　小說描畫出了兩位品貌兼優又遭際不幸的主人公形象，爲他們的愛情作了純潔崇高又同病相憐的預設。男女主人公相遇也和一般伶人姨太太相識的場景不同。一般伶人姨太太的桃色故事總是開始於戲園，姨太太在戲園看戲，相中了戲臺上的伶人，於是示好結交，於是發生私情。秋海棠和羅湘綺的相遇卻有很大不同，因爲一次意外事件需要袁寶藩幫忙，秋海棠來到天津袁寶藩的住宅，見到了羅湘綺。

　　　　她和秋海棠只彼此略略一看，便同時覺得大大的出乎意外：不過，比較上，羅湘綺的詫異還沒有秋海棠那麼屬害，因爲她早就聽袁寶藩一再誇說過秋海棠的色藝，和種種不平凡的行動了。否則，她怎麼會願意出來見他呢？可是她一瞧秋海棠那樣樸實不華的衣飾，和英俊軒昂的氣概，卻也不免覺得很奇怪，幾乎不相信他是一個唱旦的紅角兒。

　　　　對於秋海棠，羅湘綺的舉止，相貌衣飾，簡直沒有一件是他所預料到的。闊人家的姨太太，他見過太多了，老是那麼一股狐媚似的妖氣；就像王掌櫃媳婦一類的少奶奶，儘管是好人家的女兒出身，卻也多少有些輕相。而現在站在他面前的羅湘綺，卻是那樣的穩重，那樣的淡雅；美固然是美到了極處，但莊嚴也莊嚴得不可再莊嚴。（第四章）

一個是氣宇軒昂，一個是凜然不可侵犯，這第一次見面都讓彼此「大大的出乎意外」，他們和彼此對伶人、姨太太的印象太不一樣了。於是，秋海棠和羅湘綺的愛情就脫離了伶人姨太太的濫調模式，成了純潔的兩情相悅。

　　這椿隱秘情事被發現後，袁寶藩怒不可遏，他在秋海棠臉上用刀劃出一個十字，使秋海棠前途喪盡，不能再登臺演出，甚至「無臉見人」。小說沒有像新聞事件那樣讓軍閥殺死伶人，因爲一旦秋海棠死了，不僅故事沒了主人公不能再敘述下去，小說也只能表達出伶人的不幸和軍閥的殘酷，不能把秋海棠的高潔品格塑造出來，於是秋海棠活了下來。袁寶藩在小說中與其說是

一個殘酷的軍閥，不如說是充當了考驗者的角色，秋海棠在經受了袁寶藩對他的一次次考驗與折磨之後，他的人格光彩更顯閃亮。同時，在這個事件中，羅湘綺得到了保護，袁寶藩並沒有懲治羅湘綺，而是原諒了她。在後來的一場政變中，袁寶藩死去。這個形象並沒有被寫得十惡不赦。因爲小說的用意不在批判軍閥，而在塑造秋海棠。

從第九章起，秋海棠開始了和女兒梅寶相依爲命的生活。父女之情在小說裏敘寫得感人至深，已經超出了小說前半部分的男女之情，成了《秋海棠》故事的重心，主人公秋海棠正直、堅韌、善良的美好品質被完全釋放出來。這一部分是小說脫離新聞事件的成功創造，伶人和姨太太的故事已經不存在了，牽扯人心的是國家危難時期家人團圓的可能性。在此，秋海棠伶人的身份也變得模糊不清。他帶著梅寶在鄉間生活，成了一個地道的農夫。這種不同于伶人華采生活的純潔的生活方式，眞正讓秋海棠成爲一個出污泥而不染的人。當迫於家國情勢，秋海棠來到上海，再次登臺時，已經完全失去原先的名角風光，淪爲一個龍套演員。秋海棠的悲劇可以說是代表了無名伶人的命運，也可以說是爲促成他人格的完全所能有的最好結局。

《秋海棠》的結局有三種版本。「《秋海棠》最早在《申報》副刊《春秋》上連載」，「共 332 節段。可稱爲第 1 版本。1942 年 7 月上海金城圖書公司出版單行本，將《申報》連載的 17 章，增至 18 章。《申報》上的《歸宿》擴大爲《也是一段叫關》和《歸宿》兩個章節，可稱爲第 2 版本。1944 年桂林版和 1980 年江西版，均大體與第 2 版本無異。1957 年，上海文化出版社重印《秋海棠》時，作者曾作了小修補。如章節題目有變動，《歸宿》改成《戲還在唱下去》等。在人物方面，對袁紹文與羅裕華這兩個次要角色，做了某些調度。可稱爲第 3 版本」。「值得指出的是這 3 個主要版本的最大不同處是作品的結尾，也即是秋海棠的死因。質言之，第 1 版本是病故，第 2 版本是自殺，第 3 版本是累死。」〔註 25〕對於從「病故」到「自殺」的改動，秦瘦鷗解釋道：在最初的版本中，「僅僅最末一節結束得似乎太匆促，所以這一冊單行本裏，已把全書分爲十八節，使最後的一個高潮，在一種比較更自然的狀態下發展出來」〔註 26〕。秋海棠的墜樓似乎比「病故」和「累死」更具有凌然氣度。他已經患上了令人絕望的肺病，早晚終是一死，他選擇了不和羅湘綺相見，

〔註 25〕 范伯群：《中國現代通俗文學史（插圖本）》，北京：北京大學出版社 2007 年 1 月版，第 514～515 頁。

〔註 26〕 秦瘦鷗：《前言》，《秋海棠》，上海：金城圖書公司 1943 年 6 月版，第 2 頁。

希望把自己完美的形象永遠保留在愛人心裏。「自殺」是秋海棠保留完美自我的主動行為，「病故」和「累死」多少顯示出了弱者的被動性，所以金城圖書公司版的《秋海棠》較好地把小說意圖傳達了出來，即塑造出一個具有獨立人格的伶人形象。雖然「累死」一版出現在後，但後來重版的《秋海棠》，大都還是採用了金城圖書公司的版本。

《秋海棠》在秦瘦鷗的寫作計劃中是作為「《梨園世家》第一部」來寫的。秦瘦鷗「長期愛好京劇表演藝術，也歡喜跟藝人們做朋友，因此，關於這方面的素材」〔註27〕積累了很多。1982 年「《梨園世家》第二部」《梅寶》在《解放日報》連載，這部小說是用秋海棠的女兒作主人公，卻沒有取得《秋海棠》的成績。也許是創作發表環境改變了，時代社會關注的問題發生了變化，伶人命運和對待伶人的態度已大為改觀，不再是問題了，《梅寶》的寫作也就顯得有些「過時」。但《秋海棠》卻適得其時，它為當時中國混雜的戲劇界造就了一位不同凡俗的曲藝者，從而成為「民國南方通俗小說的壓卷之作」〔註28〕。

<hr>

〔註27〕秦瘦鷗：《跋》，《梅寶》，北京：人民文學出版社 2009 年 7 月版，第 220 頁。
〔註28〕張贛生：《民國通俗小說論稿》，重慶：重慶出版社 1991 年 5 月版，第 164 頁。

結　語

　　家庭結構、日常生活、城市經驗、文人境遇、青樓情愛、戲劇人生，這幾方面都是現代通俗小說講述現實社會時涉及最多的內容。當然通俗小說對現實社會的敘述並不止這幾方面。官場、商界的內幕，舞廳、電影的新潮都在通俗小說中歷歷可見。本書只擇要者作重點論述，更多生發與理論思考還有待研究的進一步深入。

　　行文至此，再就寫作過程中一直縈繞於心的兩個問題作些說明，以為「總結」之用。

一、通俗小說與社會現實

　　現代通俗小說記述社會現實的價值功用，已成學界基本共識。由通俗小說可以認知現代社會的生動情態，如果僅從閱讀接受行為上來談，不難體驗到，但若要作學理層面上的提升論證，則並不簡單容易。這關涉到文學理論界一直十分關心的重要問題，即文學和現實的關係問題。

　　就現代通俗小說而言，無論是小說家還是當時的評論者，都會對小說與現實之關係作出相類似的評述。例如《廣陵潮》序文有言：「稗史何妨抒寫，輒以里巷浮靡之狀，抒彼沉吟閒頓之詞。」〔註1〕「其著《廣陵潮》一書也，寫揚州之鄉情，補甘泉之縣志。……廿四橋吹簫賞月，集道聽途說之言；卅六陂秉筆采風，敘巷議街談之事。」〔註2〕「雖出於閭巷猥瑣之談，村野粗俗

〔註1〕　莊綸儀：《序一》，李涵秋：《廣陵潮》，長沙：湖南文藝出版社1998年1月版，第2頁。
〔註2〕　宋祖保：《序二》，李涵秋：《廣陵潮》，長沙：湖南文藝出版社1998年1月版，第3頁。

之語……烏可以閭巷猥瑣之談，村野粗俗之語而目之也耶。」〔註3〕《歇浦潮》第一回則云：「擷拾些野語村言，街談巷議，當作小說資料。粗看似乎平常，細玩卻有深意」。《人間地獄》序中有「雖託稗史，實具深文」〔註4〕之語。袁寒雲序《人海潮》道：「網蛛生長於稗官家言」。〔註5〕無論是「稗史」還是「街談巷議」，都把現代通俗小說還原到中國小說久遠的民間說話傳統中，和人們現實生活中的閒談情境聯繫起來。現代通俗小說不是封閉自足的文本而是現實生活中家長里短的一種閒談形態，由此它突破了小說文體帶來的諸種限制。

僅僅以小說理論話語來評判通俗小說，有時就會出現問題。1922 年，吳宓寫了一篇文章《論寫實小說之流弊》，受到了茅盾的極力批駁，因為吳宓把「上海風行之各種黑幕大觀及《廣陵潮》《留東外史》之類」〔註6〕的通俗小說，都歸入到了「寫實小說」的派別中。茅盾批駁道：吳宓「認定俄國的寫實小說就等於中國的黑幕派和禮拜六派小說」是很荒謬的，兩者根本沒有可比性，把它們放在一起，是「唐突了西洋寫實派」，也就是唐突了新文學。〔註7〕「禮拜六派小說」或通俗小說怎可以用現實主義的評價標準？在新文學家看來，新文學的評價體系是不能用在通俗文學身上的，通俗文學是「舊文學」，甚至其本身的文學性質都當受到質疑。如果說當時新文學家否定通俗小說的現實性，是出於新舊文學觀念的不同和派別歧視，那麼現在來重新討論通俗小說和現實之間的關係問題，則是就這類小說本身的特點出發，現實主義批評話語並不能滿足對現代通俗小說的論述需求。

研究現代通俗小說須有相應的切合方法，才能就小說和現實之間的互動關聯作出恰當闡釋。社會史家或歷史學家在小說中發掘史料的努力可為這種研究提供借鑒。這與文學批評史上出現的「庸俗社會學」不同。「庸俗社會學」把文學看成是對政治經濟、階級意識的直接圖解，作家的出身立場直接決定了文學作品的好壞成敗。而從小說和現實的關聯角度研究通俗小說，並不以簡單對應乃至圈圍在政治範疇內作評判為目的。現實如何進入小說，小說如

〔註3〕　熊瑞：《序三》，李涵秋：《廣陵潮》，長沙：湖南文藝出版社 1998 年 1 月版，第 5 頁。

〔註4〕　林屋山人：《人間地獄序三》，娑婆生：《人間地獄》（第一集），上海：自由雜誌社 1924 年 10 月版，第 1～2 頁。

〔註5〕　《袁寒雲序》，網蛛生：《人海潮》，上海：上海古籍出版社 1991 年 5 月版，第 3 頁。

〔註6〕　吳宓：《論寫實小說之流弊》，《中華新報》1922 年 10 月 22 日。

〔註7〕　沈雁冰：《「寫實小說之流弊」？》，《文學旬刊》第 54 號，1922 年 11 月。

何建構現實，這是一種雙向運動。這種雙向運動包含了現實進入小說後被虛構的過程，包含了小說虛構敘事中顯露的現實成分，包含了小說創造的「另一種現實」，包含了作為現實社會構成部分的小說，也包含了生活於現實社會中的小說虛構敘事的作者。所以現代通俗小說與社會現實之間的關聯並非是三言兩語就能說清的事。本書的寫作力圖從幾個具體方面來說明這一問題，只是拋磚引玉，並沒有完成全部工作。這項研究還有待於更厚實的論述和更健全的理論。

二、一種「生動」的講述方式

　　雖然書至結尾依然是未完成式的或是開放式的，然而對於現代通俗小說與社會現實關聯的基本構設卻可說已初具形態。其中大體有兩部分內容得到了具體展現，一是場景器物部分的直接挪移，一是人物故事部分的相關契合。

　　奢華的金粉世家、狹仄的亭子間、吃西餐的一品香、聽戲的丹桂茶園、新潮的學生裝、紈綺青年的自行車……這些現代通俗小說述及到的場景器物與社會上的現實存在都可相互對應。社會現實中的場景器物被直接複製到小說裏，小說對場景器物的描述則能幫助人們去想像那一時代的生活圖景。文學研究者對通俗小說認知價值的肯定，主要就是從小說文本述及的場景器物得來。

　　然而通俗小說更引人入勝的所在卻是那些在場景器物中往來穿行的人物故事。人物故事是小說虛構的，與社會現實不相等同，也不完全對應。《春明外史》裏的楊杏園雖有張恨水的影子，但小說不是張恨水的自傳。《人間地獄》中姚嘯秋和柯蓮蓀的故事借鑒了包天笑和畢倚虹的經歷，也並非毫無差歧。《啼笑因緣》和《秋海棠》即便有現實可本，但小說中的情節故事與人物形象和時事相比太不一樣。人物故事是虛構的，通俗作家總願意把人物故事寫得曲折盡致以吸引讀者，進而起到「世道人心」的功用。這是小說不同於社會現實的價值所在。另一方面，通俗小說虛構出的人物故事又可表現出現實人生的情狀並可成為凡俗人生的代表。小說中人物的言行交往、命運軌跡雖非真實的，卻是鮮活的，就彷彿現實的影戲。張恨水說他寫《啼笑因緣》的時候，人物故事「真個像銀幕上的電影，一幕一幕，不斷的湧出」〔註8〕，彷

〔註8〕 張恨水：《〈啼笑因緣〉作者自序》，張占、魏守忠編：《張恨水研究資料》，天津：天津人民出版社1986年10月版，第239頁。

彿現實人生的自在狀態，小說則予之以生命。

　　不管是場景器物還是人物故事，不管它們與現實之間是否完全互應，它們在現代通俗小說裏自成世界，並能成爲歷史敘事的有效文本，參與到歷史的構築中。如果說，分章標節的史書所載的是制度沿革、人事更迭，那麼通俗小說講述的是在制度沿革、人事更迭中那些具體而微的人生世相，那些市井細民家長里短的生活故事。市井細民沒能在史書裏找到足夠的容身空間，卻在通俗小說中看到了他們同輩有名有姓、面目清晰的形象。如果說，史書由於敘述筆調、歷史觀念等因素同樣會存在虛構問題，那麼通俗小說只是以另一種方式講述了歷史的存在。在小說中，場景器物和人物故事都顯得生動具體，它們沒有史書分章標節的呆板，而是充滿了生命的活力。在歷史的文本資料中，小說是最能直接呈示生命活力的文本。它以生動的方式講述了歷史，講述了在歷史上活躍著的個人與群體的故事。而現代通俗小說正是在此方面分外突出地履行了它的講述功效。

附錄　「揭發伏藏」的譴責小說

　　光緒庚子（一九○○）後，譴責小說之出特盛。……其在小說，則揭發伏藏，顯其弊惡，而於時政，嚴加糾彈，或更擴充，並及風俗。雖命意在於匡世，似與諷刺小說同倫，而辭氣浮露，筆無藏鋒，甚且過甚其辭，以合時人嗜好，則其度量技術之相去亦遠矣，故別謂之譴責小說。

　　　　　　　　　　——魯迅：《中國小說史略·清末之譴責小說》

一

　　「譴責小說」是由魯迅最初命名的。在《中國小說史略》中，魯迅把晚清時期盛行的小說歸成一類，使它們既區別於之前的「諷刺小說」《儒林外史》，又與之後的「黑幕小說」不等同。在產生時間和藝術品第上譴責小說均介於兩者之間，代表了清末小說的突出成就。

　　魯迅對於「譴責小說」的精闢定義隨著《中國小說史略》的刊出流行於世，「譴責小說」概念遂被當時和後來學界所接受。胡適在談論晚清小說例如《官場現形記》時，就採用了魯迅的說法，也認同了魯迅的評價。晚清小說研究專家阿英在他的《晚清小說史》中雖然沒有把「譴責小說」列爲專類作論述，卻在其書的開始部分，把「譴責」看成晚清小說的特徵之一。阿英說：「當時的作家，意識的以小說作爲了武器，不斷的對政府和一切的社會惡現象抨擊。這也就是魯迅《中國小說史略》所謂『譴責』。」〔註1〕

　　「對政府和一切社會惡現象」進行抨擊，就是「譴責」的主要意思。魯

〔註1〕　阿英：《晚清小說史》，上海：商務印書館 1937 年 5 月版，第 5 頁。

迅和阿英在解釋「譴責」的含義時，都把小說與時政聯繫起來。阿英道：「喪權辱國，苛斂暴徵，小民憤慨，自不待言。於是在小說方面，亦從事筆伐，當時作者，幾於人有所作。」〔註2〕因為不滿於時政，所以作小說來揭露政府的腐敗和社會的污濁，這是生成譴責小說的語境。阿英的話其實沿襲的是魯迅的思路。魯迅論譴責小說，首先就指明了時代背景：

> 蓋嘉慶以來，雖屢平內亂（白蓮教，太平天國，撚，回），亦屢挫於外敵（英，法，日本），細民暗昧，尚啜茗聽平逆武功，有識者則已翻然思改革，憑敵愾之心，呼維新與愛國，而於「富強」尤致意焉。戊戌變政既不成，越二年即庚子歲而有義和團之變，群乃知政府不足與圖治，頓有掊擊之意矣。其在小說，則揭發伏藏，顯其弊惡，而於時政，嚴加糾彈，或更擴充，並及風俗。〔註3〕

譴責小說是在晚清內憂外患的情勢下產生的。「政府不足與圖治」，譴責小說通過揭發種種弊惡，來說明這點，以思變革。這既是譴責小說的含義，生成的背景，也是它存現的意義。魯迅的這段話堪當經典之論。

譴責小說盛行於晚清最後十年。據阿英統計，「此類小說，在全數量中，所佔至少在百分九十上」〔註4〕。創作之多，說明流行之盛。1904年的一版《官場現形記》是24冊36卷的「口袋本」，每冊只有兩至三回，能夠放在口袋裏，既便於攜帶又可隨時閱讀。這種形式顯然是應讀者需求產生的。而更為普遍的形式則是報刊連載。晚清報刊出版業漸成規模，文藝小說首先在報刊連載，然後再出單行本。報刊面對的受眾是廣泛的，譴責小說在報刊上公佈，可以及時得到閱讀回饋。因為受到歡迎，所以能夠一回回，一部部的寫出來，「以合時人嗜好」。例如《二十年目睹之怪現狀》刊登在《新小說》上，《官場現形記》刊登在《世界繁華報》上，《繡像小說》上有《老殘遊記》，《小說林》上有《孽海花》等等。隨著報紙雜誌的發行，晚清譴責小說遂得到了傳播，成為中國通俗小說步入現代之初最重要的一個類型。

流行與通俗的另一面很可能就是藝術水準不高。魯迅對譴責小說的評價是含有微詞在裏面的。魯迅說這些小說：「辭氣浮露，筆無藏鋒，甚且過甚其

〔註2〕 阿英：《晚清小說史》，上海：商務印書館1937年5月版，第6頁。
〔註3〕 魯迅：《中國小說史略》，《魯迅全集》（第九卷），北京：人民文學出版社2005年11月版，第291頁。
〔註4〕 阿英：《晚清小說史》，上海：商務印書館1937年5月版，第6頁。

辭，以合時人嗜好」〔註5〕，即是說譴責小說的「譴責」有些過了頭，不免於通過誇張來迎合讀者，以求得暢快。在「揭發伏藏」方面，譴責小說確實發前人所未發，然一旦因此上了癮，整部小說或者所有小說都如此做法，也就失當了。此其一。其二，正因爲譴責小說通篇都是揭發，都是寫弊惡之事，所以結構上很鬆散，缺乏完整性，事先沒有總體構思，寫到哪裏算哪裏。很多小說都沒有終篇就半途而廢，這也是報刊連載的一大弊端。魯迅論《官場現形記》道：「況所搜羅，又僅『話柄』，聯綴此等，以成類書；官場伎倆，本小異大同，彙爲長編，即千篇一律。」〔註6〕不僅《官場現形記》如此，其他小說亦然。一部小說內部彙集的故事或者「話柄」是千篇一律的，不同小說所寫之事也大同小異。晚清譴責小說給人的總體閱讀感受是敘述了許多醜陋的故事，這些故事之間沒有必然聯繫，它們彙聚在一起，反映出清末社會的種種狀況與顯露出的危機。

譴責小說的弊病，卻也是它們受到歡迎的重要原因。讀者對他們不知道的事情總是充滿好奇心的，「揭發伏藏」的譴責小說能夠滿足他們的好奇，讓他們認識不熟悉的事情以及事情背後的機關內幕，顛覆了以前高不可攀的官僚體制，爲讀者贏得一種痛快體驗。另一方面，晚清讀者已經習慣了中國傳統小說的講故事方式，對現代小說的敘事技法還不甚了了，尚沒有明確的「小說」概念，所以對於「類書」性質的譴責小說會不厭其煩，只要其中講述了生動的故事，不管滿紙醜惡，不管千篇一律，都樂於閱讀。於是譴責小說的弊病在它們流行的當時不成爲多大問題，它們甚至還被作爲「新小說」看待。只是經過時間的積澱，以文學的眼光來回顧之時，才會有魯迅《中國小說史略》的精闢判斷和評價。

對譴責小說採取較魯迅寬容態度的是胡適。胡適於晚清小說頗多心得，寫有不少文章專論晚清的某部小說，指出其中的優長。譴責小說的弊病在胡適那裏引而不發，胡適更看重這些小說的價值，它們在文學與歷史轉型過程中呈現出來的意義。由此胡適研究晚清小說的文章在當時學界很有影響，與魯迅、阿英鼎足而立。例如他論《官場現形記》道：「《官場現形記》是一部社會史料。它所寫的是中國舊社會裏最重要的一種制度與勢力，——官。它

〔註5〕 魯迅：《中國小說史略》，《魯迅全集》（第九卷），北京：人民文學出版社 2005年 11 月版，第 291 頁。
〔註6〕 同上，第 293 頁。

所寫的是這種制度最腐敗、最墮落的時期，──捐官最盛行的時期。」〔註7〕
把小說當史料讀，也體現出一種歷史的眼光。雖然胡適並不否認譴責小說有
「過甚其辭」之處，但總體上認為它們能夠反映出當時社會的面貌，為後來
人認識那個時代提供了生動的寫照。這的確是譴責小說的貢獻之一。晚清社
會的腐敗、複雜、動蕩、紛亂、失範等等狀況，均可以通過閱讀譴責小說感
受到。這種感受與當時譴責小說的效用還有些不同。後來人閱讀到的是「社
會史料」，譴責小說對於他們來說起到的只是認識作用，而在晚清，譴責小說
發揮出的作用卻更為嚴肅。

　　胡適說道：「譴責小說雖有淺薄，顯露，溢惡種種短處，然他們確能表示
當日社會的反省的態度，責己的態度。這種態度是社會改革的先聲。……我
們回頭看那班敢於指斥中國社會的罪惡的譴責小說家，真不能不脫下帽子來
向他們表示十分敬意了」。〔註8〕這應該是譴責小說在晚清所能有的最大貢
獻。因為不滿於國家制度與社會情狀，所以寫小說來揭露醜惡。「反省的態度」
和「責己的態度」是難能可貴的。即使譴責小說家並不自覺懷有這樣的態度，
胡適卻從對譴責小說的分析中看了出來，有其相應的根據，並不成為過度闡
釋。而譴責小說指謫時弊、指斥罪惡的做法，確實是社會變革的先兆。第一步
是看到罪惡，認清現實，第二步才是採取行動，改變現狀。所以譴責小說的作
者是現代中國早期的啟蒙者，他們的作品為社會變革和時代轉型準備了條件，
造出了聲勢，並且很能夠反映晚清的時代氛圍，是那一時代特有的文學。

　　晚清譴責小說包括了當時最著名的作品。《官場現形記》、《二十年目睹之
怪現狀》、《老殘遊記》、《孽海花》被魯迅看成是譴責小說的代表作，後來人
把這四部小說並稱為「四大譴責小說」，這是從魯迅《中國小說史略》而來的
說法。可是晚清小說史家阿英在當時卻有不同看法。《晚清小說史》第二章開
頭部分阿英說道：「就表現一個變革的動亂時代說，李伯元的小說，如其舉《官
場現形記》，是不如舉《文明小史》更為優越的。《官場現形記》雖也反映了
這個時代，是不如《文明小史》寫得更廣泛、更清晰」。〔註9〕阿英對《文明
小史》特別看重，曾寫過一篇專文，來強調這部書的重要性，認為《文明小

〔註7〕　胡適：《官場現形記序》，《胡適文存》（三集），上海：亞東圖書館 1924 年 11
　　　　月版，第 769 頁。著重號為原書所加。
〔註8〕　同上，第 786～787 頁。著重號為原書所加。
〔註9〕　阿英：《晚清小說史》，上海：商務印書館 1937 年 5 月版，第 11 頁。

史》「終究是不失爲當時的一部劃時代的傑作，不提起這一時期的小說則已，如果提起，這部書是應該和《官場現形記》，《二十年目睹之怪現狀》，《老殘遊記》同時被憶起，而格外的加以強調的」〔註10〕。阿英看重《文明小史》是因爲這部小說能反映出更廣泛的時代現象。無論從地理上還是從題材範圍看，《文明小史》比《官場現形記》要來得開闊。用《文明小史》來置換《官場現形記》，是阿英對於譴責小說的一個重要觀點，也是他針對魯迅所提出的不同意見。

　　《文明小史》共六十回，從湖南一府之事說起，到平中丞外放陝西，反映了維新運動期間，上至達官下至細民的種種事跡。書末借平中丞的話說：「諸君的平日行事，一個個都被《文明小史》上搜羅了進去，做了六十回的資料，比泰西的照相還要照得清楚些，比油畫還要畫得透露些，諸君得此，也可以少慰抑塞磊落了。」道出了小說的寫作手法，是力求照實寫生的。譴責小說基本都如此做法，間或加入誇張成分。《文明小史》而外，《活地獄》、《糊塗世界》、《負曝閒談》、《新上海》等等作品都顯出了譴責小說的實績。譴責小說家除了李伯元、吳趼人等文學史上最著名者以外，歐陽巨源也是不應被遺忘的。

　　歐陽巨源（1883～1907）蘇州人，很富有才華，卻困於花柳叢中英年早逝。他是李伯元的得力助手，協助李伯元編輯《遊戲報》、《世界繁華報》、《繡像小說》。李伯元沒有寫完《官場現形記》就去世了，《官場現形記》的最後一回據考證是歐陽巨源補足的。在《繡像小說》上，歐陽巨源以「洗紅庵主」的筆名連載長篇《泰西歷史演義》，又以「惜秋」筆名連載《維新夢傳奇》。從第六期起，他用「蓬園」筆名，發表長篇《負曝閒談》，這是他一生的代表作。

　　《負曝閒談》共三十回。1933 年，徐一士整理了原文，回末附上「評考」，重刊於上海《時事新報》副刊《青光》上，1934 年上海四社出版了單行本。徐一士十分看重《負曝閒談》，他回憶當時閱讀小說的情景道：

　　　　想當年，《繡像小說》才發行，先慈就訂了一份，每期到了之後，
　　先慈看過，便由我同吾兄蘇佛，凌霄，及弟侄輩，大家輪流著看，
　　也可以說搶著看。看完了，必要談說評論一陣，眞是津津有味。近

〔註10〕阿英：《〈文明小史〉——名著研究之一》，《新小說》第 1 卷第 5 期，1935 年
　　　6 月。

年偶一回思,覺得童年樂事,儼如昨日,而歲月如流,已三十年矣。
當時我和凌霄對《繡像小說》中所登的各種小說作品,所最感興趣
的,就是《負曝閒談》,其次才算《老殘遊記》,如《文明小史》等
等,更在其次了。到了如今,《老殘遊記》歷經名家品題,聲名大震,
久而愈著。《文明小史》也還爲一般人所耳熟能詳,惟獨這部《負曝
閒談》,除了前兩年我曾在北平京報上略爲說及之外,沒見有人談
起,可算得顯晦有時。〔註11〕

作爲一般讀者的代表,徐一士喜愛《負曝閒談》勝於《老殘遊記》和《文明
小史》。這三部小說都發表在《繡像小說》上,《文明小史》第一期開始刊登,
《負曝閒談》第六期刊登,《老殘遊記》第九期刊登,三書在當時即使高下有
別,也在乎讀者各自口味。可後來的文學史地位卻顯出差距。《老殘遊記》因
爲有胡適、魯迅的關注而享盛名,《負曝閒談》卻隨著作者早逝漸趨淹沒。徐
一士對於這部小說的重現功勞卓著。

徐一士看重《負曝閒談》,是因爲它「工於描寫,筆墨極超脫,極靈活,
趣味最爲濃厚,除以諷刺或譴責的意味來烘託或描寫社會的罪惡或醜態之
外,寫景狀物,都有特長。生趣盎然,情韻不匱,有引人入勝的力量,實在
是很值得稱贊的」〔註12〕。阿英不太認同徐一士如此高的評價,而作出了比
較平和的判斷:「《負曝閒談》是可讀一部書,他有李伯元不到的長處,即是
文筆的爽健靈活。也有不如李伯元的短處,即是魄力不大,不能作大段有力
的描寫。其他方面,當然也有許多異同,思想上則大體一致。」〔註13〕小說
也寫了很多維新人物,例如第十二回就有一個大致的描述:

原來那時候上海地方,幾乎做了維新黨的巢穴。有本錢有本事
的辦報,沒本錢有本事的譯書,沒本錢沒本事的全靠帶著維新黨的
幌子,到處煽騙,弄著幾文的,便高車駟馬鬧得發昏,弄不了幾文
的,便蓽路襤褸,窮的淌屎。他們自己跟自己起了一個名目,叫做
「運動員」。有人說過,一個上海,一個北京,是兩座大爐,無論什
麼人進去了,都得化成一堆。殷必祐這個維新黨,既無本領,又無
眼光,到了上海,如何能夠立得穩呢?自然是隨波逐流的了!

〔註11〕 徐一士:《序》,《負曝閒談·文明小史》,北京:中國文聯出版公司1996年5
月版,第1~2頁。
〔註12〕 同上,第5~6頁。
〔註13〕 阿英:《晚清小說史》,上海:商務印書館1937年5月版,第49~50頁。

真正懂得維新的人在當時是難能可貴的，只知道一點皮毛就到處招搖，資以用度的卻比比皆是。通俗小說描述這類「假維新」的人物很多，因為他們的故事有意思。譴責小說敘寫這些人物故事除了有意思，可以吸引讀者之外，也就包含了譴責的意味。殷必祐在《負曝閒談》裏是被從「維新黨」中拈出來作為典型加以突出，來說明維新時代的一種情形。

譴責小說在晚清的繁榮與顯著成績為通俗小說在現代的存在和發展奠定了基礎。一個王朝的落幕和新時代的開端可以在譴責小說中看出端詳。下面就重點評析《官場現形記》、《二十年目睹之怪現狀》和《老殘遊記》三部書。《孽海花》雖然一向被列在「四大譴責小說」之列，但因為小說林社出版該書時稱之為「歷史小說」，阿英也說這部小說「其主位則為三十年間之中國史實」〔註14〕，把《孽海花》歸為歷史小說，會更切合它的原貌。

二

《官場現形記》最初連載於 1903 年的《世界繁華報》上，一共六十回。李伯元沒有寫完該書就去世了，原來的設計是每編寫十二回，共十編，可惜沒有實現。最後部分是由他的朋友和助手歐陽巨源補成的，所以難免倉促收場的痕跡。

李伯元（1867～1906）名李寶嘉，號南亭亭長，江蘇武進（常州）人，是晚清最著名的小說家之一。光緒二十二年，即 1896 年，他到上海，在上海從事報刊事業和寫作生涯，辦有《指南報》、《遊戲報》、《世界繁華報》、《繡像小說》等，並在上面發表小說。《官場現形記》、《文明小史》、《活地獄》、《中國現在記》等都是李伯元貢獻給晚清文壇的重要作品。

李伯元辦報在晚清報界可謂另闢蹊徑，被當時另一位著名作家孫玉聲譽為「小報界之鼻祖」。孫玉聲說道：

> 當其槖筆遊滬時，滬上報館只申報、新聞報、字林滬報等寥寥三四家。李乃獨闢蹊徑，創遊戲報，於大新街之惠秀里，風氣所趨，各小報紛紛蔚起，李顧而樂之。又設繁華報，作官場現形記說部，刊諸報端，購閱者踵相接是，為小報界極盛時代。筆墨之暇，喜以金石刻畫自娛，嘗鐫圖章一方，贈余，即余不時蓋用於題件上之漱石二字。筆意蒼古，卓然名家，蓋當時余戲創笑林報於迎春坊口，

〔註14〕阿英：《清末四大小說家》，《小說月報》第 12 期，1941 年 10 月。

與惠秀里望橫對宇，故得朝夕過從，彼此爲文字上之切磋往來甚密
也。〔註15〕

孫玉聲表述了他和李伯元的過從交誼，也敘述了當時上海辦「小報」的風潮。
「小報」是相對於「大報」而言的，報學家戈公振說，小報即是篇幅小的報
紙。《申報》、《新聞報》、《時報》都是當時上海發行的大報，有多版篇幅，
特別是《申報》在全國各地銷行。而小報則不然，是「一類篇幅小、刊載趣
味性消遣性內容（包括新聞、軼事、隨筆小品、文藝小說等）爲主的報紙」
〔註16〕。晚清小報開始出現和繁榮，李伯元對此功不可沒。

李伯元創辦的《遊戲報》被稱爲「小報始祖」。《遊戲報》具有「譴責」
意味，在它的第六十三期有一篇文章《論〈遊戲報〉之本意》，表達了譴責的
意思。「慨夫當今之世，國日貧矣，民日疲矣，士風日下，而商務日亟矣。有
心世道者，方且汲汲顧景之不暇，尚何有恒舞酣歌、樂爲故事、而不自覺乎？
然使執途人而告之曰：朝政如是，國事如是，是猶聚喑聲跛躄之流，強之爲
經濟文章之務，人必笑其迂而譏其背矣。故不得不假遊戲之說，以隱寓勸懲，
亦覺世之一道也。」小報不可不以趣味性來吸引讀者，此種初衷即使由小報
實踐起來較難見成效，但心懷有之已經難能可貴，更何況還有譴責小說刊登
在小報上面。

孫玉聲說，《官場現形記》登在李伯元辦的《世界繁華報》上時，「購閱
者踵相接是，爲小報界極盛時代」。一是說明《官場現形記》在當時極受歡迎，
二是小說的載體小報得到了認可和接受，或者說一部好小說可以帶動報刊的
發行，而對小報的關注也使得《官場現形記》能夠借助適當的傳媒引發時代
感應。這是一椿兩相獲利的事情。小說與報刊的關係，從晚清開始密切起來。
《官場現形記》與報刊之間的另一重因緣是，以前的小說是作爲報紙附張贈
送給讀者的，《官場現形記》則連載於《世界繁華報》上，作爲報紙的連載小
說，這是一個重要開端。

名爲「官場現形記」可知寫的主要是官場故事。小說一開始寫趙溫中舉，
又進京參加會試，因爲拜老師送的「贄見」少了，沒有拜見到，考試也沒有
考中，結果只能捐了錢去做官。這是一個關於怎樣做上官的故事，考試只是

〔註15〕孫玉聲：《退醒廬筆記》，沈雲龍主編：《近代中國史料叢刊》（第八十輯），臺
北：文海出版社1972年8月版，第133～134頁。
〔註16〕秦紹德：《上海近代報刊史論》，上海：復旦大學出版社1993年版，第134頁。

表面途徑，錢財才真正使目的得以實現。小說裏有一句話很有震懾力量：「千
里為官只為財」，是做官的七字訣。這七個字不但能概括趙溫的求官經歷，也
能統領小說其他人物的官宦生涯。第四回，藩臺大人出場，小說介紹道：

> 他這人生平頂愛的是錢。自從署任以來，怕人說他的閒話，還
> 不敢公然出賣差缺。今因聽得新撫臺不久就要接印，他指日也要回
> 任，這藩臺是不能久的。他便利令智昏，叫他的幕友、官親，四下
> 裏替他招攬買賣：其中以一千元起碼，只能委個中等差使；頂好的
> 缺，總得頭二萬銀子。誰有銀子誰做，卻是公平交易，絲毫沒有偏
> 祐。有的沒有現錢，就是出張到任後的期票，這位大人也收。——
> 但是碰著一個現惠的，這出期票的也要退後了。

買官賣官在晚清幾乎成了一件公開的事情，從事此事的人沒有羞恥之心，大
家都這麼做，也就理所當然。做官、買賣、錢財這三樣在晚清官場是相通的。
要做官可以用錢買，買到官做又可以想方法賺錢，賣官是賺錢的一條好途徑。
藩臺和他兄弟為了賣官獲財竟然大打出手，手足親情在官與財面前完全淡薄
無力。僅此一端即可見出晚清社會的不可救藥了。

做官可以獲利，《官場現形記》把這點淋漓盡致地表現了出來。歐陽巨源
為這部小說寫的序言中說道：「蓋官者有士農工商之利，而無士農工商之勞
也。天下愛之至深者，謀之必善；慕之至切者，求之必工。」可以不費辛勞
而獲取利益，這樣的好事在晚清能夠通過做官來實現。有一個流傳很廣的故
事，說李鴻章會問被保薦來的人有何專業，如有專業，他就給分派相關專業
的工作，如果什麼也沒有學過，他就說：那就做官去。天下最容易的事就是
做官，連官都不會做，真是一無用處了。李鴻章的看法彷彿不可思議，在晚
清社會卻是司空見慣的，不學無術的人可以混跡官場中，因為在他周圍同樣
是些不學無術，只會巴結奉承，牟取錢財的人物。如此，做官就成了一本萬
利的最好事業，無需具備什麼才能，出筆錢就可榮陞官位，實現陞官發財的
美夢。小說第六十回裏說：「統天底下的買賣，只有做官利錢頂好，所以拿定
主意，一定也要做官。」結尾處，「千里為官只為財」的七字訣依然在行使效
用。

《官場現形記》是以描述「佐雜小官」聞名的，這是它的一大特色。胡
適就很欣賞李伯元描寫佐雜官吏的做法，並為小說沒有堅持一開始寫趙溫的
那種思路而感到惋惜，認為如果這部小說能夠通篇都敘述佐雜官吏的故事，

就可以和《儒林外史》相媲美了。後來人評論《官場現形記》大都也會突出它描寫佐雜小官方面的成績。當然這部小說不僅僅講述了小官吏，也敘寫了大官僚。只是和以前的小說或者和同時代的小說相比而言，《官場現形記》更以它所擁有的一批佐雜小官顯出自身特色。第十一回「窮佐雜黍緣說差使紅州縣傾軋鬥心思」就寫了幾個佐雜小官的事情，其中鄒太爺得差事的過程很有些趣味：

> 且說鄒太爺拎了衣包，一走走到當鋪裏。櫃上朝奉打開來一看，只肯當四百銅錢；禁不住鄒太爺攢眉苦臉，求他多當兩個，總算當了四百五十錢。鄒太爺藏好當票，用手巾包好錢，一走走到稻香村，想買一斤蜜棗、一盒子山查糕，好去送禮。後來一算錢不夠，只買了十兩蜜棗、一斤雲片糕。託店裏夥計替他拿紙包大些，說是送禮好看些。紮縛停當，把錢付過，還多得幾十個錢。鄒太爺非常之喜。拿兩手捧著，一直到長春棧王道臺門房而來。一走走到門房裏，把買的蜜棗、雲片糕望桌子上一放。……管家聽了這話，知道他一定不肯收回去的；又想：「怎麼好白受他的！」只得重新讓他坐下，彼此扳談一回。鄒太爺心上要說求他到大人跟前吹噓的話，一時不便出口；——然而明天他們就要動身，錯了這個機會，只有活活餓死；——然而要說又不好意思。幸虧這位大爺也曉得他送東西一定是為說差使；然而他不先說，我不好迎上去，被人家看輕，說我只認得東西。

鄒太爺是個候補官，已經窮得不行，想找差使做。這天終於候著了一個機會，買了點東西送禮。總算被說了幾句好話，得了差。這類故事在《官場現形記》裏隨處即是，佐雜官吏成為那個時代特殊的產品。因為可以用錢買官做，所以朝廷設置各種官的名目來賺錢，又因為實在官位的數量滿足不了那些求官心切的人們，所以不少得到官名的人卻不得其位，只能候補機會，好不容易候補到的也只是小官小吏罷了。官位可以用錢買到，佐雜官吏卻使得晚清官制失去了價值，至少不再嚴肅。《官場現形記》對佐雜官吏的描畫，把晚清官制腐敗的泛化程度揭示了出來，這就是它的意義。

李伯元善於寫佐雜官吏，這與他的經歷與接觸到的人事有關。據通俗文學的老輩作家包天笑回憶：

> 其時正當清末，人民正痛恨那些官場的貪污暴虐，這一種譴

責小説，也正風行一時，李伯元筆下恣肆，頗能偵得許多官僚醜
史……我當時也認識他，在張園時常晤見。所謂張園者，又名「味
蓴園」，園主張叔和（名鴻祿，常州人，廣東候補道，曾辦招商局，
虧空公款，被參革職，以其官囊，在上海造了那座張園）與李伯
元爲同鄉，所以我知《官場現形記》中的故事，有大半出自張叔
和口中呢。〔註17〕

張叔和以自身的爲官經驗爲李伯元提供了小説材料。李伯元自己雖不做官，
卻從小跟著堂伯父李翼清生活，李翼清是做過地方官的，因此李伯元寫官場
小説也不乏小時候耳濡目染受到的影響。大官大吏的行狀雖然可以想像得
出，但終究沒有佐雜官吏具有切近感。李伯元通過自己的耳聞目見對晚清佐
雜官吏作出了生動敍寫。

　　佐雜官吏在《官場現形記》中不只一個兩個，不然也不成其爲特色。要
敍述各種各樣的官吏故事，勢必會牽涉到如何結構的問題，如何把不同的人
物故事結構在一部小説裏。《官場現形記》採取了一個十分簡便的方法，就
是一個接一個的講故事。魯迅在《中國小説史略》中對此論述道：「頭緒既
繁，腳色復夥，其記事逐率與一人俱起，亦即與其人俱訖，若斷若續，與《儒
林外史》略同。」〔註18〕只要熟悉《儒林外史》，就能明白《官場現形記》
的結構也是一段一段的，沒有主要情節，只有各自相對獨立的故事。這樣的
結構方法有它的好處，就是容易成書，把一個個人物故事記錄下來，中間可
連則連，不可連就另開一個頭，逐漸積累起來就成爲一部小説了。在晚清，
現代「小説」觀念還不甚清晰的時候，這種寫小説的方法既是對古代小説，
特別是《儒林外史》的承續，也是嘗試寫作現代小説的一種實踐，是長篇與
短篇之間的有效調度，影響到後來一些小説的創作。李伯元的其他小説例如
《文明小史》即是這樣寫成的，同時期吳趼人《二十年目睹之怪現狀》、劉
鶚《老殘遊記》等等小説也如此結構，《官場現形記》的寫法在晚清可以說
不足爲奇。

　　魯迅對這樣的小説並不滿意，且提出了批評。在談《官場現形記》時他
說道：「況所搜羅，又僅『話柄』，聯綴此等，以成類書；官場伎倆，本小異

〔註17〕包天笑：《釧影樓回憶錄》，香港：大華出版社 1971 年 6 月版，第 445 頁。
〔註18〕魯迅：《中國小説史略》，《魯迅全集》（第九卷），北京：人民文學出版社 2005
　　　　年 11 月版，第 292 頁。

大同，彙爲長編，即千篇一律。特緣時勢要求，得此爲快，故《官場現形記》乃驟享大名」。〔註19〕魯迅用文學史眼光來看《官場現形記》，其評價是很中肯的。小說中的官場故事雖多，卻「小異大同」，讀多了就有「千篇一律」之感，給人留下的是腐敗官場的總體印象。可是對於當時讀者來講，小異大同的故事並沒有減少他們的閱讀趣味，因爲在此之前，他們沒有讀到過如此諷刺揭露得淋漓盡致的作品，多多益善的官場故事可以滿足他們的好奇心。於是故事就被不斷地加入小說中，小說也就越寫越長，彷彿沒有止盡。

　　《官場現形記》的結尾是歐陽巨源完成的，要不是李伯元早逝，這部小說還會再寫下去。小說以一場夢來結尾。夢裏人正編一部教科書，突然火起，把教科書燒得只剩下前半部。「原來這部教科書，前半部是專門指謫他們做官的壞處，好叫他們讀了知過必改；後半部方是教導他們做官的法子。如今把這後半部燒了，只剩得前半部。光有這前半部，不像本教科書，倒像個『封神榜』、『西遊記』，妖魔鬼怪，一齊都有。」（第六十回）書只剩得前半部就印行出來。這個夢既是爲《官場現形記》的未寫完作託辭，也總結了小說的內容及其未完成部分的主旨。這是一部揭發官場種種醜惡行徑的小說。然而，即使李伯元能活得長些，恐怕還是想不出教導怎樣做官的好法子來。因爲晚清時期的中國社會正處於急劇的轉變中，舊的官制已經衰敗，維護調整的辦法不足以改變頹勢。一部《官場現形記》已足以說明這點。

三

　　《官場現形記》在晚清十分出名，它的出現使各色模仿者紛至隨來。據統計，從 1905 年到 1911 年，以「官」或「官場」命名的小說至少有十六部；以「現形記」命名的小說，也至少有十六種。〔註20〕與《官場現形記》同享盛名的是吳趼人的《二十年目睹之怪現狀》。「怪現狀」和「現形記」幾乎可以成爲晚清小說或者譴責小說的主題詞。

　　吳趼人（1866～1910）名沃堯，廣東南海人，曾住在佛山鎮，故寫小說以「我佛山人」署名，他也是晚清一位十分重要的作家，在文學史上的地位

〔註19〕魯迅：《中國小說史略》，《魯迅全集》（第九卷），北京：人民文學出版社 2005
　　　年 11 月版，第 293 頁。

〔註20〕林瑞明：《〈官場現形記〉與晚清腐敗的官場》，《晚清小說研究》，臺北：臺灣
　　　聯經出版社 1988 年版，第 236 頁。

十分突出。1902 年，梁啓超創辦《新小說》雜誌來宣揚他的小說理論主張，吳趼人在這份著名雜誌上發表了《二十年目睹之怪現狀》、《九命奇冤》、《痛史》等小說。同李伯元一樣，他到上海創業，擔任《月月小說》主筆，著有《發財秘訣》、《上海遊驂錄》等作品，他的其他小說例如《恨海》等關注女性人物的命運，力圖爲「情」字作詮釋，也是晚清特有的時代思想使然。

《二十年目睹之怪現狀》從 1903 年 9 月到 1906 年 1 月刊登在《新小說》上面，每期刊一二回或二三回。隨著《新小說》終刊，《二十年目睹之怪現狀》刊登到第四十五回就沒有連載下去。1906 年至 1910 年，上海廣智書局出版了此書，共有八冊，一百零八回。

第一回是「楔子」，寫一個名叫「死裏逃生」的人得到一部書，名「二十年目睹之怪現狀」，署著「九死一生筆記」字樣。他爲這部書所震驚，把它改成小說體裁，交給《新小說》發表出來，代以傳播。自己則隱居山林，不再出世的了。第二回就開始鋪敘這部書的內容，直到小說終尾再用幾句話回到楔子部分，可謂是首尾呼應。

楔子部分使得小說的結構成爲嵌套式，分內外兩層。外層敘述得到一部書的經過，內層展開書的內容，是小說主體。這樣的設計有幾點好處：第一，交代小說由來；第二，增加小說的可信度，令人覺得書中所述是眞實的；第三，結構比較新穎，能夠引人入勝。和李伯元相比，吳趼人更注意小說藝術技巧方面的創造。《二十年目睹之怪現狀》僅是一例，被文學史家較多提到的例子是《九命奇冤》。這部小說用了倒敘手法來講述一樁案件故事，無疑是受到西洋小說啓發寫成的。胡適就很欣賞這樣的做法，阿英也說：「吳趼人在寫作方法上，能得到比李伯元更好的成果，就在這些地方，他受了不少的外國小說的影響」。〔註21〕晚清，西方文學特別是小說的譯介工作得到時人分外重視，據統計，翻譯小說在當時的數量要超過創作小說，登在報刊上的小說有不少就是對西方小說的改寫。大量西方小說的輸入和譯介會引起中國作家在創作過程中的自覺借鑒，吳趼人是那些善於借鑒的作家中的一個。以後來的眼光看，《二十年目睹之怪現狀》的寫法不足爲奇，因爲民初以及五四後的作品如此寫法司空見慣，甚至會自然、高明許多，但在晚清，能做到這一程度確實已經很顯眼、很不容易了。吳趼人對於他的小說是費了心思的。

〔註21〕阿英：《清末四大小說家》，《小說月報》第 12 期，1941 年 10 月。

　　《二十年目睹之怪現狀》寫法方面的另一突出特點就是採用第一人稱來敘事。這在晚清也是不多見的，也是受到西方文學影響後小說創作的自覺嘗試。第一回楔子寫死裏逃生得書的經過用的是第三人稱，從第二回開始就用第一人稱敘述書中故事，直至小說的最後一回。可以第二回進入正題的一段為例，來感受晚清小說第一人稱敘事的韻味，這一段也是後來人論《二十年目睹之怪現狀》常會引用到的一段。

　　　　我是好好的一個人，生平並未遭過大風波、大險阻，又沒有人
　　　出十萬兩銀子的賞格來捉我，何以將自己好好的姓名來隱了，另外
　　　叫個甚麼「九死一生」呢？只因我出來應世的二十年中，回頭想來，
　　　所遇見的只有三種東西：第一種是蛇蟲鼠蟻，第二種是豺狼虎豹，
　　　第三種是魑魅魍魎。二十年之久，在此中過來，未曾被第一種所蝕，
　　　未曾被第二種所啖，未曾被第三種所攫，居然被我都避了過去，還
　　　不算是九死一生麼！所以我這個名字，也是我自家的紀念。

一段開場白，介紹自己名字的由來，概述二十年來的經歷感受，也就是小說的主要內容。「我」既是小說的敘述者同時也是二十年來經歷感受的體驗者。第二回開始用的是一個倒敘結構，從二十年前的事談起，父親病重，「我」離開家鄉去探望父親，從此經歷了種種世態險惡。小說結尾是「我」經歷世事以後回家鄉去了。

　　　　我到了此時，除回去之外，也是束手無策，便依了述農的話。
　　　又念我自從出門應世以來，一切奇奇怪怪的事，都寫了筆記，這部
　　　筆記足足盤弄了二十年了。今日回家鄉去，不知何日再出來，不如
　　　把他留下給述農，覓一個喜事朋友，代我傳揚出去，也不枉了這二
　　　十年的工夫。因取出那個日記來，自己題了個簽，是「二十年目睹
　　　之怪現狀」，又注了個「九死一生筆記」，交給述農，告知此意。述
　　　農一口答應了。我便帶了兩個小兄弟，附輪船回家鄉去了。

這段文字既和「我」離家步入社會的開端相呼應，也和楔子部分的那部「筆記」銜接起來，可見出作者的構思。小說主體部分以「我」來敘述，可以給人真實感，那些奇奇怪怪的事情都是「我」二十年的經歷所得，「我」現身說法，讀者應該相信了。

　　第一人稱在如此長的一部小說中得到運用，在晚清，現代小說觀念剛剛起步的時候是很難得的。在所謂的「四大譴責小說」中，只有《二十年目睹

之怪現狀》用第一人稱來敘事。中國小說，特別是長篇小說，慣用第三人稱來講故事，縱橫捭闔毫無拘束。作者習慣如此寫法，讀者也感覺順理成章。到《二十年目睹之怪現狀》採用第一人稱，對作者來說無疑是嘗試新技巧甚至是挑戰舊習慣，對讀者來說也是新的體驗，能夠懷著新鮮感覺去一回回閱讀這部長篇小說。《新小說》上連載《二十年目睹之怪現狀》是適宜不過的，既顯示出梁啓超的眼光，也體現了吳趼人的匠心。

然而，第一人稱敘事是有視角規定性的。在一部長篇小說中要處處嚴格遵守視角限制，把敘事局限在「我」的視聽範圍內，是很不容易做到的。吳趼人為此花費了不少心思。例如要容納各種社會故事，最便捷的方法就是讓「我」多所經歷。吳繼之在小說裏對「我」的主要幫助就是把「我」引入塵世，給予「我」接觸社會的機會。有一回繼之對「我」說道：

> 我催你回來，不爲別的。我這個生意，上海是個總字號，此刻蘇州分設定了，將來上游蕪湖、九江、漢口，都要設分號；下游鎮江也要設個字號，杭州也是要的。你口音好，各處的話都可以說，我要把這件事煩了你。你只要到各處去開闢碼頭，經理的我自有人。將來都開設定了，你便往來稽查。這裡南京是個中站，又可以時常回來，豈不好麼？

上海、蘇州、蕪湖、杭州、南京……中國的主要城市都被搜羅進內，「我」被派往這些城市，見得多了，也就可以在第一人稱的視域內創作故事。又例如小說中常會出現這樣的話：「只歡喜打聽古怪事，閒事是不管的」，「歡喜孁人家說新聞故事」，「又被我聽了不少故事」……「聽」可以用來解決個人視野經歷不足的問題，小說中的很多故事都是靠聽聞得來的。小說標題「目睹之怪現狀」還得加上「聽聞」二字才能作完全理解。

辦法是想到了，可是如果處處都是到某地看到某件事，或者讓某人說某事，未免顯得章法沒有變化，結構上也牽強不自然。也就是說，在藝術方面，《二十年目睹之怪現狀》儘管採用了不少晚清那時的新鮮技法，雙層敘事、第一人稱、倒敘等等，但還是不太成熟的。僅以第一人稱小說而言，表達自我的心念感受恐怕還是其主要職能。

《二十年目睹之怪現狀》的主要寫作意圖是把形形色色的「怪現狀」展現出來，第一人稱僅是連接這些「怪現狀」的繩線。所以這部小說和《官場現形記》的講述很多故事沒有本質上的區別。吳趼人同樣是一個講故事的能

手。包天笑記述過曾請教吳趼人怎樣可以寫出那麼多故事：

> 我就問他：「《二十年目睹之怪現狀》中，先生何以得這許多材
> 料？所謂目睹者，難道眞是親眼目睹嗎？」吳先生笑著，給我瞧一
> 本手抄冊子，很像日記一般，裏面抄寫的，都是每次聽得友人們所
> 談的怪怪奇奇的故事。也有從筆記上抄下來的，也有從報紙上剪下
> 來的，雜亂無章地成了一巨冊。他笑說：「所謂目睹者，都是從這裡
> 來的呀。」我說：「這些材料將如何整理法呢？」吳先生道：「就是
> 在這一點上，要用一個貫穿之法，大概寫社會小說的，都是如此的
> 吧。」〔註22〕

所謂「貫穿之法」就是用第一人稱「我」來串聯起很多不相干的事情。社會
之大，其中的事情不可能都是相互關聯的，要反映出變動社會中的各色故事，
並把它們組織在一部小說中不很容易。《官場現形記》的做法是能連則連，不
能連就另開一個頭，而《二十年目睹之怪現狀》用「我」把那些不相關的故
事表面上組織成了一個整體。

《二十年目睹之怪現狀》裏的故事不完全是敘述官場的，雖然官場在小
說裏還是佔據了不小的分量，吳繼之就是官場中人，「我」因而與官場也有
了聯繫。小說中有一個叫「苟才」的官，被描寫挖苦得十分可憐又可笑。「苟
才」當然是通「狗才」的，表明了作者對晚清官吏的看法和態度。官場之外，
小說還寫了很多其他方面的社會故事，可謂三教九流無所不包。因此在題材
上，它要比《官場現形記》涵蓋的範圍廣。

第三十回寫了關於譯書的事，頗有意味：

> 「還有廣方言館那譯書的，二三百銀子一月，還要用一個中國
> 人同他對譯，一天也不知譯得上幾百個字，成了一部書之後，單是
> 這筆譯費就了不得。」

> 我道：「卻譯些甚麼書呢？」佚廬道：「都有。天文、地理、機
> 器、算學、聲光、電化，都是全的。」我道：「這些書倒好，明日去
> 買他兩部看看，也可以長點學問。」佚廬搖頭道：「不中用。他所譯
> 的書，我都看過，除了天文我不懂，其餘那些聲光電化的書，我都
> 看遍了，都沒有說的完備。說了一大篇，到了最緊要的竅眼，卻不

〔註22〕包天笑：《釧影樓筆記》，《小說月報》第 19 期，1942 年 4 月。

點出來。若是打算看了他作爲談天的材料，是用得著的；若是打算從這上頭長學問，卻是不能。」我道：「出了偌大薪水，怎麼譯成這麼樣？」佚盧道：「這本難怪。大凡譯技藝的書，必要是這門技藝出身的人去譯，還要中西文字兼通的才行。不然，必有個詞不達意的毛病。你想他那裏譯書，始終是這一個人，難道這個人就能曉盡了天文、地理、機器、算學、聲光、電化各門麼？外國人單考究一門學問，有考了一輩子考不出來，或是兒子，或是朋友，去繼他志才考出來的。談何容易，就胡亂可以譯得，只怕許多名目還鬧不清楚呢！何況又兩個人對譯，這又多隔了一層膜了。」

這就是晚清譯書的一種情形。西學流入，譯書成了潮流，在增長學問的同時也有利可圖。一般人只衝著利益而來，不問質量，也能在西學潮流中濫竽充數，發財進寶。《二十年目睹之怪現狀》揭發了許多社會問題，爲轉型年代的混亂失範與離奇百態留下了記錄。

「記錄」和「小說」不是能夠等同的。吳趼人給包天笑看的筆記，是《二十年目睹之怪現狀》裏故事的來源。把筆記裏的一條條各式各樣的記錄稍作加工潤飾，放在小說裏，就成爲其中的內容。有意思的是，《二十年目睹之怪現狀》在它的開頭和結尾都以「筆記」來稱述小說內容。「我」爲二十年來的記錄題了「九死一生筆記」的字樣。死裏逃生得了這本筆記，把它「改做了小說體裁」發表出來，遂成爲《二十年目睹之怪現狀》一書。可見，無論是「我」還是死裏逃生抑或作者吳趼人，都十分清楚小說和筆記的分別，只是那時對於如何寫作現代小說還在嘗試階段，把筆記整理轉換成小說不失爲一種可以爲時人接受的方案，同時也說明晚清小說處在中國小說發展史的轉型變換時期。倘若有人指責小說體式存在問題，作者則可以有託詞辯護道：「這本身就是從筆記來的」。另一方面，就通俗小說而言，只要用順暢的結構敘述了故事，其他的並不如何重要。筆記爲小說提供了素材，小說記錄了筆記上有趣的故事，如此便可通於俗眾。

作爲小說的《二十年目睹之怪現狀》，用「我」把筆記故事或者時聞軼事穿連起來，不僅僅只是爲了結構小說而已。第一人稱畢竟包含自我表意的功能。阿英分析這部小說道：「是趼人本爲一救世思想者，歷遭打擊，終至厭世，小說之富有傷感氣分，蓋非偶然。而九死一生性格之爲趼人的影子，也就『昭然』可見。懷霜又稱『其富有才藝，自金石篆刻，以至江湖食力之伎，亡所不能，

亦無所不精。』《二十年目睹之怪現狀》涉及範圍之廣，遠過同時作家，且旁及醫卜星相，三教九流，是亦可見實爲趼人經驗豐富之果。讀《二十年目睹之怪現狀》，當在這幾點上首先獲得瞭解，則所得當在一般假想之上。」〔註23〕吳趼人把自己投射在九死一生身上，借助「我」來作表達，是第一人稱敘事的自然現象。阿英說小說有傷感氣氛，既是作者表述的結果，也是讀者閱讀得來的感受。楔子部分，死裏逃生把改成小說的筆記寄給新小說社，遂完成了塵世間的任務。「一直走到深山窮谷之中，絕無人煙之地，與木石居，與鹿豕遊去了。」結尾部分，九死一生同樣是不問世事，「帶了兩個小兄弟，附輪船回家鄉去了」，去過隱居式的生活。因爲世間生活使他們萬分失望，小說主體部分所敘述的「魑魅魍魎」之人事是促使兩人作出如此行動反應的根由。實際上，「死裏逃生」和「九死一生」兩個名字的取名用意是相同的，可以把二者看作一人，都是作家思想的反映，表現出吳趼人對於晚清社會的認知態度。

四

　　同樣對於晚清社會與國勢有著清醒認識的是《老殘遊記》的作者劉鶚。

　　劉鶚（1857～1909）字鐵雲，發表《老殘遊記》時署名「洪都百鍊生」，後署「鴻都百鍊生」，江蘇丹徒人。胡適說：劉鶚「是一個很有見識的學者，同時又是一個很有識力和膽力的政客」〔註24〕。馬幼垣對他更是贊賞，說他是「『小說家、詩人、哲學家、音樂家、醫生、企業家、數學家、藏書家、古董收藏家、水利專家和慈善家。』……設若再冠以甲骨學家、印學家、碑版學家、文字學家、書法家、錢幣收藏家、旅行家、改革家，乃至太谷學派研究家，亦未嘗不可。」〔註25〕這麼多頭銜是識劉鶚者授予劉鶚的，可是這樣一位博學多才的人卻運途不濟。他應鄉試不第，曾做郎中行醫。後任官場幕僚，因治黃河有功，被舉薦入總理衙門任事。繼而由宦入商，承辦山西礦務事宜。庚子年間，劉鶚和八國聯軍談判，用賤價購買到太倉的儲備糧食，放糧賑濟京津地區的民眾。清政府以私售罪名流放他去新疆。劉鶚遂病逝於新疆。終其一生，劉鶚經歷豐富，可謂見多識廣，特別是在政治方面，劉鶚有

〔註23〕阿英：《晚清小說史》，上海：商務印書館1937年5月版，第25頁。
〔註24〕胡適：《老殘遊記序》，《胡適文存》（三集），上海：亞東圖書館1924年11月版，第793～794頁。
〔註25〕陳玉堂：《劉鶚散論·序》，《劉鶚散論》，昆明：雲南人民出版社1998年版，第3頁。

他自己的識見，也有顯著的政績。只是他是一個獨立不羈之人，「謗滿天下不覺稍損，譽滿天下不覺稍益」，於是爲當政者不容，也因此能寫出《老殘遊記》這部不朽的作品。

《老殘遊記》發表在 1903 年第 9 號至第 13 號的《繡像小說》雜誌上，刊登了十三回。1904 年又重刊於天津《日日新聞》上，登了二十回。後又有續集陸續發表整理出來，共九回，另還有外編一卷。二十回本和續集前都有作者的「自敘」。小說寫到二十回已經完整，續集部分增加的內容有新的意韻，可惜沒有完成。

在藝術方面，《老殘遊記》比《官場現形記》和《二十年目睹之怪現狀》都要勝出一籌。後兩部小說的描寫相對粗疏，《老殘遊記》則有細膩的筆觸，很多文字都當得上「美文」。民國時代，這部小說中的一些段落已經被選入中學課本，成爲經典。如此成績當然應該歸屬於小說本身，但也與權威文學家的推崇息息相關。胡適評《老殘遊記》道：「《老殘遊記》最擅長的是描寫的技術；無論寫人寫景，作者都不肯用套語爛調，總想鎔鑄新詞，作實地的描畫。在這一點上，這部書可算是前無古人了。」〔註 26〕不用「套語爛調」是新文學的要求，胡適用這一要求來衡量《老殘遊記》，說它「前無古人」，換言之，就是認爲這部小說是一部合格的甚至優秀的「現代小說」。魯迅的看法和胡適相同，說此書「敘景狀物，時有可觀」〔註 27〕。那麼《老殘遊記》的寫景文字到底如何美妙呢？

第二回「歷山山下古帝遺蹤　明湖湖邊美人絕調」中獨一無二的文字已經家喻戶曉，現引第十二回「寒風凍塞黃河水　暖氣催成白雪辭」中的段落，這是《老殘遊記》中的另一處經典文字：

> 老殘洗完了臉，把行李鋪好，把房門鎖上，也出來步到河堤上看，見那黃河從西南上下來，到此卻正是個灣子，過此便向正東去了。河面不甚寬，兩岸相距不到二里。若以此刻河水而論，也不過百把丈寬的光景，只是面前的冰，插的重重疊疊的，高出水面有七八寸厚。再望上游走了一二百步，只見那上流的冰，還一塊塊的漫漫價來，到此地，被前頭的攔住，走不動就站住了。那後來的冰趕

〔註 26〕胡適：《老殘遊記序》，《胡適文存》（三集），上海：亞東圖書館 1924 年 11 月版，第 816 頁。

〔註 27〕魯迅：《中國小說史略》，《魯迅全集》（第九卷），北京：人民文學出版社 2005 年 11 月版，第 298 頁。

上他，只擠得「嗤嗤」價響。後冰被這溜水逼的緊了，就竄到前冰
上頭去：前冰被壓，就漸漸低下去了。看那河身不過百十丈寬，當
中大溜約莫不過二三十丈，兩邊俱是平水。這平水之上早已有冰結
滿，冰面卻是平的，被吹來的塵土蓋住，卻像沙灘一般。中間的一
道大溜，卻仍然奔騰澎湃，有聲有勢，將那走不過去的冰擠的兩邊
亂竄。那兩邊平水上的冰，被當中亂冰擠破了，往岸上跑，那冰能
擠到岸上有五六尺遠。許多碎冰被擠的站起來，像個小插屏似的。
看了有點把鐘工夫，這一截子的冰又擠死不動了。老殘復行往下游
走去，過了原來的地方，再往下走，只見有兩隻船。船上有十來個
人都拿著水杵打冰，望前打些時，又望後打。河的對岸，也有兩隻
船，也是這麼打。看看天色漸漸昏了，打算回店。再看那堤土柳樹，
一棵一棵的影子，都已照在地下，一絲一絲的搖動，原來月光已經
放出光亮來了。

　　……抬起頭來，看那南面的山，一條雪白，映著月光分外好看。
一層一層的山嶺，卻不大分辨得出，又有幾片白雲夾在裏面，所以
看不出是雲是山。及至定神看去，方才看出那是雲、那是山來。雖
然雲也是白的，山也是白的，雲也有亮光，山也有亮光，只因為月
在雲上，雲在月下，所以雲的亮光是從背面透過來的。那山卻不然，
山上的亮光是由月光照到山上，被那山上的雪反射過來，所以光是
兩樣子的。然只就稍近的地方如此，那山往東去，越望越遠，漸漸
的天也是白的，山也是白的，雲也是白的，就分辨不出甚麼來了。

黃河上打冰的一節與黃河治水的經歷是相關的，劉鶚對黃河的情感雖然被冬
天的黃河之冰凍住，但從那「奔騰澎湃，有聲有勢」的文字中依然可以看出
來。小說「原評」道：「止水結冰是何情狀？流水結冰是何情狀？小河結冰是
何情狀？大河結冰是何情狀？河南黃河結冰是何情狀？山東黃河結冰是何情
狀？須知前一卷所寫是山東黃河結冰。」這樣精準的描畫在胡適看來是實地
觀察的結果，也即是一種寫實的藝術。胡適十分推崇山光雪景的那節文字，
也是因為其細緻刻畫完全是由現實的觀察得來，形成的意境具體而美麗，不
是套語濫調可以營造出來的。阿英說胡適的評價是恰當的，只是《老殘遊記》
可以達到如此程度的關鍵原因在於「劉鐵雲頭腦科學化」〔註28〕。

〔註28〕阿英：《晚清小說史》，上海：商務印書館 1937 年 5 月版，第 41 頁。

「科學」在五四以及現代史上的含義與實地觀察並不矛盾，都有尊重現實的意思，表現在文學上即要求用「現實主義」來反映社會人生。新文學家都十分看重「現實主義」，把它作爲中國現代文學的主要藝術手法，或者現代文學的專有品。以科學或者實地觀察來評價《老殘遊記》無異於把「現實主義」授之於它，把它列爲中國現代文學之屬，這樣《老殘遊記》在文學史上就擁有了較高的位置，非一般的「通俗文學」達到愉悅大眾的目的即可了事。

以譴責小說的眼光來看《老殘遊記》，並不與「現實主義」相牴觸。正因爲對於現實太瞭解，才會產生譴責的情緒。只是《老殘遊記》在譴責方面比《官場現形記》和《二十年目睹之怪現狀》更多文人氣味，譴責的方式也不太相同，且有自己的主張在裏面。

最能體現劉鶚獨到見解的是小說第十六回「原評」中的話：

> 贓官可恨，人人知之；清官尤可恨，人多不知。蓋贓官自知有病，不敢公然爲非；清官則自以爲我不要錢，何所不可，剛愎自用，小則殺人，大則誤國。吾人親目所睹，不知凡幾矣。……作者苦心願天下清官勿以不要錢便可任性妄爲也。歷來小說皆揭贓官之惡，有揭清官之惡者，自《老殘遊記》始。

小說中的玉太尊，是個有才之人，因急於想做大官，要建立政績。他的爲政手段就是「殺人」，彷彿殺人能殺出一個路不拾遺的清平世界來。他治下的民眾相互告誡說：「明天倘若進城，千萬說話小心。」書中寫老殘「復到街上訪問本府政績，竟是一口同聲說好，不過都帶有慘淡顏色，不覺暗暗點頭，深服古人『苛政猛於虎』眞是不錯。」玉賢之外，剛弼等人也都是自以爲清官而爲政不善者，從他們的名姓上即可知小說的諷刺意味。「有揭清官之惡者，自《老殘遊記》始」，這話當爲不虛。《官場現形記》等小說是通過揭露貪官、贓官的可惡來諷刺官場的，寫「清官尤可恨」的《老殘遊記》實發人所未發，爲後來的評論家稱道，只要談及《老殘遊記》無不會說到這點。不過，劉鶚清官可恨的看法不僅僅是獨出機杼，也表明了晚清官制的無可救藥。當時或者還有把希望寄託於清官的夢想，妄圖著救世官吏來挽回一個清平世界。出於譴責小說稍前的《七俠五義》未嘗不懷有如此設想。可是劉鶚已清晰認識到，即使是所謂的清官已經不足以圖治了，晚清社會已到達腐敗的根源，面對病入膏肓的景象，只有一哭而已。

「哭泣」是劉鶚寫作《老殘遊記》時懷有的心態。小說的「自敘」部分

特地爲「哭泣」作了解釋：

> 靈性生感情，感情生哭泣。哭泣計有兩類：一爲有力類，一爲無力類。……而有力類之哭泣又分兩種：以哭泣爲哭泣者，其力尚弱；不以哭泣爲哭泣者，其力甚勁，其行乃彌遠也。……

> 吾人生今之時，有身世之感情，有家國之感情，有社會之感情，有種教之感情。其感情愈深者，其哭泣愈痛：此鴻都百鍊生所以有《老殘遊記》之作也。

> 棋局已殘，吾人將老，欲不哭泣也得乎？吾知海内千芳，人間萬豔，必有與吾同哭同悲者焉！

之所以寫《老殘遊記》，是因爲有悲痛之情，非藉此一哭而後已。「身世」、「家國」、「社會」、「種教」都是晚清以降讓人深懷憂思的所在，《老殘遊記》裏的哭泣實開啓了中國現代文學的感傷情緒，已經超出了譴責小説揭發伏藏的功效，帶上了個人性的表達。它的寫景文字之所以美妙，也在於景中含情，有無限之意吞吐其中，不是純爲寫景而寫景的。

　　小説第一回記述了老殘的一夢，是他悲思之情的形象表達。在海濤風浪間有一艘大船充滿了危機，眼看就要沉下去了。船裏的人非但不想辦法救治，反而欺弱凌人，不做好事。老殘看著氣憤，和兩個朋友駕了一隻漁船帶著向盤和紀限儀前去營救，企望指引他們求生之法。不想船上的人指認他們是「漢奸」，遂招來殺身之禍。老殘一夢醒來，感慨萬千，繼續他的遊歷生涯。這個夢是全書題旨的一大關鍵，得到了後來《老殘遊記》研究者們的充分闡釋。海濤風浪隱喻著各種外來勢力的威壓，千瘡百孔的大船就是當時的中國，船裏各色人等意指晚清政府及社會上的各種人物，向盤和紀限儀是現代文明或者西方文明的象徵。老殘企圖用現代手段來救治危機四伏的中國，卻遭到頑固反對。這就是老殘的悲哀，也是劉鶚的悲痛。「棋局已殘，吾人將老」，對國家是無力，對自己是無奈。

　　這一情感持續在小説中，正集部分傾向於敘述國家殘況，續集部分則偏重於表達個人感念。同正集一樣，續集也有一篇「自序」，談的是「夢」。

> 夫夢之情境，雖已爲幻爲虛，不可復得，而敘述夢中情境之我，固儼然其猶在也。若百年後之我，且不知其歸於何所，雖有此如夢之百年之情境，更無敘述此情境之我而敘述之矣。是以人生百年，比之於夢，猶覺百年更虛於夢也！嗚呼！以此更虛於夢之百年，而

　　必欲孜孜然，斤斤然，駸駸然，狺狺然，何爲也哉？雖然前此五十
　　年間之日月，固無法使之暫留，而其五十年間，可驚，可喜，可歌，
　　可泣之事業，固歷劫而不可以忘者也。

如此虛妄的心念固不足取，但畢竟表達出了個人情愫。世事變遷對於老殘或
者劉鶚來說都顯得過份急切，只在觀摩間已揮去走遠。《老殘遊記》使用夢來
表意，不能看成與其現實寫法相違背。現實之變猶如夢境般讓人來不及捉摸，
當回首敘述時，敘述之人已不同於親歷之時的狀態了。劉鶚深知敘事上的這
種機巧，所以用夢先來做一個比喻，既說明了現實狀況，也表明了心中的感
喟之情。

　　事實上，夢的意象在晚清小說中不難見到。《官場現形記》就以夢來結尾，
這不會影響到小說的寫實性質，反而有提升作用。因爲不滿於現實或者憂思
著現實才會做夢，做的夢又能隱喻現實。《老殘遊記》注意到夢與現實之間難
分的聯繫，從第八回到第十一回構築了一個桃源般的境界來討論現實所面臨
的大問題。在這幾回中，老殘暫時退場，雖然整部小說總體上是由老殘的行
跡勾連起來的。第八回申子平出場，代替老殘來到桃花山。

　　於是開始了一段主客討論談話的文字。這幾回沒有什麼情節，僅申子平、
璵姑和黃龍子三人就一些抽象而至關重要的問題相互應對。儒釋道三教、自
然倫常、北拳南革等等成爲討論的話題，特別是北拳南革，既與時事緊密相
連，也表明了論說者的態度。劉鶚對於兩者都不讚同。很有一些論者批評劉
鶚的這種政治觀，但還原到當時的歷史情境看，劉鶚的觀念只是各種思想中
的一種而已，功過是非是後來人的判斷，不能取代當時人的活躍意志。

　　幾回坐而論道的文字談論了國家大事，也不乏兒女情長。璵姑的坦蕩也
許是晚清女子追慕的一個標榜。璵姑道：

　　《關雎》序上說道：「發乎情，止乎禮義。」發乎情，是不期然
　　而然的境界。即如今夕，嘉賓惠臨，我不能不喜，發乎情也。先生
　　來時，甚爲困憊，又歷多時，宜更憊矣，乃精神煥發，可見是很喜
　　歡。如此，亦發乎情也。以少女中男，深夜對坐，不及亂言，止乎
　　禮義矣。此正合聖人之道。若宋儒之種種欺人，口難罄述。然宋儒
　　固多不是，然尚有是處：若今之學宋儒者，直鄉愿而已，孔、孟所
　　深惡而痛絕者也！

一番話，批評了宋儒的僞飾，也把申子平和璵姑之間的處境分析入理，不再

顯得微妙而尷尬。璵姑在《老殘遊記》中是一位才智超凡的女子，嬌豔卻又仙風道骨。處在她對面的是環翠，一個妓女，卻頗有見識。兼於兩者之間的是尼姑逸雲，這個角色在續集中出現。

　　環翠是老殘在行遊途中娶的小妾。老殘是個獨自生活慣的人，續集中，他攜環翠以及德慧生夫婦來到泰山，遇見了尼姑逸雲，於是把環翠託付給逸雲，環翠也自願出家。逸雲是個活潑的女子，對於佛教世情洞明於心。她所處的尼姑庵和倡門沒有多大區別，是當時中國教門污穢行跡的表徵。可是逸雲對庵廟生活的描述卻帶有一種平常心情，佛門子弟未嘗不懷有男女之欲，只是逸雲對此已經超然了。《老殘遊記》對於女性也是「發乎情，止乎禮義」的，可以感覺到情色的痕跡，不過已經蒸騰而上，氤氳著潔淨之氣。「自敘」中說「吾知海內千芳，人間萬豔，必有與吾同哭同悲者焉」，多少暗示出小說中女性人物所給予的貼心之感。

　　續集的最後部分寫的是老殘遊地府的情形。這一部分沒有寫完，可能作者像老殘一樣也有些不知所之了。老殘在地府裏見到的是種種殘酷刑罰，生前犯的罪在這裡得到報償。對於傳統中國民間來說，森羅殿上的懲罰可以約束人的現實行徑，恐懼的心理致使人在生前儘量少犯過失。面對著混亂腐朽的晚清社會，劉鶚只能用此來警告時人，或者，現實世界正如地府般魑魅魍魎橫行無忌。揭示出其中的黑暗和隱藏的危機，譴責小說便達到了它的目的。

參考文獻

一、國內著述

1. 阿英：《晚清小說史》，上海：商務印書館1937年5月版。

2. 《阿英全集》，合肥：安徽教育出版社2003年7月版。

3. 包天笑：《釧影樓回憶錄》，香港：大華出版社1971年6月版。

4. 包天笑：《釧影樓回憶錄續編》，香港：大華出版社1973年9月版。

5. 曹聚仁：《上海春秋》，北京：生活・讀書・新知三聯書店2007年1月版。

6. 陳大康：《通俗小說的歷史軌跡》，長沙：湖南出版社1993年1月版。

7. 陳平原：《中國現代小說的起點──清末民初小說研究》，北京：北京大學出版社2005年9月版。

8. 陳平原：《中國小說敘事模式的轉變》，上海：上海人民出版社1988年3月版。

9. 陳平原、王德威編：《北京：都市想像與文化記憶》，北京：北京大學出版社2005年5月版。

10. 鄧偉志、徐新：《家庭社會學導論》，上海：上海大學出版社2006年12月版。

11. 董每戡：《說劇》，上海：文光書店1951年8月版。

12. 東南文化服務社：《大上海指南》，上海：光明書局1947年1月版。

13. 范伯群：《多元共生的中國文學的現代化歷程》，上海：復旦大學出版社2009年8月版。

14. 范伯群：《禮拜六的蝴蝶夢──論鴛鴦蝴蝶派》，北京：人民文學出版社1989年6月版。

15. 范伯群:《中國現代通俗文學史(插圖本)》,北京:北京大學出版社 2007 年 1 月版。

16. 范伯群主編:《中國近現代通俗文學史》,南京:江蘇教育出版社 2000 年 4 月版。

17. 范伯群主編:《中國近現代通俗作家評傳叢書》,南京:南京出版社 1994 年 10 月版。

18. 方錫德:《文學變革與文學傳統》,北京:北京大學出版社 2003 年 5 月版。

19. 方錫德:《中國現代小說與文學傳統》,北京:北京大學出版社 1992 年 6 月版。

20. 馮和法編:《社會學與社會問題》,上海:黎明書局 1935 年 3 月版。

21. 戈公振:《中國報學史》,北京:生活‧讀書‧新知三聯書店 1955 年 3 月版。

22. 龔鵬程:《中國文人階層史論》,蘭州:蘭州大學出版社 2003 年 8 月版。

23. 貢少芹:《李涵秋》,上海:震亞圖書館 1928 年 5 月版。

24. 何海鳴:《中國社會政策》,上海:華星印書社 1920 年 6 月版。

25. 洪煜:《近代上海小報與市民文化研究(1897~1937)》,上海:上海世紀出版集團 2007 年 8 月版。

26. 《胡適全集》,合肥:安徽教育出版社 2003 年 9 月版。

27. 姜進、李德英主編:《近代中國城市與大眾文化》,北京:新星出版社 2008 年 10 月版。

28. 孔慶東:《超越雅俗──抗戰時期的通俗小說》,北京:北京大學出版社 1998 年 8 月版。

29. 李華興主編:《民國教育史》,上海:上海教育出版社 1997 年 8 月版。

30. 李今:《海派小說與現代都市文化》,合肥:安徽教育出版社 2000 年版。

31. 李樹青:《蛻變中的中國社會》,上海:商務印書館 1947 年版。

32. 李向民:《中國藝術經濟史》,南京:江蘇教育出版社 1995 年 11 月版。

33. 李孝悌編:《中國的城市生活》,北京:新星出版社 2006 年 10 月版。

34. 梁從誡編:《現代社會與知識分子》,瀋陽:遼寧人民出版社 1989 年 1 月版。

35. 梁啓超:《中國歷史研究法》,上海:商務印書館 1924 年 7 月版。

36. 廖奔:《中國古代劇場史》,鄭州:中州古籍出版社 1997 年 5 月版。

37. 廖奔:《中國戲曲發展史》,太原:山西教育出版社 2000 年 10 月版。

38. 劉慧英:《遭遇解放:1890～1930 年代的中國女性》,北京:中央編譯出版社 2005 年 1 月版。

39. 劉明坤：《李涵秋小說論稿》，北京：人民出版社 2010 年 6 月版。

40. 劉文峰：《百年梨園春秋》，北京：中國經濟出版社 2000 年 9 月版。

41. 劉揚體：《流變中的流派———「鴛鴦蝴蝶派」新論》，北京：中國文聯出版公司 1997 年 10 月版。

42. 劉揚體：《鴛鴦蝴蝶派作品選評》，成都：四川文藝出版社 1987 年 6 月版。

43. 陸漢文：《現代性與生活世界的變遷———20 世紀二三十年代中國城市居民日常生活的社會學研究》，北京：社會科學文獻出版社 2005 年 6 月版。

44. 《魯迅全集》，北京：人民文學出版社 2005 年 11 月版。

45. 馬芷庠編撰：《老北京旅行指南》，北京：燕山出版社 1997 年 7 月版。

46. 閔傑：《近代中國社會文化變遷錄》（第二卷），杭州：浙江人民出版社 1998 年 3 月版。

47. 倪斯霆：《舊人舊事舊小說》，上海：上海遠東出版社 2010 年 3 月版。

48. 歐陽哲生編：《中國現代學術經典·蔡元培卷》，石家莊：河北教育出版社 1996 年 8 月版。

49. 潘光旦：《中國伶人血緣之研究》，上海：商務印書館 1941 年 9 月版。

50. 潘懋元、劉海峰編：《中國近代教育史資料彙編·高等教育》，上海：上海教育出版社 1993 年 12 月版。

51. 彭明主編，朱漢國等著：《20 世紀的中國———走向現代化的歷程》（社會生活卷 1900～1949），北京：人民出版社 2010 年 8 月版。

52. 秦紹德：《上海近代報刊史論》，上海：復旦大學出版社 1993 年版。

53. 秦瘦鷗：《戲迷自傳》，北京：人民文學出版社 2009 年 7 月版。

54. 芮和師、范伯群等編：《鴛鴦蝴蝶派文學資料》，福州：福建人民出版社 1984 年 8 月版。

55. 《上海灘與上海人叢書》，上海：上海古籍出版社 1991 年 5 月版。

56. 邵毅平：《中國文學中的商人世界》，上海：復旦大學出版社 2005 年 6 月版。

57. 沈伯經：《上海市指南》，上海：中華書局 1934 年 9 月版。

58. 石昌渝：《中國小說源流論》，北京：生活·讀書·新知三聯書店 1994 年 2 月版。

59. 蘇生文、趙爽：《西風東漸———衣食住行的近代變遷》，北京：中華書局 2010 年 8 月版。

60. 孫國群：《舊上海娼妓秘史》，鄭州：河南人民出版社 1988 年 8 月版。

61. 孫遜、楊劍龍編：《閱讀城市：作為一種生活方式的都市生活》，上海：

三聯書店 2007 年版。

62. 孫玉聲：《退醒廬筆記》，《近代中國史料叢刊》（第八十輯），臺北：文海出版社 1972 年 8 月版。

63. 唐豔香、褚曉琦：《近代上海飯店與菜場》，上海：上海辭書出版社 2008 年 12 月版。

64. 王俊年編：《中國近代文學論文集》（小說卷），北京：中國社會科學出版社 1988 年 5 月版。

65. 王敏：《上海報人社會生活（1872～1949）》，上海：上海辭書出版社 2008 年 12 月版。

66. 王書奴編著：《中國娼妓史》，北京：生活·讀書·新知三聯書店 1988 年 2 月。

67. 王曉華等編著：《百年娛樂變遷》，南京：江蘇美術出版社 2002 年 1 月版。

68. 魏紹昌編：《鴛鴦蝴蝶派·禮拜六小說》，瀋陽：春風文藝出版社 1997 年 5 月版。

69. 魏紹昌編：《鴛鴦蝴蝶派研究資料》，上海：上海文藝出版社 1984 年 7 月版。

70. 吳乾浩：《20 世紀中國戲劇舞臺》，青島：青島出版社 1992 年 12 月版。

71. 吳組緗：《中國小說研究論集》，北京：北京大學出版社 1998 年版。

72. 夏曉虹：《晚清社會與文化》，武漢：湖北教育出版社 2001 年 3 月版。

73. 謝慶立：《中國近現代通俗社會言情小說史》，北京：北京群眾出版社 2002 年版。

74. 謝桃坊：《中國市民文學史》，成都：四川人民出版社 1997 年 10 月版。

75. 嚴家炎等編：《二十世紀中國小說理論資料》，北京：北京大學出版社 1997 年 2 月版。

76. 楊義：《中國敘事學》，北京：人民出版社 1997 年版。

77. 姚公鶴：《上海閒話》，上海：商務印書館 1917 年 7 月版。

78. 葉中強：《從想像到現場——都市文化的社會生態研究》，上海：學林出版社 2005 年 3 月版。

79. 葉中強：《上海社會與文人生活（1843～1945）》，上海：上海辭書出版社 2010 年 8 月版。

80. 袁進：《張恨水評傳》，長沙：湖南文藝出版社 1988 年 7 月版。

81. 袁進：《中國文學的近代變革》，桂林：廣西師範大學出版社 2006 年 6 月版。

82. 袁進：《中國小說的近代變革》，北京：中國社會科學出版社 1992 年 6 月版。

83. 張贛生：《民國通俗小說論稿》，重慶：重慶出版社 1991 年 5 月版。

84. 《張恨水全集》，太原：北嶽文藝出版社 1993 年版。

85. 張競瓊：《從一元到二元：近代中國服裝的傳承經脈》，北京：中國紡織出版社 2009 年 12 月版。

86. 張靜如等主編：《中國現代社會史》，長沙：湖南人民出版社 2004 年 12 月版。

87. 張明明：《回憶我的父親張恨水》，天津：百花文藝出版社 1984 年 11 月版。

88. 張英進著，秦立彥譯：《中國現代文學與電影中的城市：空間、時間與性別構形》，南京：江蘇人民出版社 2007 年 4 月版。

89. 張元卿：《民國北派通俗小說論叢》，太原：山西古籍出版社 2001 年 2 月版。

90. 張占國、魏守忠編：《張恨水研究資料》，天津：天津人民出版社 1986 年 10 月版。

91. 趙景深：《小說閒話》，北京：北新書局 1937 年 1 月版。

92. 《鄭振鐸全集》，石家莊：花山文藝出版社 1998 年 11 月版。

93. 仲富蘭：《上海民俗——民俗文化視野下的上海日常生活》，上海：文匯出版社 2009 年 8 月版。

94. 《中國近代小說大系》，上海：百花洲文藝出版社 1988～1996 年版。

95. 《中國近代文學大系》（1840～1919），上海：上海書店 1990～1996 年版。

96. 周谷城：《中國社會之變化》，上海：新生命書局 1931 年 12 月版。

二、國外著述

1. 〔法〕安德烈‧比爾基埃等主編，袁樹仁等譯：《家庭史》，北京：生活‧讀書‧新知三聯書店 1998 年 5 月版。

2. 〔英〕本‧海默爾著，王志宏譯：《日常生活與文化理論導論》，北京：商務印書館 2008 年 1 月版。

3. 〔德〕本雅明：《本雅明文選》，北京：中國社會科學出版社 1999 年 8 月版。

4. 〔法〕布迪厄著，劉暉譯：《藝術的法則：文學場的生成和結構》，北京：中央編譯出版社 2001 年版。

5. 〔美〕戴安娜‧克蘭著，趙國新譯：《文化生產：媒體與都市藝術》，南京：譯林出版社 2001 年版。

6. 〔美〕費正清編：《劍橋中華民國史 1912～1949 年》，北京：中國社會科學出版社 1994 年 1 月版。

7. 〔美〕哈羅德‧伊羅生著，鄧伯宸譯：《群氓之族》，桂林：廣西師範大學出版社 2008 年 5 月版。

8. 〔美〕韓南著，徐俠譯：《中國近代小説的興起》，上海：上海教育出版社 2004 年版。

9. 〔美〕賀蕭著，韓敏中、盛寧譯：《危險的愉悦》，南京：江蘇人民出版社 2003 年 6 月版。

10. 〔美〕J.希利斯‧米勒著，申丹譯：《解讀敍事》，北京：北京大學出版社 2002 年 5 月版。

11. 〔美〕加里‧斯坦利‧貝克爾著，王獻生、王宇譯：《家庭論》，北京：商務印書館 1998 年 3 月版。

12. 〔美〕李歐梵著，毛尖譯：《上海摩登：一種新都市文化在中國》，北京：北京大學出版社 2001 年版。

13. 〔法〕呂西安‧戈爾德曼：《論小説的社會學》，北京：中國社會科學出版社 1988 年 6 月版。

14. 〔捷克〕米列娜編，伍曉明譯：《從傳統到現代》，北京：北京大學出版社 1991 年 10 月版。

15. 〔美〕浦安迪：《中國敍事學》，北京：北京大學出版社 1996 年 3 月版。

16. 〔法〕讓‧凱勒阿爾等著，顧西蘭譯：《家庭微觀社會學》，北京：商務印書館 1998 年 12 月版。

17. 〔日〕山崎正和著，周保雄譯：《社交的人》，上海：上海譯文出版社 2008 年 6 月版。

18. 〔日〕實藤惠秀著，譚汝謙、林啓彥譯：《中國人留學日本史》，香港：香港中文大學出版社 1982 年版。

19. 〔美〕王德威著，宋偉傑譯：《被壓抑的現代性》，北京：北京大學出版社 2005 年 5 月版。

20. 〔日〕小浜正子著，葛濤譯：《近代上海的公共性與國家》，上海：上海古籍出版社 2003 年 12 月版。

21. 〔法〕伊夫‧格拉夫梅耶爾著，徐偉民譯：《城市社會學》，天津：天津人民出版社 2005 年 5 月版。

22. 〔美〕約翰‧霍格韋爾著，仲大軍等譯：《非虛構小説的寫作》，瀋陽：春風文藝出版社 1988 年 7 月版。

後　記

　　這本小書完成於五年前，是我拿到博士學位以後「趁熱打鐵」寫的第二本書。當時我正為蘇州大學本科生開一門新課「中國現代社會言情小說研究」，學生們聽來很感興趣，課堂討論也很熱烈，只是學生對現代通俗小說不太熟悉，課堂講授頗有些費事。而我手邊正有一個相關的研究課題，於是就想順勢寫一本小書，把它和教學及我正在做的課題聯繫起來，討論現代通俗小說和社會現實的關聯問題。通俗小說講述了什麼樣的故事，這些被講述的故事如何建構起變化紛呈的社會圖景，這一社會圖景與現實人生又有怎樣的聯繫。

　　寫書的過程總是充滿焦慮和欣喜。如何把小說和現實聯繫起來，又避免返回到故舊的文學批評體系裏，並不是一件容易達成的事。我在寫作過程中始終小心翼翼，不敢輕慢。所以書到結束，還是緊張有餘，論述的問題依然讓人念想。

　　儘管理論構設很嚴肅，但我希望這本小書讀來應當是輕鬆的，因為它涉及到的話題富有活力和生氣，這也是我樂於從事這項研究的原因。我想這樣的寫作對於普通讀者來說會感到一些興趣。特別是年輕學生，他們應該是富有活力和生氣的，對現實滿懷著新鮮的好奇心，對文學寄託著美好的理想。如果此書能為青年人所喜愛，對於作為教師的我將是莫大的欣慰。

　　書稿一開始是被列入一項叢書計劃，可惜因各種原因，叢書出版沒有實現，這本小書便被擱置下來。而我又忙於其他課題的研究，雖然對此書一直心有所繫，卻還一時無暇顧及。非常感謝蘇州大學文學院湯哲聲教授的熱情推薦，讓這本書可以出版面世。湯哲聲教授是我求學時代的老師，他學問深

厚，爲人寬宏，在中國現當代通俗文學研究領域建樹卓著。我在求學和教學研究中，能經常得到他的指導，這是萬分榮幸的事。

還要感謝蘇州大學范伯群教授對我的諄諄教誨，可以說，耳濡目染於范先生的治學精神，才有了我的通俗文學研究。感謝北京大學中文系方錫德教授，我的導師，對我研究工作的引領和指導。感謝我的家人對我的支持和付出。感謝李怡教授和臺灣花木蘭文化事業有限公司的至誠幫助。

書中諸多不足還請讀者包涵，更望方家指正。它們會成爲我在通俗文學研究領域前行的動力。

今年五月的姑蘇城，陰雨連綿。立夏已過，黃梅未至。期待盛夏的陽光燦爛。

2016 年 5 月 22 日於蘇州